心是孤独的猎手

Part One 第一章

1

小镇有两个哑巴，他们总是在一起。每天清早，他们手挽着手从住所出来，一起去上班。两个伙伴很不一样。带路的总是那个肥肥胖胖的、恍恍惚惚的希腊人。每到夏天，出门时他总是穿着一件黄色或绿色马球衫，前摆被胡乱地塞进裤子里，后摆就那么松散地垂着。天冷的时候，他就在衬衫外面套上一件松松垮垮的灰毛衣。他的脸圆滚油腻，眼皮半耷拉着，嘴唇弯出柔和而呆滞的笑容。另一个哑巴是个瘦高个，眼睛里透出干练和睿智。他的穿着总是很朴素，整洁而又得体。

每天早上，两个伙伴安静地走向镇上的商业街。走到一家果品店外的时候，他们会停下来。希腊人斯皮罗斯 · 安东尼帕罗斯在这里打工，老板是他的表兄。他负责制作糖果和蜜饯，装卸水果，清扫店铺。每到分手时，那个瘦高个哑巴约翰 · 辛格总是握住希腊人的手臂，凝视他的脸颊片刻，然后才转身离开，独自穿过马路走向他工作的珠宝店，他是那里的银器雕刻工。

傍晚的时候，两个伙伴又再次见面。辛格来到果品店，等着安东尼帕罗斯一起回家。胖希腊人常常是在懒洋洋地打开一箱桃子或者甜瓜，或者是待在商店的厨房里看报纸上的漫画。下班之前，安东尼帕罗斯会打开他白天藏在厨房货架上的纸袋，里面有他攒的各种食物样品：一些水果、糖果和一小截肝泥肠。通常在离开之前，他会慢慢地晃到商店前面装着肉和奶酪的玻璃柜旁，轻轻地滑开玻璃柜的后门，用胖乎乎的手抓些他渴望的美味。有些时候，他的表兄老板没看到他的动作。如果被他看到了，就会瞪着他的表弟，苍白紧绷的脸上写满警告。安东尼帕罗斯只好难过地将食物从柜子的一角移到另一角。每当这个时候，辛格总是笔直地站着，两手插在口袋里，目光望向别处。他不喜欢看两个希腊人之间的这种场景。因为，除了喝酒和一点私底下的小确幸之外，这世上没有比吃更能让安东尼帕罗斯喜欢的事情了。

黄昏，两个哑巴一同慢慢地走回家。在家的时候，辛格总是对安东尼帕罗斯说个不停。他飞快地打着手语，表情急切，灰绿色的眼睛闪烁着明亮的光。他不停地用那双瘦长而有力的手，急切地向安东尼帕罗斯述说着一天里所发生的事。

安东尼帕罗斯半仰着，懒洋洋地看着辛格。他的手指很少动，即使偶尔动一下，也只是想告诉对方他要吃东西、想睡觉或者想要喝酒。他总是用那样笨拙的手势来表达这三个需求。晚上，如果没有喝醉，他会跪在床前祷告。他用粗笨的手比画出“神圣的耶稣”“上帝”或者“亲爱的玛利亚”。安东尼帕罗斯似乎只会说这些话了。辛格从来弄不清楚，他的伙伴到底能明白他多少，但这好像并不重要。

在小镇商业区附近的一所小楼上,他们合租了一处住所，一共有两个房间。厨房里有一个煤油炉，是安东尼帕罗斯用来做饭的。几把普通的直背餐桌椅，那是辛格坐的。还有一个鼓鼓囊囊的沙发，是安东尼帕罗斯的专属。卧室里几乎没有什么家具，有一张安东尼帕罗斯睡的大双人床，床上铺着鸭绒被。另一张是辛格的简易折叠床。

晚饭总是要花很长的时间，因为安东尼帕罗斯喜欢吃，而且还吃得很慢。吃完饭后，胖希腊人就半躺在沙发上，用舌头慢慢地舔遍每一颗牙齿，或许是因为喜欢事物的味道，又或者是在回味刚才的美味。总之，饭后洗碗的事都是辛格来做的。

晚上，他们有时候会下象棋。辛格喜欢玩象棋，这么多年，他一直努力想教会安东尼帕罗斯下象棋。刚开始，安东尼帕罗斯对此没有兴趣,他不喜欢在棋盘上将棋子移来移去。辛格把一瓶好喝的东西放在桌子下面，每次教完棋后拿出来请他喝。胖希腊人一直搞不懂“马”的奇怪走法以及“王后”横冲直撞的凌厉步法。但是，开局的几步棋他学会了。他喜欢执白棋，要是给他黑棋，他就不玩。走完开局的几步棋后，辛格就自己和自己下，他的朋友在旁边慵懒地看着。要是辛格执白棋大开杀戒，将黑“国王”杀死，安东尼帕罗斯就会非常得意和开心。

两个哑巴没有别的朋友，除了工作之外，他们总是待在一起。每一天都过着和前一天一样的生活。由于他们独处惯了，几乎没有什么事能扰乱他们的生活。每个星期他们去一次图书馆，辛格会在那里借一本推理小说。星期五他们会去看一场电影。发薪的日子，他们会去军需品店楼上的廉价照相馆，为安东尼帕罗斯拍一张照。他们每周固定去的就这么几个地方，镇上许多地方他们从来没有去过。

小镇在南方腹地。夏天漫长，冬天则十分短暂。夏日里天空总是湛蓝明朗，太阳肆意地射出耀眼的光芒。十一月后，冰冷的小雨接踵而至，雨后会有霜冻和短暂的寒冷。整个气候就是冬天冷暖变幻无常，夏天酷暑难当。小镇其实一点不小。主街上有好几个商业街区，大多是两三层楼的商店和办公楼。但镇上最大的建筑是工厂，雇用了镇上的大部分人。这些棉纺厂很大，生意兴隆。但大部分工人都很穷。街上行人的脸上多半是饥饿、孤寂的神情。

但两个哑巴一点也不寂寞。在家里，他们吃吃喝喝，日子过得十分惬意，辛格总是打着手语，真切地告诉伙伴他自己所有的想法。时光就这样渐渐流逝。转眼辛格三十二岁了，他和安东尼帕罗斯一起在镇上已经待了十年了。

一天，希腊人病了。他呆坐在床上，双手放在胖肚皮上，油一样的泪水从两颊滚落。辛格找了伙伴的表兄，就是果品店的老板。他还为自己请了假。医生给安东尼帕罗斯调整饮食，说他不能再喝酒了。辛格严格地按医生说的做了。他守在伙伴的病床前一整天，做了一切他能做的，好让时间过得快一些。但安东尼帕罗斯只是气呼呼地用眼角看着辛格，一点笑容也没有。

希腊人烦躁不安，不停地抱怨辛格弄的果汁和食物不好吃。他时不时地让他的伙伴扶他下床做祷告。他跪下去的时候，硕大的臀部压在短粗的小腿上，笨拙地祈祷着“亲爱的玛利亚”，随后用手紧紧握住一个用脏兮兮的绳子拴在脖子上的黄铜小十字架。他的眼睛沿着墙壁慢慢望向天花板，里面充满恐惧。之后他会非常沉默，不许他的伙伴同他说话。

辛格非常有耐心，做了他所能做的一切。为让伙伴开心，他画了一些小画。有一次还为他画了速写。但这张速写伤了胖希腊人的心，最后直到辛格把他的脸改得年轻英俊，头发涂成金黄，眼睛画成深蓝，他才肯和解。胖希腊人明明很满意，却一点也不肯让开心显露出来。

在辛格细心的照料下，一个星期后，安东尼帕罗斯就能重新上班了。可是，从这以后，两人的生活方式有了变化。麻烦也来了。

安东尼帕罗斯身体恢复了，但性情大变。他经常乱发脾气，晚上也不愿安分地待在家里。如果他要出门，辛格就紧紧地跟着他。每走进一个饭馆，当两人在桌边坐下时，安东尼帕罗斯就会把一些方糖、胡椒瓶或者银器偷偷地装进口袋。这些辛格都会为他付账，才没惹出什么大麻烦。每当他为此责怪安东尼帕罗斯时，那个胖希腊人就只是看着他，诡异地笑着。

几个月后，安东尼帕罗斯的坏毛病愈加变本加厉。一天中午，他平静地从表兄的果品店走到街对面，公然对着第一国家银行的墙根撒尿。有时候，他在人行道碰到令他厌烦的人，就会用头撞他们，用胳膊或肚子挤他们。有天他走进一家商店，没付钱就把店里的落地台灯给拖了出来。还有一次，他竟然试图把看上的陈列柜里的电动火车拿走。

对辛格来说，这是一段煎熬的日子。午休时间，他不得不陪着安东尼帕罗斯去法院处理这些纠纷。辛格对法庭的程序熟稔在心，每天过着提心吊胆的生活。法院的指控五花八门：偷窃、有伤风化、人身攻击等。为了他的伙伴不被关进去，辛格想尽了办法，花光了大部分积蓄。

果品店的老板，希腊人的表兄查尔斯 · 帕克根本不管他的事。虽然他没有让安东尼帕罗斯离开，但他那苍白的脸总是紧绷着，一点也没想过帮他的表弟。辛格感觉查尔斯 · 帕克很奇怪，开始不喜欢他了。

辛格每天都处在混乱和担忧中。但安东尼帕罗斯却像没事人一样，不管发生了什么，他的脸上总是挂着漠然的笑容。辛格总觉得他这笑容里藏着某种非常微妙和智慧的东西。他从不知道安东尼帕罗斯到底能明白他多少，也根本不知道他在想什么。现在，辛格在胖希腊人的表情中总能觉察到一种狡黠和嘲弄。他会使劲地摇晃着伙伴的肩膀，直到筋疲力尽。

他一遍遍跟他沟通，想得到答案，可这一点用处也没有。

辛格所有的钱都用完了，不得不向他的珠宝店老板借钱。某一次，他没钱付保释金了，安东尼帕罗斯在拘留所里过了一夜。第二天接他出来时，安东尼帕罗斯闷闷不乐。他不想离开那里。他很享受晚餐的腌猪肉和浇上糖汁的玉米面包。新的环境和狱友令他感到愉快。

他们生活得很孤独，辛格找不到任何人帮他解脱困境。没有什么可以中断或治愈安东尼帕罗斯的恶习。在家时，他有时会做些在拘留所吃过的新东西。在外面，谁也无法预料他下一步会做出什么事。

最后，一个大麻烦击中了辛格。

一天下午，他去果品店接安东尼帕罗斯，查尔斯·帕克递给他一封信。信上说他已经安排好了让表弟去两百英里外的州立疯人院。查尔斯·帕克运用他在小镇的影响力，把方方面面都搞定了。安东尼帕罗斯下周就要走了，住进疯人院。

辛格把信读了好几遍，一瞬间，他的脑子一片空白。查尔斯·帕克隔着柜台和他说话，辛格却懒得去读他的口形。最后，辛格在他随身带着的便笺簿上写下：

你不能这样做。安东尼帕罗斯必须和我在一起。

查尔斯·帕克激动地摇了摇头。他不怎么会说英语。“这不关你的事。”他一遍遍地重复这句话。

辛格知道一切都结束了。这个希腊佬担心有一天表弟会成为他的负担。查尔斯·帕克虽然不懂多少英语，他用起美元来却得心应手，他用金钱和关系，很快把表弟送进了疯人院。

辛格没有一点办法。

接下来的一个星期充斥着种种狂躁的举动。辛格不停地打着手语，拼命地说着。尽管他的手从没停下过，可他还是说不完他想说的话。他想把内心的想法都说给安东尼帕罗斯听，但没有时间了。

他的灰眼珠闪闪发光，敏捷而智慧的脸上现出过度的紧张。安东尼帕罗斯昏沉沉地看着他，辛格不知道他真正听明白了多少。

安东尼帕罗斯要走的日子到了。辛格取出自己的手提箱，非常细心地把共同财产中最值钱的物品打包。安东尼帕罗斯为自己做了一顿午饭，准备在路上吃。傍晚时分，他们最后一次手挽着手，在那条街上散步。这是十一月末一个寒冷的下午，哈气在他们眼前一小团一小团地升起。

查尔斯·帕克要和表弟一起去，在站台上，他离他们远远地站着。安东尼帕罗斯挤进车厢，在前排的一个座位上笨拙地准备了半天，才把自己安顿下来。辛格从窗口望着他，双手疯狂地比画着，在最后的分别时刻，他想和伙伴多说几句。安东尼帕罗斯只是忙着检查午餐盒里的食物，根本顾不上辛格。车发动的刹那，他把脸转向辛格笑了笑。那笑容木然而遥远，就像他们早已天各一方。

接下来的几个星期恍如梦中。辛格整天都俯在珠宝店的工作台上，晚上独自走回家。他唯一想做的事就是睡觉。到家后，他就躺在自己的小床上，挣扎着打个盹。半醒半睡间，他的梦断断续续，但所有的梦里，安东尼帕罗斯都在。辛格的双手不断地抽动，在梦里，他正与伙伴热切地交谈，安东尼帕罗斯则静静地注视着他。

辛格努力回想他认识伙伴以前的岁月，努力对自己描述那时发生的事。可所有这些他努力回想起的东西却真实不起来。

他想起一件特别的事，但对他好像并不重要。辛格记得他还是婴儿时就聋了，但他从来就不是真正的哑巴。很小的时候他成了孤儿，被送进聋哑儿收养院。他学会了手语和阅读。九岁前，他就会打美式单手手语，也能打欧式双手手语。他还学会了唇读，还被教会了说话。

在学校，大家都觉得他聪明。他的功课学得比其他同学都快。但他不习惯用嘴说话，这对他来说有点不自然，他感觉自己的舌头在嘴里像一条大鲸鱼。从对方脸上漠然的表情，他能感觉到自己的声音像某种动物，使人听起来很恶心。对他来说，用嘴说话是件非常痛苦的事，而他的双手却总能打出他想说的话。二十二岁时，他从芝加哥来到这个南部的小镇，不久就遇到了安东尼帕罗斯。从那时起，他就再也没用嘴说过话。因为和安东尼帕罗斯在一起，他不需要用嘴。

其他的生活好像都不是真的，除了和安东尼帕罗斯在一起的十年。在模模糊糊的梦境中，他的伙伴栩栩如生。醒来后，一种孤独刺穿了他的心。偶尔，他会给安东尼帕罗斯寄一箱子东西，却从没回音。几个月的时间就在如此的空虚和迷茫中过去了。

春天来了，辛格整个人变了。他无法入睡，整日焦躁不安。每到夜晚，他在屋子里茫然地打转，陌生的情绪无法发泄。只有黎明前的几个小时，他才能昏沉地陷入沉睡之中，直到清晨的阳光像一簇簇短剑，突然刺破他的眼皮。

为了消磨寂寞的夜晚，他开始在镇上四处闲逛。他再也不能忍受同安东尼帕罗斯一起住过的屋子，就去离镇中心不远的一处公寓，另租了一间破破烂烂的房间。

他每天都在同一个餐馆吃饭，那餐馆距自己的公寓有两条马路远，在长长的街道的尽头，名叫纽约咖啡馆。第一天，他简单地扫了一眼菜单后，写了一张便条交给老板：

早餐我要一个鸡蛋、一片吐司和一杯咖啡——$0.15

中餐我要汤（随便）、夹肉的三明治和一杯牛奶——$0.25

晚餐给我上三种蔬菜（随便，除了卷心菜）、一份鱼或肉、一杯啤酒——$0.35

谢谢。

咖啡馆的老板看过便条，向他投去世故和警惕的目光。那是个看起来不怎么友好的男人，中等身高，一脸又黑又重的络腮胡，显得整个脸的下半部看起来像铁做的。他通常站在吧台的角落里，双臂交叉在胸前，静静地观察咖啡馆内的一切。辛格对他渐渐熟悉起来，因为他一天三餐都待在这儿。

每个夜晚，辛格独自一人在街上闲荡。有些夜晚，刮着三月潮湿刺骨的冷风，有些夜晚，冷雨下得很大。这些对他来说都无所谓。他双手紧紧插在口袋里，步态是焦虑的。天逐渐变暖，令人昏昏欲睡。焦虑慢慢地化成了疲倦，在他身上，可以看见一种深深的平静。沉思般的安宁覆盖了他那张脸，如此的安宁通常只能在最悲伤或最智慧的脸上瞥见。是的，他仍然漫步在小镇深夜的大街小巷，沉默而孤单。

2

初夏，一个漆黑闷热的夜晚，比夫·布莱农站在纽约咖啡馆的收银台后面。午夜十二点。外面的街灯已经灭了，咖啡馆的灯光在人行道上投射出一块棱角分明的黄色长方形。街上一个人也没有，咖啡馆里还有几个人喝着啤酒、圣塔露西亚酒和威士忌。比夫不冷不热地候着，他的胳膊肘搭在柜台上，拇指点着长鼻子尖。他专注地盯着一个穿工装裤的矮胖男人，那人喝得太多了，变得狂躁起来。不时地，比夫的眼光会溜到一个独自坐在中间桌子旁的哑巴身上，当然他也会照顾那些到柜台前来的顾客。不过，最后他总是要回望那个喝醉了的穿工装裤的家伙。夜深了，比夫还在柜台后面默默地等着。最后，他巡视了一遍咖啡馆，就朝后门走去。从那可以上楼。

他小心地爬上楼梯，走进楼上的房间。里面很暗，他走得很小心。走了几步，他的脚碰到了硬东西，他弯下腰来，摸到了放在地上的行李箱的把手。灯开了的时候，他正准备离开，他进这屋子只几秒钟而已。

艾丽丝从乱糟糟的床上坐起来，懒懒地看着他。“你碰那行李箱做什么？”她问，“你就不能把那疯子赶走，别再给他了，他把什么都喝光了！”

“醒醒吧，你自己下楼去。去叫警察，叫他来抓吃玉米饼和豆子的苦力。去吧，布莱农太太。”

“如果明天他在下面，我会去的。但你别动那个箱子，它早不是无所事事那家伙的东西了。”

“我知道那些无所事事的人，布朗特不是那种人。”比夫说，“至于我自己，虽然我不那么了解自己，但我不是那种贼。”

比夫平静地把箱子放在外面的楼梯上。房间里的空气不像楼下那么混浊闷热。他决定待上一小会儿，洗下脸再回去。

“我已经告诉过你了，如果你今天晚上还不把那家伙赶走，我会做什么。白天他在后面打盹，晚上你喂他晚饭和啤酒。整整一个礼拜了，他一个子儿都没付。他那些胡言乱语会毁了生意。”

“你不了解人，你也不知道真正的生意是怎么回事。”比夫说，“这家伙十二天以前来到这里，谁也不认识。头一周他就关照我们二十块钱的生意。至少二十块。”

“从那以后就开始记账，”艾丽丝说，“五天都记账，整天喝得烂醉如泥，真是丢人。在我看来，他就是个怪物。”

“我喜欢怪物。”比夫说。

“我早知道你喜欢，布莱农先生，因为你自己就是个怪物。”

他揉揉发青的下巴，不再理她。在他们结婚的头十五年里，他们管彼此叫比夫和艾丽丝。后来在一次争吵中，他们开始叫对方“先生”和“太太”，从那以后再没变回去。

“我警告你，明天我下楼的时候，最好那个疯子已经走了。”

比夫走进浴室，他洗了脸之后决定刮刮胡子。胡子又黑又重，好像三天没刮似的。他站在镜子前，若有所思地揉着脸颊。心里后悔和艾丽丝谈话。和她在一起，最好保持沉默。在那女人跟前，他老是不像自己，而是变得像她一样粗俗、渺小、平庸。比夫的眼睛冷冷地凝视着镜子，半垂的眼皮遮着眼睛，流露出一种玩世不恭的神情。他的手结满老茧，小指上带着一枚女士婚戒。他身后的门敞开着，从镜子里，他看见艾丽丝躺在床上。

“听着，”他说，“你从来没有什么真正的仁慈心肠。我认识的不止一个女人有这种真正的仁慈心肠。”

“嗬，我知道你会做出这世上的男人都不会觉得自豪的事。我知道你——”

“也许我说的是好奇心。你永远看不到任何重要的事。你从来不去观察，不想，也不搞明白什么事。或许这就是我们之间最大的不同。”

艾丽丝几乎又睡着了。从镜子里他漠然地看着她。她身上没有任何独特的地方让他的视线停留，他的目光从她棕色头发滑向被子下她脚部圆胖的轮廓，又从她浑圆的脸部到她滚圆的屁股和大腿。他不和她在一起的时候，脑海里没有任何她与众不同的地方凸显出来。他总觉得她就是一个普通的不能再普通的形象。

“探究一出好戏的乐趣，你永远都不可能懂。”他说。

她的声音很疲惫。“楼下那家伙就是出好戏，是的，就像马戏团里的小丑。不过，我可看够了。”

“算了，那男人对我什么也不是。不是我的亲戚也不是朋友。不过你从不知道，从一大堆细节中搞明白事情的真相是怎么回事。”他打开热水，开始刮胡子。

那是五月十五号早晨，杰克·布朗特来的那天。他一下子就注意到他，并开始观察他。那男人矮个，肩膀宽厚得像房梁。他有着歪歪扭扭的小胡子。胡子下面的嘴唇就像被黄蜂叮过似的。那家伙身上有很多矛盾的东西。他的脑袋很大，但他的脖子又软又细，像个男孩的脖子。胡子看上去很假，就像是为了参加化装舞会而贴上去似的，说话一快，恐怕就会掉下来。那胡子使他看着像个中年人，尽管他的脸、光滑的额头和大眼睛还很年轻。他的手巨大，结了茧，脏污不堪。他穿着廉价白色亚麻布西服。这男人身上有些什么东西很滑稽，同时另一种感觉却让你笑不出来。

他要了一品脱酒，在半小时内把酒都喝光了。然后他坐在一个小桌旁，吃了个鸡肉大餐。再后来读了本书，喝了啤酒。那只是开始，尽管比夫仔细地观察布朗特，他也想不到后来会发生什么。他从没见过一个人在十二天内变化这么大。也没见过谁喝了这么多酒，这么长时间都醉着。

比夫用拇指向上推着鼻子底部，又在嘴唇上边刮来刮去。刮完后他的脸看起来清爽些了。他从卧室下楼的时候，艾丽丝睡着了。

行李箱很重。他提着它到了咖啡馆的前面，把它放在收银台后面，他每天都站在那儿。他扫视着店内。有几个顾客走了，空间不那么挤了，格局还是老样子。哑巴还是在中间的一个桌子上喝着啤酒。醉鬼还在不停地说话。他没有特意对某个人说话，周围也没人在听他说。这天晚上他穿着蓝色工装裤，终于换掉了那件穿了十二天的肮脏的亚麻西服。他的袜子没了，他的脚踝被划破了，上面还沾着泥点。

比夫警觉地捕捉到了醉鬼的只言片语。那家伙听起来又在谈着什么古怪的政治。昨天晚上，他说着他去过的那些地方，得克萨斯、俄克拉荷马、卡罗来纳。其间他说起了妓院，随后他的玩笑就变得很粗俗，他必须用喝啤酒来掩饰。但是大多数时间没人明白他在说什么。他不停地说着，话语从他的喉咙里像瀑布一样流出来，而且他的腔调一直在变。有时他就像个傻头傻脑的家伙，有时他又像个教授。有时他会说很长很生僻的词，有时又都是语法错误。很难从他的谈话中猜测他是什么样的人，他从哪个国家来。他总是在变。比夫沉思着摩挲着鼻尖。没有关联的谈话，不过关联需要动脑筋才行。这家伙应该是个聪明人。但他往往没一点原因，思维就从一件事跳到另一件事。他就像一个矛盾重重的迷路人。

比夫把身体靠在柜台上，开始仔细读晚报。头条是市议会的一项决定，经过四个月的仔细研究，他们发现本地政府预算无法负担在城里某些危险的十字路口安装交通灯。左边栏目讲的是东方的战争。比夫同时读着这两则新闻。他的眼睛看着印刷字，其他感官却警觉地跟随着周围的情况。他看完了文章，半闭的眼睛还盯着报纸。他感到紧张。那家伙是个麻烦，早晨之前他必须想办法让他离开。而且不知道为什么，他还感到有些重要的事情会在今晚发生。这家伙可不能总这么下去。

比夫觉察到有人站在门口，他迅速抬起头。一个十二岁左右的小女孩正站在门口张望。瘦长的身子，浅黄色的头发。她穿着卡其色短裤、蓝衬衫、网球鞋，第一眼看上去像小男孩。比夫看到她后，放下手中的报纸。她向他走来，他笑了。

“嘿，米克。参加女童子军了吗？”

“没，”她说，“我和她们没关系。”

他眼角的余光瞥见醉鬼砰地一拳打在桌子上，脸从刚才说话的对象身上扭过来。比夫和面前的小女孩说话时，声音变得粗糙起来。

“你的家人知道你深更半夜还在外面吗？”

“没关系。今晚我们街区一帮小孩儿在外面玩很晚的。”

比夫从没见过她和同龄的孩子来过这里。几年前，她是哥哥的跟屁虫。凯利一家是个人口众多的大家庭。她长大一点后，有时会拖着童车来，里面装着两个流鼻涕的小家伙。除此之外，她总是独自一人。现在她站在那儿，不知道想要什么。她不停地用手掌向后捋着湿漉漉的浅色头发。

“请给我包烟。最便宜的那种。”

比夫欲言又止，随后把手伸到柜台里面。米克掏出手帕，开始解手帕角上的结。手帕里装着钱。她猛地一拽，硬币丁零当啷地掉到地上，滚向布朗特。他正站在那儿嘟囔着什么。有一刻，他茫然地看着钢镚。但是当小女孩正想去捡时，他却立刻蹲下身子捡起了它们。他重重地走到收银台前，晃着手中两个一分币、一个五分币、一个一角币。

“现在烟是一角七分钱吗？”

比夫没有回答。米克看看这个，又看看那个。醉鬼把钢镚在柜台上摞起来，用他的大脏手围着它。他慢慢地拿起一个一分币，用指头轻轻地把它弹倒。

“这五厘给种烟草的穷白人，五厘给卷烟的蠢货，”他说，“这一分钱给你，比夫。”他努力集中视线，试图看清五分币和一角币上面的铭文。他不停地摸着这两个硬币，推着它们在柜台上画着圆圈。终于，他把硬币推到一旁。“这是向自由卑微的致敬。向民主与独裁。向自由与打劫。”

比夫平静地拾起硬币，把他们放进钱柜里。米克像是想多待一会儿的样子。她久久地凝视着醉鬼，然后将目光转向屋子中间，哑巴独自坐着。布朗特也时不时地望着那个方向。哑巴默默地坐在桌前，面对着他那杯啤酒，无聊地用烧焦的火柴头在桌上画着。

杰克·布朗特先开了口。“真怪，最近三四个晚上我都梦见那家伙了，他不肯放过我。你们发现了吗，他好像从不说话。”

比夫很少和一个顾客聊另一个顾客的闲话。“没错，他不说话。”他敷衍道。

“很奇怪。”

米克将重心换到另一只脚上，把烟塞进短裤口袋。“你要是了解他多一些，就不会觉得奇怪了，”她说，“辛格先生租了我们家的房间，他和我们住一起。”

“是吗？”比夫问道，“这事我真不知道。”

米克朝门口走去，头也不回地说：“当然，他已经和我们住了三个月了。”

比夫把衬衫袖子放下来，又小心地卷上去。他一直盯着米克离开。她走了几分钟后，他还在胡乱地整理着袖子，眼睛瞪着空荡荡的门口。然后他把胳膊交叉在胸前，目光又落到醉鬼身上。

布朗特重重地靠在柜台上。那双褐色的眼睛睁得大大的，有些潮湿，显得很迷惘。他身上闻起来很臭，臭得像公山羊，急需洗一个澡。汗津津的脖子布满污垢，脸上还有一块油斑。

嘴唇又红又厚，褐色的头发盖在额头上。工装裤看起来有点短，他不停地拽着裤裆。

“伙计，你应该找些事情做，”比夫终于开了口，“你不能再这样到处跑。我真吃惊，你居然没被当成流浪汉抓起来。不要整天烂醉了。你需要洗个澡，剪一剪头发。天！你不应该这样出现在世人面前。”

布朗特的脸沉了下来，紧咬着下嘴唇。

“嘿，别发火。照我说的去做。去厨房，叫那黑孩子给你一大盆热水。让威利给你拿毛巾和肥皂，好好洗洗。吃点牛奶吐司，然后打开你的手提箱，换上干净的衬衫和合适的裤子。明天就去你想去的地方，做你想做的工作，一切都会很快好起来。”

“你知道你能做什么，”布朗特醉醺醺地说，“你只能——”

“好啦，”比夫小声说，“不，我不能。你不要整天胡思乱想了。”

比夫走到柜台的另一头，端来两杯生啤酒。醉鬼笨手笨脚地拿起他的杯子，啤酒溅到了外面，弄湿了柜台。比夫津津有味地喝着自己的那杯酒，从容地打量着布朗特，眼睛半睁半闭。布朗特并不是怪物，尽管他给人的第一印象是如此。在他身上，有什么东西走样了。细看他的每个部位都很正常，都是它应该的样子。因此这种差异不是在身体中，而是在精神里。他像个在监狱里待过的人，又像在哈佛读过书，或者在南美和外国人待了很长时间的人。他像是去过一些其他人很难去过的地方，或者做过一些别人很难做的事情。

比夫把脑袋歪到一边，问：“你是哪里的人？”

“哪儿人也不是。”

“你总得有个出生地吧。北卡罗来纳、田纳西、亚拉巴马，总有个地儿。”

布朗特的眼神恍惚，目光涣散。“卡罗来纳。”

“看得出来你经历丰富。”比夫微妙地暗示。

醉鬼根本没在听比夫说话。他的目光早已从柜台转向了外面漆黑、空荡的大街。随后，他踉踉跄跄地向门口走去。

“再见。”他回头喊了一声。

柜台又剩比夫一个人了。他迅速地扫视了一遍餐馆。时间已过午夜一点，店里只有四五个客人了。哑巴依然独自坐在中间的桌子边。比夫懒洋洋地看着他，晃了晃杯底最后一点啤酒。慢慢地一口喝完，接着去读他摊在柜台上的报纸。

他怎么也看不进报纸上的字。他想起了米克。是否应该卖给她香烟？抽烟对这些孩子真的有害吗？他想起了米克眯着眼睛、用手把头发捋向脑后的样子。他想起了她那男孩般沙哑的声音，想起她拽卡其布短裤的样子，就像电影里的牛仔那样昂首阔步地走路。他有些不安。一种温柔的情感从他心底油然而生。

比夫不知所措地将注意力转到辛格身上。哑巴依旧坐着，双手插在口袋里，面前那杯喝了一半的啤酒已经变得温热而混浊。辛格走之前，比夫打算请他喝一口威士忌。艾丽丝说得不错，他就是喜欢怪物。他对病人和残疾人抱有特殊的情感。任何时候，只要进来的客人长着兔唇或得了肺结核，他准会请他喝杯啤酒。如果客人是个驼背或瘸子，那就为他们准备免费的威士忌。有一个家伙，在锅炉爆炸中炸掉了生殖器和左腿，只要他进店，准有一品脱免费酒在等着他。如果辛格是个嗜酒的家伙，任何时候他都可以半价购买。比夫暗自点头。他把报纸折好，整齐地放在柜台下面，和其他报纸摆在一起。周末他会把这些报纸挪到厨房后面的储藏室，过去二十一年的晚报他都保存完整，一天都不落。

夜里两点钟时，布朗特又走了进来。他带来了一个高个儿黑人，手里拎着黑包。这醉鬼试图领着他去柜台那儿喝上一杯，那黑人发现他的意图后立刻走了。比夫认出了他，是一直在镇上行医的医生，和他厨房里的小威利好像有点儿什么关系。在他离开之前，比夫看见他射向布朗特的目光充满战栗和仇恨。

布朗特直愣愣地站在那儿。

"你难道不知道，白人喝酒的地方不许带黑鬼进来。"有人问他。

比夫远远地看着眼前的这一幕。布朗特很生气，很明显他喝高了。

"我就是半个黑鬼。"他大声叫嚣着，像是在挑衅。

比夫警惕地注视着他，店里静悄悄的。从他粗大的鼻孔和滚动的眼白，能看出他说的都是真话。“我是部分黑鬼，还有部分南欧佬加东欧佬再加上中国佬，我全是。”

人群里发出一阵哄笑。

“我还是荷兰人加土耳其人加日本人加美国人。”他绕着哑巴的桌子，走着“之”字形。他的声音很大，带着嘶哑。“我是知道的人，我在一个陌生的国度，我是一个陌生人。”

“安静一下。”比夫对他说。

布朗特谁也不理，除了那个哑巴。他们互相打量着对方。哑巴的眼睛像猫一样冷淡而温和，他的整个身体都像是在倾听。醉鬼很是兴奋。

“你是这镇上唯一能听懂我说话的人，”布朗特说，“两天来，我一直在用心和你交谈，因为我知道你懂我说的话。”

隔间里有人笑起来，因为这醉鬼根本不知道，他的交谈对象是一个聋哑人。比夫的目光立刻射向这两个男人，他聚精会神地听着。

布朗特在那张桌子边坐下，身子俯向辛格。“世上有两种人：知道的人和不知道的人。一万个人中只有一个知道的人。这在任何时代都是奇迹。无数人无所不知，可他们却不知道这一点。就像十五世纪几乎所有人都相信地球是平的，只有哥伦布和少数几个人知道真相。只有天才知道地球是圆的。而我说的真理是如此明显，可以说在整个历史上都可以称之为奇迹，却没有人知道。当然，你知道。”

比夫的胳膊肘支在柜台上，好奇地盯着布朗特。“知道什么？”他问。

“别理他，”布朗特说，“别理那个平足、青下巴、多管闲事的杂种。我们知道的人彼此遇见，这是一个大事件。它简直是个奇迹。有时候，我们遇到了，却不知道对方也是知道的人。这有多糟糕。这样的事在我身上发生很多次了。但你知道，我们这样的人真是太少了。”

“共济会吗？”比夫问。

“你闭嘴！小心我把你胳膊拧下来，再用它把你揍得鼻青脸肿。”布朗特破口大骂。他弓起身子俯向哑巴，声音很低，醉醺醺地说：“为什么呢？这个无知的奇迹为什么会世代延续呢？只有一个原因，那就是阴谋。众所周知的阴谋。这完全是蒙昧主义。”

隔间里的人还在笑这个醉鬼，笑他和一个哑巴交谈。只有比夫是严肃的。他想搞明白，哑巴是不是真能明白醉鬼的话。那家伙频频点头，脸上一副沉思的表情。他只是反应有点慢，仅此而已。布朗特在“知道”的话题中插入了几个笑话。哑巴却一直很严肃。直到醉鬼说了这句妙论后，他才笑了一下。接下来他又变得沉闷了，可微笑依然挂在他的脸上。他真是太不可思议了。在人们意识到他与众不同之前，已经不自觉地被他吸引了。他的眼神令人想到，他听见过别人从没听到的东西，他知道一些别人无法想象的事情。他仿佛来自另外一个星球。

杰克·布朗特趴在桌子上，话语像决了堤的洪水，滔滔不绝地倾泻而出。比夫已经听不懂了。布朗特醉成了大舌头，语速又太快，话音被震成一团。比夫暗想，当艾丽丝把他赶走后，他能去哪儿呢？她说过，早晨她就会这样做。

比夫倦了，他打着哈欠，用指尖轻轻地拍打张开的嘴，让两腭变得轻松些。已是午夜三点，这是一天中最寂寞难耐的时候。

哑巴是耐心的。他已经听了将近一个小时。他开始不停地看看钟。布朗特根本没注意到这些，继续高谈阔论。终于，他停下来了，卷了一支烟。哑巴朝时钟的方向点点头，用他特有的方式，笑了笑，然后从桌旁起身。和往常一样，他的双手插在口袋里，迅速地走了出去。

布朗特喝得烂醉如泥，根本不知道发生了什么。他甚至没注意到哑巴没有回应了。他扫视着咖啡馆，嘴巴张得老大，眼珠子迟钝地滚动。额头上红色的血管凸起，他愤怒地用拳头猛击桌面。在比夫看来，他的酒疯也要不了多久了。

“好啦，”比夫耐心地说，“你的朋友已经走了。”

布朗特依然在寻找辛格。此前他从没像现在这样醉过，表情极其丑陋。

“过来，我有东西给你，还想跟你说句话。”比夫哄着他。

布朗特费劲地把身子从桌边抬起来，迈着松散的步子向大街走去。

比夫靠着墙。进来出去，进来出去。说到底这和他没关系。屋子变得空旷、安静起来。时间在无声流逝。他的脑袋倦怠地低垂着。一切的喧哗正在缓慢地向这里告别。柜台、面孔、隔间和桌子，角落的收音机，天花板上的吊扇——所有的一切都安静无力，静止无声。

他想必是打了个盹。有人在晃动他的胳膊，他的意识慢慢地恢复了，抬起头看看发生了什么事。威利站在他的面前，就是那个厨房里的黑孩子，戴着帽子，身上系着长长的白围裙。威利结结巴巴，因为不管他想说什么，他总是非常激动。

“就这样，他用拳头捶打这里的墙、墙、墙。”

“什么？”

“就在两户人、人、人家之间的小巷里。”

比夫耸了耸松懈的肩膀。“什么？”

“他们要把他带到这儿，随时会来一堆人。”

“威利，”比夫耐心地说，“从头说，我没明白是怎么回事。”

“就是那个留着小胡、胡、胡子的矮个白人。”

“布朗特先生。”

“是的，我没看见开头。我在后门听见一阵响动。像是巷子里打得很凶。我就跑、跑、跑过去看。白人简直疯了。他用脑袋撞墙，用拳头砸。我从没见过一个白人像他那样与墙咒骂和打架。看他那架势，是要把自己的脑袋打破。后来有两个白人，跑过来看——”

“然后呢？”

“你知道那个不会说话的绅士，手、手插在口袋里——”

“是辛格先生。”

“是的。他站在那儿看究竟发生了什么。杰克 · 布朗特先生看见他后又开始大声说话和喊叫，然后他就突然摔倒在地。可能是他真把脑袋撞坏了。一个警察跑了过来，有人说布朗特先生一直在这儿。”

比夫点点头，把听到的事情重新理了一遍。他揉着鼻子想了一会儿。

“他们随时会涌进来。”威利走到门口，向外看。“他们全来了。”

十几个旁观者和一个警察全都试图挤进咖啡馆。还有几个妓女从窗子向屋内看。每当有非同寻常的事情发生，总会有那么多人不知从什么地方冒出来，可笑极了。

“请不要再添乱啦，”比夫说，他看看扶着醉鬼的警察。“其他的人还是走吧。”

警察把醉鬼扶到椅子上，那群观众也被他赶到外面去了。警察转过来问比夫：“有人说他一直待在这儿，和您一起。”

“不。但他有权待在这儿。”比夫说。

“希望我把他带走吗？”

比夫想了想。“也许今晚他不会再惹麻烦了。当然我不能保证——但我想待在这里会使他安静下来。”

“好吧。我下班前再来一趟。”

店里只剩下比夫、辛格和杰克 · 布朗特三个人。从布朗特被带进来，比夫还是第一次将目光投向他。布朗特的下巴好像伤得很厉害。他颓然地倒在桌子上，大手盖住了嘴。他的头上有一个口子，血顺着太阳穴流下来。手指头的皮蹭破了，肉翻了出来。他太脏了，像是刚被人从下水道里拎出来。所有的能量都从身体里喷射而尽，他完全垮了。哑巴坐在桌子对面，灰色眼睛看尽了这一切。

比夫发现，布朗特并没伤到下巴，用手捂着嘴，是因为他的嘴唇在颤抖。泪水从污浊的脸上滚落。他时而斜着眼睛看比夫和辛格，为他们看见自己流泪而气恼，这令他尴尬。比夫对着哑巴耸了耸肩膀，扬下眉毛，一副“我们怎么办”的神情。辛格把脑袋歪向一旁。

比夫有些为难。他思索着该如何处理这件事。这时哑巴在菜单的背面写了两行字。

如果你想不出任何他能去的地方，他可以和我一起回家。先弄点汤和咖啡，对他有好处。

比夫松了一口气，使劲地点头。

他准备了三份晚上的特价菜，两碗汤，咖啡和甜点。布朗特不肯吃。他不肯把手从嘴上拿下来，好像那是他最怕被暴露的隐秘部位。他的呼吸混杂着哭泣，宽大的肩膀不停地抽搐。辛格指着一盘食物，又指指另一盘，但布朗特始终捂着嘴摇头。

比夫吐字很慢，为了让哑巴能看清。“神经病。”

汤的热气直扑到布朗特脸上。过了一会儿，他颤抖着握住勺子，把汤喝完后，吃了点甜食。他肥厚的嘴唇依然在颤抖，脑袋几乎埋在盘子里。

比夫注意到一个细节。就是每个人身上都有一个特定的部位，一直被牢牢地保护着。对哑巴来说，那个部位是手。米克用指尖拉胸罩的前面，不让它摩擦刚刚钻出来的娇嫩乳头。艾丽丝最介意的是头发，每当他在头上抹了油，她就拒绝和他一起睡。那他自己呢?

比夫慢慢地转动小指上的戒指。但他知道那里不是。不再是。一道深深的皱纹刻在他的额头。他插在裤袋里的手紧张地移向生殖器。他用口哨吹着一首歌，从桌旁起身。反正，在别人身上寻找这个部位很可笑。

他们扶着布朗特起身。他跌跌撞撞的，头重脚轻。他不再哭了，像是在思考一件令人郁闷可耻的事。他顺从地让他们扶着。比夫从柜台后面拿出手提箱，向哑巴解释了一下。辛格点点头，一副不会被任何事物所惊扰的神情。

比夫跟着到了门口。“振作一点，别再喝酒了。”他对布朗特说。

漆黑的夜空有了亮色，透出黎明的深蓝色。天上只有几颗微弱的银白色的星星。街道空旷、清冷。辛格左手提着手提箱，右手搀着布朗特。他对比夫点点头，然后两人走上了人行道。比夫目送着他们。他们已经走到半条街外了，黑色的身影在蓝色的黑暗里若隐若现。哑巴的身影笔直而坚挺，布朗特踉跄地靠在他身上。他们的身影全然消失在夜色里，比夫望天发了一阵呆。深不可测的苍穹一望无际，让他着迷，又令他压抑。他揉揉额头，走进明亮的咖啡馆。

比夫站在收银台后面，竭力回想着晚上所发生的事情，面部肌肉也随之收缩，变得僵硬。他有一种强烈的感觉：他欠自己一个解释。在冗长的情节里，他回忆着晚上的一幕幕，可还是没有想明白。

随着一股突然涌进的人流，门开开合合。夜晚过去了。威利把椅子堆在桌子上，开始拖地，嘴里哼着歌。他要回家了。威利是个懒骨头。在厨房里，他总是会偷偷地停下一会儿，吹奏随身带着的口琴。他睡眼惺忪地拖着地，哼着孤独的黑人歌曲。

餐馆里的人不是很多。这正是那些熬夜的人和刚刚苏醒的人相遇的时刻。睡眼蒙眬的女招待忙着上啤酒和咖啡。没有声音，没有交谈，每个人看上去都是孤单的。刚刚醒来的男人与刚刚结束漫漫长夜的男人彼此间的不信任，在每个人心里投下了疏离感。

黎明时分，对面的银行大楼露出苍白的轮廓。渐渐地，白色的砖墙也清晰可见。清晨的第一缕阳光点亮了街道，比夫最后审视了一眼咖啡馆，上楼去了。

进入房间时，他故意把门把弄得吱吱作响，为的是把艾丽丝吵醒。“天啊！”他说，“可怕的一夜！”

艾丽丝警觉地醒了过来。她躺在皱巴巴的大床上，伸了伸懒腰，像只阴郁的猫。新鲜刺眼的阳光射进来，房间被照得褪了色，没有一丝生气。一双皱巴巴的丝袜挂在窗帘的绳子上。

“那个酒鬼还在楼下吗？”她质问道。

比夫脱掉衬衫，查看领子是不是干净，能不能再穿一天。“你自己下去看看吧。我说过，没人能阻止你一脚把他踢开。”

艾丽丝迷迷糊糊地伸出手，从床后的地板上捡起一本《圣经》、背面空白的菜单和礼拜日学校手册。《圣经》被她翻得沙沙作响，然后在一页停住，开始吃力而专注地大声朗读。今天是星期天，她在为教堂少儿部的孩子们准备一周一次的课。“耶稣顺着加利利的海边走，看见西蒙和西蒙的兄弟安得烈在海里撒网。他们本是打鱼的。耶稣对他们说：‘来跟从我，我要叫你们得人如得鱼一样。’他们就立刻舍了网，跟从了他。”

比夫走进卫生间，开始洗澡。艾丽丝用力地读着，丝绸般的低语传来。“……早晨，天未亮的时候，耶稣起来，到旷野去，在那里祷告。西蒙和同伴追了他去。遇见了就对他说，‘众人都找你’。”

她念完了。这些话依然温柔地在比夫心里回荡。他努力想把书上的这些原话与艾丽丝朗读的声音分开。他努力地回想，当他还是个小男孩时，母亲是如何朗读这一段的。他伤感地低下头，看着小指上的婚戒，那曾经是母亲的。他又一次暗想，母亲对于他抛弃宗教和信仰会是何种感受。

“这堂课是关于门徒的聚集，”艾丽丝自言自语地备课，

“今天的课文是众人都找你。”

比夫猛然从沉思中惊醒，他将水龙头开到最大。他使劲搓洗着自己。他的上半身总是洗得一丝不苟。每天早晨他会在胸口、胳膊、脖子和脚打上肥皂。这个季节中，他只有两次跳进浴缸，把全身洗个遍。

比夫站在床边，不耐烦地等着艾丽丝起床。透过窗子，他知道这将是无风的一天，会热得烧起来。艾丽丝朗读完了。她知道他在等她，但还是四仰八叉地躺在床上，一动不动。一股阴郁的怒火在他体内升起。他嘲讽地对自己笑了下，然后苦笑着说：“随便你，反正我可以坐下来读一会儿报。虽然我希望你现在能让我睡觉。”

艾丽丝起床了，她开始穿衣，比夫铺床。他灵巧地将被单倒来倒去，先是把它们翻了个面铺上去，随后又把头和脚换了下位置。床被弄得很舒服，一直等到艾丽丝走后，他才快速地脱掉裤子爬上床。他的脚从被单下面露了出来，长着粗长胸毛的胸膛在枕头的衬托下显得更加乌黑。他庆幸自己没有把昨晚的事告诉艾丽丝。他很想把这些说给一个人听，如果能大声地说出所有的事实，也许他就能弄清令他困惑的东西。这个可怜的家伙，一直说个不停，却不能让其他人明白他在说什么，很可能他自己也不明白。他是如此强烈地被聋哑人吸引，选中他，要把自己的一切都交给哑巴。

为什么？

因为某些人有一种本能。他们要在某个时刻抛掉所有私人的东西，在那些东西发酵和腐蚀之前，把它们抛给某个人，或某种主张。他们必须这样。某些人就有这样的本能。《圣经》那篇课文是“众人都找你”。也许这就是原因。也许正如那个家伙所说的，他是中国人、一个黑鬼、南欧猪和犹太人。如果他能信以为真，也许就是这样了。他的口中每个人、每件事都……

比夫向上伸展双臂，光着的脚丫子交叉着。在早晨的光线下，他显得比平时老，闭上的眼皮皱巴巴的，脸上有一圈浓重的络腮胡。慢慢地，他的嘴角柔和起来。金色刺眼的阳光射进窗子，整个房间闷热明亮。比夫疲倦地翻了个身，用手遮住眼睛。他只是有两个拳头、伶俐牙齿的老比夫，孤独的布莱农先生。

3

尽管昨天晚上在外面玩到很晚，但阳光还是把米克早早地叫醒了。天太热了，早餐喝咖啡都热，她在冰水里加了点糖，吃着冷饼干。在厨房磨蹭了半天后，她走到前廊读漫画。她想也许辛格先生正在那儿看报纸，因为基本上每个星期天早晨他都是这样。但辛格先生不在，她爸爸说辛格昨天很晚才回来，他的房间里还有一个人。她等了辛格先生许久。其他的房客都下楼了，除了他。她回到厨房，把拉尔夫从高高的椅子上抱下来，给他换上干净的衣服，擦掉他脸上的脏东西。等巴伯尔从礼拜日学校放学后，她就要带他们出去。她允许巴伯尔和拉尔夫一起坐在童车里，因为巴伯尔光着脚，灼热的街道会烫伤他的脚。她拖着童车，走过了八条街，来到正在施工的一所巨大的房子前。梯子还支在屋檐上，她鼓足了勇气往上爬。

“照顾好拉尔夫，”她回头向巴伯尔叫道，“可别让蚊子叮他的眼皮。”

五分钟后，米克站在了屋顶上面，挺得很直。她伸开双臂，像两只翅膀。这是任何人都想站上去的地方。但没多少孩子能像她这样。大多数人会害怕，万一失去平衡，就会从屋顶上滚下来。屋顶周围是别的屋顶和绿树的顶部。小镇的另一边是教堂的尖顶和工厂的烟囱。天空是耀眼的蓝色，空气热得像着了火。太阳使地上的每样东西都变成了令人眩晕的白色或黑色。

她想唱歌。她熟悉的所有的歌一起涌向喉咙，但是她没能发出声音。上星期，一个大男孩爬上了这所屋顶最高的地方，大叫了一声，然后开始大声发表他在中学学到的一句：“朋友们，同胞们，请听我说！”站在最高处，会让你有一种狂野的感觉：想大喊，想唱歌，想展开双臂飞翔。

她感到脚下有些滑，便小心地蹲下身，骑在屋顶的尖坡上。这房子快要完工了，它将是这一带最大的楼房之一。有两层楼，天花板很高，她还从没见过这么陡峭的屋顶。可是这房子很快就要盖完了。木匠们要走了，孩子们得找新的地方玩耍。

此刻周围一个人也没有，静悄悄的，她可以独自思考一会儿。她从短裤口袋里掏出昨晚买的那包烟。将烟点燃，缓缓地吸入。香烟带给她醉酒般的感觉，肩膀上的脑袋沉甸甸的，不听使唤，不过她必须吸完。

她一直相信自己十七岁时会成名，到那时，她就会在所有东西上都签上“M.K.”。这是她为自己设计的签名——她名字的缩写。她将开着一辆红白色的派卡德轿车回家，车门上有她的签名。她的手帕和内衣上也都会写上红色的“M.K.”。她也许会成为一个伟大的发明家。她要发明一种绿豆大小的收音机，人们可以塞进耳朵里随身听。还要发明一种飞行器，人们可以像背包一样绑在后面，绕着世界飞来飞去。然后呢，她会成为打通到中国的巨型隧道的第一人，人们坐着大气球下去。这些将是她的第一批发明，一切都已经在她的计划中了。

米克把烟抽了一半，便猛地掐灭，将剩下的半截烟沿着屋顶的斜坡弹了出去。她俯下身子，脑袋搭在手臂上，她对自己哼起了歌。

这很怪，几乎每时每刻，在她的脑子里总有一首钢琴曲或是其他曲子转来转去。不管她在做什么或想什么，它总在那儿。她家的房客布朗小姐有一台收音机。去年一整个冬天，每个星期天下午米克都会坐在台阶上听收音机里的节目。她印象最深的是那些古典音乐。有一个家伙的曲子，她每次听时心脏都会缩紧。那音乐有时像是五彩缤纷的水晶糖，有时候却是她所能想象的最温柔、最悲伤的事物。

突然一阵哭声传来。米克坐直了。风吹乱了她额前的刘海儿，明亮的阳光将她的脸照得苍白而潮湿。哭泣声持续不断，米克用手和膝盖沿着陡峭的屋顶挪动。她移到了屋脊尽头，将身子向前探去，趴在屋顶上，这样她的脑袋就可以伸到屋顶外面，看清下面的情况。

孩子们还待在原地。巴伯尔蹲在什么东西上，他的旁边有一个侏儒般的黑影子。拉尔夫仍被拴在童车里，他刚刚学会坐着，正抓住童车的四周大哭，帽子歪在脑袋上。

“巴伯尔！”米克向下大叫，“看看拉尔夫想要什么，你拿给他。”

巴伯尔站起来，直直地盯着婴儿的脸，“他什么也不想要。”

“好吧，那就摇摇他。”

米克爬回到她刚才坐着的地方。她想好好地思考一下，做一些计划。但是拉尔夫还在号啕大哭，她一点也安静不下来。

她大胆地向下爬，想爬到屋顶边的梯子那儿。斜坡很陡，很少的几块木头钉在上面，而且相隔很远，这是工人们搭脚用的。她晕了，心脏跳得飞快，她在颤抖。她用命令的语气告诉自己：“手抓紧，慢慢滑下去，右脚站稳了，重心摆到左脚上。镇定，米克，要镇定。”

向下，是任何攀登行为中最难的部分。她花了很长时间才够到梯子，终于安全了。当她站到地面时，看上去矮小了许多，她的双腿像是瞬间垮掉了。她拽了一下短裤，将皮带紧了下。拉尔夫还在哭，但她没理会他的哭声，径直走进了那所新房子里。

上个月，有人在房前竖了块牌子，禁止儿童进入。因为有天晚上，一群小孩儿在房子里胡闹，一个夜盲的小女孩跑进了没装上地板的房间，腿摔断了。现在她还打着石膏，躺在医院里。还有一次，几个粗野的男孩往墙上小便，还写了一些下流话。但是，不管有多少“切勿入内”的警示牌，都阻止不了孩子们进来，除非等到房子粉刷完工、主人搬进去。

房间散发出新木头的味道。她的网球鞋踩到地板上发出的噗噗声，在整个房子里回响。空气热得安静。她在前屋中间默默地站了一会儿，突然想起了一件事。她在口袋里摸，摸出两支粉笔，一支绿的，另一支是红的。

米克在墙上非常缓慢地写着大写字母。她在上面写下了“爱迪生”，下面写下“迪克·翠西”和“墨索里尼”的名字。随后，在每个角落上都以最大的字号，用绿粉笔写下M.K.，还用红粉笔圈起来。做完了这些，她又走到对面的墙壁前，写了一个非常下流的词“贱货”，在它的下方也写下了自己名字的缩写。

她站在空落落的屋子中间，盯着自己的杰作。粉笔还在手中，可她并没有真的感到满意。她使劲地回想去年冬天在收音机里听到的那曲子的作者。她曾经问过学校里一个学钢琴的女孩，她上过关于他的音乐课。女孩去问了她的老师。那家伙好像还很年轻，很多年前住在欧洲的某个国家。他还是个很小的孩子时，就已经写出了这些美妙的钢琴曲、小提琴曲和交响乐。在她记忆里，至少能想起她听过的六首不同的曲子。有几个是快的，叮叮当当的；另一首听起来有春天雨后的味道。所有的曲子都令她既悲伤又兴奋。

她哼唱着一首曲子，在闷热、空旷的房间独自站了一会儿后，泪水漫上了她的眼眶。她的喉咙又干又涩，唱不下去了。她迅速地在名单的最上面写下了那家伙的名字——“莫扎特”。

拉尔夫仍被拴在童车里。他安静地坐着，胖胖的小手抓住童车的边缘。拉尔夫留着黑色的刘海儿，眼珠是黑的，这让他看上去像个中国小孩。阳光打在他的脸上，这就是他一直在哭喊的原因。巴伯尔不见了。拉尔夫看见了她，又开始大哭起来了。她把童车拖到新房边的阴凉处，从衬衫口袋里掏出一块蓝色的软糖，塞进男孩温暖柔软的小嘴里。

“你好好品尝吧。”她说。这多多少少是一种浪费，拉尔夫实在太小了，根本尝不出糖果的甜美。对他来说，这和一块干净的石子没什么区别，只不过他会把它吞下去。他对别人的话也同样听不懂。如果你说他烦，很想把他扔到河里去，这和你一直在说爱他是一回事。在他眼里，什么都没有区别。所以把他带在身边是一件很头痛的事。

米克把手环成杯状，紧紧地箍在一起，透过大拇指的缝隙吹气。她的腮帮鼓鼓的，起初只有吹出的风的声音穿过她的拳头。突然一声尖厉的哨声响起，过了一会儿，巴伯尔从房子拐角处跑了出来。

她把巴伯尔头发里的锯末拣出来，又帮拉尔夫正了正帽子。这顶帽子是拉尔夫所拥有的最好的东西，由细丝织成，绣满花纹。系带一边是蓝的，一边是白的。耳朵处是巨大的玫瑰花饰。虽然帽子有点太小了，花边有些破损，但每次带他出门，她总是给他戴上这帽子。拉尔夫没有其他小孩所拥有的像样的童车，也没有一双夏天的软便鞋。只有这辆她三年前在圣诞节买的破旧的老式童车。这顶漂亮的帽子给他长了面子。

街道上一个人也没有，这是星期日的中午，天热极了。童车叽叽嘎嘎的，发出刺耳的声音。巴伯尔没穿鞋，人行道灼痛了他的脚。绿橡树叶投下凉快的阴影，但这是假象，那根本就不能构成树荫。

“坐到车里去，”她对巴伯尔说，“让拉尔夫坐你腿上。”

“没关系，我走路没问题。”

漫长湿热的夏季经常令巴伯尔腹绞痛。他上身光着，肋骨尖尖的，很白。阳光没有把他晒黑，反而让他显得更加苍白，小小的乳头在胸脯上像两颗蓝色的葡萄干。

“没关系，我能推你，”米克说，“上来吧。”

“好。”

米克慢慢地拖着童车，她一点也不急着回家。她和孩子们聊天，但更像是自言自语。

“真奇怪，最近我一直做那些梦。我在游泳，但不是在水里，我伸出手在一大群人里划着。这人群比星期六下午克瑞西斯商店里的人还要多上一百倍。这是世界上最大的一群人。有时我在人群里，边游边叫，不管游到哪，就把所有的人撞倒；有时我倒在地上，人们踏遍我的全身，我的肠子淌在人行道上。我想这不是普通的梦，是噩梦！”

每逢星期天，房子里总有很多人，房客们有客人来。报纸哗哗作响，房间里弥漫着刺鼻的雪茄烟味，楼梯上的响个不停的脚步声。

“有些事情你就是不想让别人知道。不是因为它们是坏事，你就是想让它们成为秘密。有那么几件事，即使是你们，我也不会说的。”

到了拐角处，巴伯尔从车上下来，帮她把童车抬到马路另一边的人行道上。

“可是，为了一样东西我可以放弃一切，那就是钢琴。如果我有一架钢琴，我一定每天晚上都练习，学习世界上所有的曲子。这是我最想要的东西。”

这时，他们已经走到自己家所在的街区了。他们的房子就在前面不远处。他们的房子有三层，是小镇北区最大的房子之一。可是他们家有十四个人。其实凯利家族没那么多人，但房客们每人花五块钱，在这里吃住，完全可以把他们也算进去。辛格先生不算，他只是租了一个房间而已，而且自己把房间收拾得干净整洁。

房子很窄，多年未曾粉刷。它看起来好像不那么坚固，一边已经下陷了。

米克把拉尔夫松开，从车上抱起他。她快速穿过门厅，从眼角瞥见起居室里全是房客。她的爸爸也在。她的妈妈应该在厨房。大家都聚在那儿等着开饭。

她走进家里人住的三个房间的第一间，把拉尔夫放在父母的床上，给了他一串珠子玩。隔壁房间紧闭的门里有说话声，她决定进去看看。

海泽尔和埃塔见她进来，都不说话了。埃塔坐在窗边的椅子上，往指甲上涂着红色的指甲油。她在做头发，钢卷固定着头发；她的下巴底下冒出了一个小疹子，上面敷着一小块白色的面霜。海泽尔依然像往常那样，懒懒地倒在床上。

“你们在说什么？”

“关你什么事，”埃塔说，“你赶紧闭嘴，离我们远点。”

“这也是我的房间，我当然有权待在这里，和你们一样。”米克昂着头从房间的一角走到另一角，直到都走遍。“我可不想挑起战争。我要的只是我自己的权利。”

米克用手掌向后捋了捋蓬松的头发。这是她的习惯性动作，额头前都捋出了一小绺翘着的头发。她吸吸鼻子，对着镜子做了个鬼脸，然后继续在屋子里走动。

海泽尔和埃塔作为姐姐，还算过得去。可埃塔的大脑简直像进了水，整天想的都是电影明星和演戏。有次她写信给珍妮特·麦唐纳，然后收到了一封打字机打的回信，说如果她去好莱坞的话，可以去找她，在她的游泳池里游泳。从那以后，游泳池这个念头一直折磨着埃塔。她整天想着攒一笔车费去好莱坞，找一个秘书的工作，和珍妮特·麦唐纳成为好朋友，自己也能去演电影。

她天天不停地打扮。这很糟糕。埃塔不像海泽尔那样天生丽质。她没有下巴，因此她会使劲拉腭部，按照电影手册做下巴运动。她总是对着镜子看自己的侧影，试图把嘴摆成一个合适的状态，但这根本没用。因为这个，埃塔有时会用双手捂住脸，在夜里哭泣。

海泽尔很懒。她长得好看，但脑子一团糨糊。她十八岁，是家里除了比尔最大的孩子。但这就是问题所在。每样东西，她得到的总是最新的和最大的一份。第一个试穿新衣服、分到大餐或奖励中最多的一份。海泽尔从来不用去争夺什么，她是温柔的。

“你打算一直在屋子里走来走去吗？看你穿的那些傻小子的衣服，真让人恶心。该有人治治你，米克，让你乖一点。”埃塔说。

“闭嘴，我穿短裤，就是不想捡你的旧衣服。我不要像你们一样，也不想穿得和你们一样。绝不。所以我穿短裤。我天天都盼着自己变成男孩，能搬到比尔的屋里。”

米克爬到她的床底下，拖出一个大大的帽盒。当她抱着帽盒走到门口时，身后传来两个姐姐的喊声：“天，她总算走了！”

比尔的房间是全家人里最好的。像一个安静的小窝。除了巴伯尔，那个地方完全属于他自己。房间里只有一张床和一张桌子。墙上钉着比尔从杂志上剪下的画片，多数都是漂亮女人的脸。另一角钉着米克去年在免费艺术课上画的画。

比尔趴在桌子上，正在读《大众机械》。她走到他的背后，胳膊绕住他的肩膀。“嘿，你这个大浑蛋。”

他没像以前那样和她扭打在一起。“嘿。”他微微晃了晃肩。

“我想在这儿待一会儿，不影响你吧？”

“不会，你想待就待吧。”

米克跪在地上，解开盒子上的绳子。她的手在盒盖边上徘徊，犹豫着要不要打开它。

“我一直在努力，也不知我做得怎么样，”她说，“也许它行，也许不行。”

比尔还在看杂志。她跪在盒子边，但是没有打开它。她的目光转向比尔，比尔背对着她。他的一只大脚始终踩在另一只上，他的鞋子都破了。有一次，爸爸说所有吃到比尔肚子里的午饭都跑到了他的脚上，早饭跑到一只耳朵里，晚饭跑到另一只耳朵里。比尔为此不开心了一个月。这么说虽有点恶毒，但这很有趣。他长着一双红彤彤的招风耳，尽管他才中学毕业，已经穿十三码的鞋。他站着的时候，一只脚总是藏在另一只后面，试图掩盖他的大脚，但这样往往会适得其反。

米克刚把盒子打开了一条缝，又马上关上了。她不敢看里面的东西。她站起身，在房间里走了一圈，想让自己平静下来。过了几分钟，她在自己的画前停住，那是去年冬天她在政府为孩子们办的免费艺术课上画的。画的是大海上的风暴，一只海鸥被狂风撞击，名字叫“风暴中搏击的海鸥”。老师在最初的两三堂课里描述了大海，这就是他们每个人对大海的所有认识。班上大多数孩子和她一样，都没有见过大海。

这是她人生的第一张画，比尔把它钉在了墙上。其他的画都充满了人。开始她画了不少海洋风暴的画。一架失事的飞机，人们向外跳。另一幅是正在沉没的横穿大西洋的轮船，大家推搡着想挤进一艘小小的救生艇。

米克走进比尔房间里的储藏室，拿出她在艺术课上画的其他一些铅笔画、水墨画和一幅油画。画面上同样挤满了人。一幅是她画的布劳德大街上一场大火中的场景。火焰是鲜绿和明黄，布莱农先生的咖啡馆和第一国家银行是唯一剩下的楼房。尸体躺在街道上，一些人在奔跑逃生。一个男人穿着睡衣，一个女人拎着一串香蕉。另一幅画叫“工厂锅炉房的爆炸”，男人们跳窗、奔跑，一群穿工装裤的小孩挤在一起，抱着饭盒，他们是来给爸爸送饭的。油画画的是发生在布劳德大街的集体骚乱。她想不出自己为什么会画这个，她也无法给它起一个合适的名字。在画面上，没有大火和风暴，也看不出任何骚乱的理由。但这张画面里的人是最多的，也有比其他画面更多的跑动。它是最好的，可她实在想不出最合适的名字，这真是太苦恼了。她的脑海深处模糊地存在着这个名字。

米克把画放回到储藏室的架子上。没有一幅是真正好的。有些人没有手指，有些人胳膊比腿还要长。当然，艺术课是有趣的。她只是将自己毫无由来的想象画了下来。在她心里，绘画给她的感受和音乐大不一样。没有什么比音乐更好的了。

米克跪回地上，迅速抬起大帽盒的顶盖。里面是一把破裂的尤克里里，配着两根小提琴弦，一根吉他弦和一根班卓琴弦。尤克里里琴背上的裂缝被仔细地用塑胶修补过，中间的圆洞被一片木头盖住。琴马在尾部支撑着琴弦，两边雕着一些声口。原来米克正在为自己做一把小提琴。她把小提琴放在腿上。她有一种感觉，像是以前从未真正看过它。过去，她用香烟盒和橡皮筋为巴伯尔做过小小的玩具曼陀林，这让她有了一个想法。从那以后，她到处寻找不同的配件，每天进展一点点。她觉得除了没换上自己的脑袋，她已经尽了一切努力。

“比尔，它看上去不像我见过的真正的小提琴。”

比尔依然看着杂志，“嗯？”

“它看上去怪怪的，一点也不——”

她原本打算用螺丝刀拧拧琴轴，为小提琴调音。打开帽盒的那一刻，她突然意识到这一切都是无用功。

她不想再看它一眼，她慢慢地一根一根地扯下琴弦。琴弦发出的同样空洞的砰砰声。

“怎么才能搞到琴弓呢？你确定一定要用马尾巴？”

“是。”比尔不耐烦地说。

“细铁丝，或者人的头发，拴在有弹性的木棍上，不行吗？”

比尔蹉着脚，没有回答。

她愤怒了，额头上冒汗了，声音变得沙哑。“它甚至算不上一只坏提琴。它只是曼陀林和尤克里里的杂种。我恨它们！我恨它们！”

“歇歇吧，”比尔转过头说，“你还打算继续做那把破尤克里里吗？我开始就应该告诉你，那不是你一拍脑袋就能拼凑出来的东西，你得花钱去买。这是常识。当然，如果最后你自己能明白，我想这对你也没啥坏处。”

此时，这世界上她最恨的人就是比尔。他变了，和过去完全不同。她差点想把小提琴摔到地上，用脚踩它，但她只是粗暴地把它放回盒子。眼睛里的泪水火辣辣的。她踢了盒子一脚，从房间里跑了出去，看也没看比尔一眼。

当她躲躲闪闪地穿过门厅去后院时，却撞见了她的妈妈。

“你怎么啦？你刚才干什么去了？”

米克想转身走开，但妈妈拽住了她。她用手背很快地擦了下脸上的泪水。妈妈刚才在厨房做饭，系着围裙，穿着便鞋。与往常一样，她看起来心事重重，没时间多问。

“今天杰克逊先生带他的两个妹妹来吃午饭，椅子不够了，你去厨房和巴伯尔一起吃。”

“好极了。”米克说。

妈妈放她走了，然后她解下围裙。餐厅传来午饭的铃声和突然爆发的愉快的谈话声。她听见她的爸爸说，他不应该在摔断髋骨前将意外保险停了，损失了一大笔钱。她爸爸绝对不会把这种事忘在脑后，什么他本来可以挣到钱，却没有。

一阵噼里啪啦的碟子声响过，说话的声停止了。

米克靠着椅子的扶手。刚才的哭泣让她打起嗝来。她的思绪飘回到上个月，她自己也并不相信小提琴真的能做成。但是内心深处，她一直在自我安慰。即使是现在，她还很难接受这个事实。她累极了。

如今，比尔在任何事上都不帮忙。过去，她以为比尔是世界上最伟大的人。比尔走到哪，她跟到哪，包括任何地方。比如去树林里钓鱼，去他和几个男孩的俱乐部，玩布莱农先生餐馆后面的老虎机。也许比尔的本意并不想让她像现在这样失望。但无论如何，他们再也不会是从前那样的好哥们儿了。

门厅里充满烟味和午餐的气味。米克深吸了口气，快步向后面的厨房走去。午饭闻起来很香，她饿了。她能隐约听见鲍迪娅和巴伯尔说话的声音，似乎鲍迪娅在哼唱什么，或者是在给巴伯尔讲故事。

“所以我才比其他黑人女孩幸运，这就是原因之一。”鲍迪娅边说，边开餐厅的门。

“为什么？”米克问。

鲍迪娅和巴伯尔坐在餐桌边吃着午饭。在暗褐色皮肤的映衬下，鲍迪娅身上的绿印花裙有一种清凉感。她戴着绿色的耳坠，头发梳得整整齐齐。

“你总是像狗一样，闻到别人的话就扑过来，你只听到了话尾，然后就缠着别人刨根问底，想知道所有的事。”鲍迪娅说。她站起来，在滚热的炉旁弄了点吃的放在米克的碟子里。

“我和巴伯尔在说我外公在老萨迪斯路上的家。我告诉巴伯尔我外公和舅舅们是怎么拥有了那个地方。十五英亩半的地。他们种棉花，为了让土壤肥沃，有些年换成了种豆。一亩山上的地，只种桃树。他们有一头骡子、一头母猪，还有二十多只鸡。他们有一小块菜地，两棵山核桃树，数不清的无花果、李树和浆果。我可没说大话。我外公种的地比大多数白人农场好多了。”

米克的胳膊肘撑着桌面，身体俯向餐盘。除了她的丈夫和哥哥，鲍迪娅说得最多的就是农场。那块黑农场让她描述得简直就像白宫。

“歌最开始，家里只有一个小房间。经过好多年，房子全都建起来了，我的外公、他的四个儿子及他们的妻儿，还有我的哥哥汉密尔顿才有地方住。客厅里有风琴和留声机。墙上挂着他穿着社团制服的一幅大照片。所有的水果和蔬菜被装进罐头，不管冬天有多冷，他们总有足够的东西吃。”

“那你为什么不去和他们住？”米克问。

鲍迪娅停下削土豆的活，褐色的长手指在桌上敲着。“你知道吗，他们每一个人都为自己的家造屋子。他们很辛苦。但是你要知道，我还是小姑娘时是和我外公住在一起的。可我后来啥也没干。不过，只要我、威利和赫保埃有了麻烦，随时都可以回去。”

“你父亲没有造一所房子吗？”

鲍迪娅说：“谁的父亲？你是说我的父亲？”

“是的。”米克说。

“你很清楚，我父亲就在镇上，他是黑人医生。”

米克以前听鲍迪娅说过这事，但以为那是她瞎编的。黑人怎么可能当医生呢？

“是这样的。我妈妈嫁给我父亲以前，她除了善良一无所知。我外公就是位善良先生。但我父亲和我外公的差别很大，就像白天和黑夜的差别一样。”

“那你父亲是坏人？”米克问。

“不，他不是坏人，”鲍迪娅慢吞吞地说，“我父亲不像别的黑人。我说不清楚。我父亲总是在自学。以前，他脑子里很多都是关于一个家应该怎么样的想法。家里每件小事他都指手画脚，晚上他还要我们这些孩子跟他念书。”

“听起来不坏。”米克说。

“听我说啊。大多数时候他挺安静的。可有些晚上他会突然发作。他疯起来时比我见过的任何人都疯。所有了解我父亲的人都说他疯得厉害。他做过很疯狂、很野蛮的事，妈妈不要他了。那年我十岁。妈妈把我们带回到外公的农场，我们在那儿长大。父亲天天都想让我们回去。可即使是妈妈死了，我们也没回去过。现在我父亲一个人住。”

米克走到炉子边，又把碟子装满了。鲍迪娅的声音像唱歌，高低起伏，没有什么能阻止她了。

“我很少见到我的父亲，大概一个星期一次，但我经常想着他。我从没为谁这样难过。我希望他比镇上的白人都读更多的书。他确实读得比他们多，担忧更多的事情。他的脑子里装满了书和担忧。他把上帝丢了，他不要信仰了。他所有的麻烦都在这儿。”

鲍迪娅很兴奋。每当她谈到上帝、她的哥哥威利或者她的丈夫赫保埃，她就会变得兴奋。

“噢。我是长老会的，我们才不搞在地上滚来滚去胡言乱语的那套呢。我们不是每星期都窝在一块儿参加圣仪。我们在教堂，我们唱歌，让那些祷告的人祷告。米克，我不觉得唱唱歌、做做祷告会伤着你，真的。你应该带上你的小弟弟去主日学校，你也不小了，可以坐在教堂里了。看你现在自以为是的鬼样子，我觉得你一只脚已经踏进地狱里了。”

“神经病。”米克说。

“噢，赫保埃结婚前可是个神神道道的主。他爱每周日去迎圣灵，大喊大叫给自己祝圣。结婚后，我让他加入我们，尽管有时让他安静有点难，但他表现还不错。”

“我不信上帝，就像不信圣诞老人。”米克说。

“嘿，等等！有时我觉得你比我认识的任何人都更像我父亲，我总算知道为什么啦。”

“你说我像他？”

“当然我不是指脸或外貌。我指的是你灵魂的形状和颜色。”

巴伯尔坐着，看看这个，看看那个。餐巾系在脖子上，手里握着一只空勺子。

“上帝都吃什么？”他问。

米克从桌旁站起来，准备走了。有时她觉得激怒鲍迪娅是很好玩的。她总是没完没了地说同样的话，那就是她知道的所有吧。

“你和我父亲这些从不去教堂的家伙，永远也不可能得到安宁。而我，我有信仰，我有安宁。巴伯尔，他也得到了安宁。还有我家赫保埃，我家威利也一样。还有那个辛格先生，一眼就能看出他也得到了安宁。我第一次看见他就有这感觉。”

“随便你吧，”米克说，“你疯起来可比你的父亲还要疯。”

“可是，你从没爱过上帝，也没爱过人。你像牛皮一样又糙又硬。我看透了你。下午，你会到处乱跑，什么也称不了你的心。你会四处闲荡，好像非得找到丢失的东西。你会把自己弄得越来越兴奋，使你心跳加速，差点死过去。这都是因为你不爱，你没有安宁。终有一天你会像爆炸的皮球，彻底崩溃。到那时，没什么能拯救你。”

“你说什么，鲍迪娅，”巴伯尔问，“上帝吃什么？”

米克大笑，迈着咚咚的步子走出了房间。

那天下午，她确实在房子附近闲荡，因为她安静不下来。最近这些天都是这样。小提琴的事折磨着她。她没办法把它做成一个真乐器。经过这么长时间的计划，这个计划本身已经让她恶心了。自己怎么会如此愚蠢？如此肯定它能实现？也许人们太渴求一样事物时，就会抓住每一根稻草。

米克不想回到家，也不想和任何房客说话。除了大街，她没有别的地方可去。太阳毒得很，她在门厅里无所事事地来回走着，不停地用手将乱了的头发捋到后面。“见鬼，”她大声对自己说，“除了一架真正的钢琴，我最想要的是属于我自己的地方。”

鲍迪娅无疑有着某种黑人式的疯狂，但她还算正常。她从不像其他黑女孩那样，偷偷地对巴伯尔或拉尔夫做卑鄙的勾当。可是鲍迪娅说她谁也不爱。米克停下脚步，僵硬地站在那里，用拳头蹭着头顶。如果鲍迪娅真的知道她的秘密，她到底会怎么想?

她一直守着自己的秘密。这是件不用怀疑的事实。

米克慢慢地向楼上走去。她上了一层，接着上第二层。为了通风，有些门是打开的，房间里闹哄哄的。米克在最后一截楼梯上坐下来。如果布朗小姐打开收音机，她就可以听见音乐了，也许会有好听的节目。

她把脑袋放在膝盖上，慢慢系上网球鞋带。如果鲍迪娅知道她爱上过很多人，她会说什么？每次她爱上一个人，都感觉身体中的某处要爆炸成无数的碎片。

但她守住自己的秘密，没有人知道。

米克在台阶上想了很久。布朗小姐没有开收音机，只听见人们发出的噪声。她用拳头捶打自己的大腿，脸好像裂成了碎片，无法合到一起。这种感觉类似饥饿，但比饥饿要更糟糕。我要——我要——我要，这种想法充斥着她的头脑，虽然她不知道自己真正想要什么。

大约一个小时后，楼上传来开门的声音。米克迅速地抬头，是辛格先生。他在门厅站了几分钟，脸色凝重而宁静。然后他走去对面的卫生间。他的同伴没有出来。她坐的位置可以看见房间的一部分，辛格的同伴在床上睡着了，盖着被单。她等着辛格先生从卫生间出来。她用手摸摸脸颊，火辣辣的。也许这是真的，她爬这些高高的台阶只是为了在听布朗小姐的收音机时能够看见辛格先生。她好奇他会听见什么音乐，没有人知道。如果他能说话，他会说什么呢？也没有人知道。

米克等了一会儿，辛格出来了，又走到门厅。她希望他能看到他，能朝她微笑。当他走到门口时，的确向下看了一眼，点了点头。米克放大了笑容，内心因喜悦而颤抖。他走进房间，将门关上。也许他是想邀请她进去。米克突然想去他的房间。过一会儿，等他屋子没别人时，她会进去看看辛格先生的。她会这么做的。

夏日的午后，炎热而漫长，米克独自坐在台阶上。莫扎特的曲子又在脑子里回响。很奇怪，是辛格先生让她想起了这曲子。她盼望能有一个地方，让她可以把它大声地哼出来。有一些曲子，太私密了，没法在挤满了人的房子里唱。这也很奇怪，在拥挤的房子里，一个人会如此孤独。米克试图想出一个她可以去的安静的地方，一个人待着，研究这首曲子。她想了很久，但她失望了。其实一开始她就知道，这样的地方不存在。

4

黄昏时分，杰克·布朗特醒了，他觉得自己睡足了。眼前的房间很小但是干净整洁，一个衣橱，一张桌子，一张床，还有几把椅子。衣橱上的电风扇缓慢地摇着头，从一面墙摇到另一面墙。微风扫过杰克的脸时，他想到了凉水。在窗口的桌子前坐着一个男人，正盯着面前摆开的象棋局。在阳光下，这房间对杰克来说是完全陌生的，但他一下子就认出了那个男人的脸，仿佛认识他已经很久很久了。

先前的很多记忆在杰克的脑子里时断时续。他一动不动地躺着，大睁着眼睛，掌心向上。在白色被单的映衬下，宽大的手是深褐色的。他把双手举到面前，发现手破了，一片青肿。血管肿得厉害，好像他曾长时间地紧抓一样东西。他的脸肮脏疲惫。褐色的头发垂在额头，胡子也乱了，甚至那翅形的眉毛也是乱蓬蓬的。他躺在那儿，嘴唇动了两下，胡子也跟着抖动着。

过了一会儿，他坐了起来，用他的大拳头猛敲了一下自己的太阳穴，好让自己清醒点。那个下棋的男人迅速朝他看了一眼，朝他微笑。

“上帝，我渴死了，”杰克说，“我感觉像是整个穿长袜的俄国部队正在我的喉咙里经过。”

男人看着他，依旧微笑，随后他弯下腰，从桌子的另一边取过一个磨砂冰水罐和一只玻璃杯。杰克大口地喝水。他半裸的身体立在屋子中央，头向后仰，一只手紧紧地握成拳头。他连喝了四杯水，深吸一口气才稍微放松下来。

顷刻间，某些记忆不断涌现。他不记得和这个男人回家，但后面发生的事逐渐清晰了。他清醒后泡了个冷水澡，然后他们喝咖啡、聊天。他倾吐了很多心里话，那个男人则倾听。他说得嗓子都沙哑了，但他对那个男人的表情，记得远比自己说过的话更清楚。早晨，他们才拉下窗帘挡住光线，然后上床睡觉。起初，他不断地被噩梦惊醒，不得不开灯让自己脑子清醒些。灯光会弄醒那家伙，但那家伙一点都没有抱怨。

“昨天晚上你为什么不把我踢出门？”

那个男人笑了笑。杰克奇怪他为什么这样安静。他四下寻找自己的衣服，看到他的手提箱放在床边的地板上。他不记得是如何把它从欠账的餐馆那里拿回来的。他的书、白西装和几件衬衫都原封不动地装在箱子里。很快，他开始穿衣服。

当他穿好衣服时，桌子上的电咖啡壶已经叫得很欢了。那个男人把手伸向搭在椅背上的马甲口袋，掏出一张卡片给他，杰克疑惑地接过来。在卡片的中央，精致地印着这个男人的名字：约翰 · 辛格，下面是用墨水写的一段简短的介绍，和签名一样精致。

我是位聋哑人，但我能读懂唇语，能理解你对我说的话。请不要大声。

震惊之余，杰克感到一阵茫然的空虚。他和约翰 · 辛格只是互相看着对方。

“真奇怪，我这么久才知道。”他说。

杰克说话时，辛格认真地注视着他嘴唇——他以前就注意到了。自己可真够笨的！

他们坐在桌子边，用蓝色的杯子喝着热咖啡。房间很凉爽，半垂的窗帘将窗外刺眼的光线变得十分柔和。辛格从储藏室里拿出一个锡盒，里面有一些面包、橘子和奶酪。辛格没怎么吃，只是靠在椅背上，一只手插在口袋里。杰克狼吞虎咽地吃着。他必须要马上离开这地方，好好考虑一下。他流落街头，应该马上去找一个工作。这个房间太安静，太舒服，让人不想思考……他要出去，一个人走一会儿。

“这里还有其他聋哑人吗？”他问，“你有很多朋友？”

一开始辛格没听懂，只是微笑，杰克不得不重复了一遍。

辛格扬起浓黑的眉毛，摇摇头。

“感到孤单吗？”

这个男人还是摇着头，不置可否。他们两人静静地坐了一小会儿，杰克起身要走。他几次感谢辛格，感谢他的收留，感谢他的悉心照顾。他小心地动着嘴唇，好让他能看懂。哑巴又微笑着耸耸肩膀。杰克问他是否可以将自己的手提箱放在他床下几天，哑巴点点头。

辛格从口袋里抽出手来，用一支银铅笔在纸上细心地写着什么。写好后他把纸片塞到杰克手上。

我可以在地板上放一个睡垫，你可以留在这，直到你找到住的地方。白天大部分时间我在外面。不会麻烦我什么。

杰克的嘴唇因为这突如其来的感动而颤动。但他不能接受。“不，谢谢。”他说，“我有地方住。”

当他离开时，哑巴递给他一条蓝色工装裤，裤子被紧紧地卷成一个小包。还有七角五分钱。工装裤脏兮兮的，杰克一眼认出了它，也让他想起了过去一星期以来发生的事。辛格向他解释，那七角五分钱是他口袋里的。

“再见，”杰克说，“我很快会回来的。”

他走了。哑巴站在门道里，双手插在口袋里，脸上带着温和的笑意。杰克走下几个台阶后，转过身向哑巴招手。哑巴也向他招手，然后关上了门。

杰克刚走出屋外，强烈的阳光迎面射来。他站在房前的人行道上，被阳光照得头晕目眩，几乎什么也看不清。一个小家伙坐在栏杆上，好像他在哪儿见过她。他记起了她身上的男式短裤和她眯着眼睛看人的样子。

他举了举手里那卷脏裤子。“我想把它扔了。哪儿有垃圾桶？”

小家伙从栏杆上跳下来。“就在后院，我带你去。”

他跟着她穿过房子一侧狭窄潮湿的小路。在后院，杰克看见两个黑人坐在后面的台阶上。他们都穿着白西装和白鞋。其中一个黑人非常高，领带和袜子都是鲜绿的。另一个是个中等个头的混血儿。他在膝头摩擦着一把锡制口琴。他的袜子和领带是大红色，和高个子同伴形成了鲜明的对比。

小家伙指了指后院篱笆旁的垃圾桶，然后走向厨房的窗子。“鲍迪娅！”她喊道，“赫保埃和威利在这等你呢。”

厨房里传来柔和的回答：“别这么大声。我知道他们在这儿。我这会正戴帽子呢。”

扔掉裤子前，杰克打开了它。它硬邦邦的，布满泥巴。一条裤腿划破了，上面还有几滴血。他把裤子扔进桶里。一个黑女孩从屋子里出来，向台阶上的白衣男孩走去。杰克看见穿短裤的小家伙正盯着他。她的重心从一只脚挪到另一只脚，看起来有点兴奋。

“你是辛格先生的亲戚吗？”她问。

“不，毫无关系。”

“好朋友？”

“好到能和他一起过个夜而已。”

“我只是好奇……”

“主街怎么走？”

她手向右指了指。“沿着这条路，走过两条街就是。”

杰克用手指梳理了下胡子，走了出去。那七角五分的硬币在他手里叮当作响，他咬着下嘴唇，咬出了猩红的印子。三个黑人缓缓地走在他前面，一路上说说笑笑。在这个陌生的小镇，他感到孤独，于是他紧跟着他们，听他们说话。女孩挽着那两个男孩的胳膊。她穿着一条绿裙子，戴着红帽子，穿着红鞋。男孩们和她靠得很近。

“今天晚上我们做什么？”她问。

“全听你的，亲爱的，”高个男孩说，“威利和我都没有安排。”

她看了下两个人：“你们俩定吧。”

“好吧。”穿红袜子的矮个男孩说，“赫保埃和我觉得，我们仨还是去教堂吧。”

那女孩用三种不同的声调唱出了她的回答：“好——吧——去完教堂后，我们应该去父亲那儿坐坐——就一小会儿。”他们在主街的第一个街角处转弯了，杰克站着看了他们一会儿，然后继续向前走去。

主街上安静、炎热，看不见什么人。他这才意识到今天是星期天，这让他有些沮丧。打烊的店铺支起了遮阳篷，在明晃晃的阳光下，房屋露出光秃秃的表情。他经过纽约咖啡馆。门开着，但里面空荡荡的，光线暗淡。早晨他没找到袜子穿，透过薄薄的鞋底，他感觉到了灼热的地面。太阳像一块烧红的烙铁烙在头上。这个小镇比他去过的任何地方都显得孤独。寂静的街道给他一种陌生的感觉。喝醉的时候，这个地方是那么狂野和喧嚣。而现在，好像一切都归于平静，陷入停顿。

他走进一家果品店，买了份报纸。招聘一栏很短。只有几个招聘广告：招收二十五至四十岁有汽车的年轻推销员，拿佣金。他迅速跳过。另一则卡车司机的招聘广告他也关注了下。但底下的那则广告最让他感兴趣。上面写着：

急需：有经验的技工。阳光南方游乐场。

地点：韦弗斯巷和第十五街街角。

不知不觉地，他走回到那个他泡了两个星期的餐馆门口。它是这条街除了果品店外唯一没有打烊的店。杰克突然决定进去，去看看比夫·布莱农。

从明亮的室外走进来，咖啡馆里很阴暗。每样东西都比他记忆中的更暗淡和平常。布莱农依旧站在收银台的后面，双手交叉在胸口。他漂亮丰满的妻子坐在柜台的另一头，锉着指甲。杰克注意到，他进门时他们两个对视了一眼。

“下午好。”布莱农说。

杰克感觉到气氛有些尴尬。也许这家伙在笑，他想起了他喝醉时干的傻事。杰克木头一样地站着，充满了懊恼。“一包目标烟。”布莱农伸手到柜台下面拿烟时，杰克看到他并没有笑。这家伙的脸白天没有晚上那么坚硬了，看上去很苍白，像是熬了一夜，他的眼神像一只疲惫不堪的秃鹫。

“说吧，”杰克说，“我欠你多少钱？”

布莱农打开抽屉，将一个公立学校的便笺簿放在柜台上。他一页页慢慢地翻着，杰克在旁边看着他。便笺簿看上去更像是一个日记本，而不是记账本。上面写着一排排数字，经过了加减乘除的处理，还有一些小图示。他在某一页停下来，杰克看见自己的名字写在角上。这页没有数字，只有“钩”和“叉”。纸页边角处另有一些随意涂抹的图画：坐着的小肥猫，长长的曲线代表尾巴。杰克瞪着眼睛看着。小猫长着一张女人的脸，那脸像极了布莱农太太。

“打钩的是啤酒，”布莱农说，“叉是正餐，直线是威士忌。让我看看……”布莱农揉了揉鼻子，眼皮垂下来。随后他合上便笺簿。“大约二十块。”

“可能要过很久才能给你，”杰克说，“也许你会拿到钱。”

“没关系。”

杰克靠在柜台上。“能给我说说这个小镇是什么样的地方吗？”

“很普通，”布莱农说，“和其他同样大小的地方差不多。”

“人口呢？”

“大概三万。”

杰克打开那包烟丝，自己卷了一支。他的手在发抖。

“主要是工厂？”

“是的。四个大棉纺厂，主要就是它们。一个针织厂。一些轧棉厂和锯木厂。”

“工资怎么样？”

“平均每周十到十一块钱吧，当然还会时常停工。你问这些做什么？你想去工厂？”

杰克睡意蒙胧地用拳头揉眼睛。“不确定。也许吧。”他把报纸放在柜台上，指着那则他感兴趣的广告。“我想去这里看看。”

布莱农看了看，“嗯，”他思考着，“我去过游乐场。不怎么样，只是些新发明的玩意儿像旋转木马和秋千。它招了一帮黑人、工人和小孩。他们在镇上四处演出。”

“请告诉我怎么走。”

布莱农同他一起走到门口，给他指了下方向。“今天早晨你和辛格回家了？”

杰克点头。

“你觉得他人怎么样？”

杰克咬着嘴唇。哑巴的脸在他脑子里非常清晰，就像他认识多年的朋友的脸。自从离开他的房间以来，他一直在想这个男人。“我甚至不知道他是个哑巴。”他说道。

他又开始沿着灼热而空寂的街道走去。不再像是一个陌生小镇的陌生人。他看上去像是在寻找什么。很快，他进入了河边的工厂区。街道变窄了，也没有铺砌。路上不再空寂，出现了路人。一群又脏又饿的孩子互相嚷叫着，奔跑着。两间房组成的棚屋一模一样，都是没有涂过油漆破败的房子。食物和污水的气味混合着空气中的尘埃。河上游的瀑布发出微弱的冲击声。人们沉默地站在门道里或者懒散地倚靠在台阶上。暗黄的脸上面无表情地盯着杰克。他那褐色的大眼睛回望着他们。他急匆匆地走着，不时地用毛茸茸的手背擦下嘴巴。

韦弗斯巷的尽头有一处空地，这里曾是旧车的废弃场。地上随处可见生了锈的零件、损坏的内胎。一辆拖车停在车场的一角，旁边是旋转木马，被油布半盖着。

杰克慢慢走近。两个穿工装裤的小家伙站在旋转木马前。在他们附近，一个黑人坐在箱子上，在黄昏的日光下打着盹儿，他的膝盖互相抵着。一只手拿着一袋融化了的巧克力。杰克看他把手指插进黏糊糊的巧克力里，然后慢慢地舔着手指上的巧克力。

“谁是这游乐场的老板？”

黑人把两只沾满巧克力的手指含在嘴里舔来舔去。“是一个红头发的人，”吃完后他说道，“我就知道这些。”

“他在哪儿？”

“他在那辆最大的货车后面。”

穿过草地时，杰克松开领带，将它塞进口袋。太阳正在西沉。在屋顶黑色的边缘上方，天空呈现出一片温暖的绯红色。游乐场的老板独自一个人站着吸烟。红发在头上蓬勃地生长，像一块海绵。他的灰色眼睛非常松弛，他盯着杰克。

“你是老板？”

“是的，我叫帕特森。”

“我在早报上看到了你们的招聘广告，来这里找工作。”

“没错。不过我可不要新手。我需要的是熟练的技工。”

“我有很多经验。”杰克说。

“你都干过什么？”

“我做过纺织工、修理工，还在汽车装配厂工作过。各种各样的工作我都做过。”

帕特森带他走到半盖着的旋转木马旁。落日的余晖为静止的木马增添了几分神秘。它们跳跃的姿势定格在空中，被暗淡的镀金铁杆串在一起。离杰克最近的木马的屁股很脏，还有一处裂口，眼珠子盲目而狂乱地转动，眼窝处几块油漆剥落了。这残破的一动不动的旋转木马，在杰克看来很像他醉梦里的场景。

“我需要一个有经验的技工操作和维护它。”帕特森说。

“没问题，这活我能行。”

“没那么简单，这可是手眼并用的工作，”帕特森解释说，“你要全面负责。不但管机械，还得保证秩序。你要确认每一个坐木马的人都有票，而且是有效的，不是作废的舞厅票。

每个人都想骑木马，那些狡猾的黑鬼们兜里有钱，却总想着白玩。你每时每刻都要睁大三只眼睛。”

帕特森把他领到旋转木马中心的机器那里，指给他各个零部件。他调了一下杠杆，稀薄却刺耳的音乐声响了起来。周围的木马队似乎把他们与世界隔绝了。木马停下来后，杰克简单问了几个问题，便独立操作起机器。

“原来的机械工不干了，”他们一边走出木马队，帕特森一边说，“我讨厌训练新手。”

“我什么时候开始工作？”

“明天下午。我们一星期工作六天六夜，从下午四点到夜里十二点。你三点要到，做好准备工作。夜里游乐场关门后，还需要一个小时收拾场地。”

“工资多少？”

“十二元。”

杰克点点头，帕特森伸出惨白的、瘦骨嶙峋的手，指甲很脏。

离开空地时，天色已经很晚了。蔚蓝色的天空变白了，东方出现了一轮冷白的月亮。沿街房屋的轮廓在黄昏下变得柔和。杰克并没有马上离开韦弗斯巷，而是在附近的街区乱逛。远处传来某种味道或声音时，他便会在灰蒙蒙的街边驻足片刻。他漫无目的地走着，从一处晃到另一处。他感觉脑袋轻飘飘的，像是薄玻璃做的。他体内积存已久的啤酒和威士忌起反应了。他被醉意击中了。在他眼里，刚才还死气沉沉的街道现在充满了生机。这条街周围有一条参差不齐的马路，杰克走在路上，地面好像在上升，离他的脸越来越近。他坐到草地的边缘，靠在电线杆上。他调整了一下坐姿，非常舒服地坐好，像土耳其人那样交叉着双腿，捋着胡子根。他梦呓般大声对自己说：

“怨恨是贫穷开出的最可贵的花。一点没错。”

说话的感觉真好。听到自己说话的声音，他快乐起来。声音产生了回音，每一个单词都重复两次，在空中回荡。他吞了吞口水，润润下嘴唇后又开始说。突然他很想回到哑巴安静的房间，向他诉说心里话。这么渴望和一个聋哑人交谈，是一件多么奇怪的事。他是孤独的。

夜色弥漫开来，眼前的街道暗淡了。偶尔有几个路人走过他身边狭窄的街道。他们单调地交谈，每走一步，一朵灰尘就会在脚面升起。还有几个女孩和一个抱着孩子的母亲走过。杰克呆呆地坐了一会儿，终于站起身来，向前走去。

韦弗斯巷一片昏暗。油灯将一块块昏黄摇曳的光晕从门口和窗户投下。有些房子一点灯光都没有，人们坐在前面台阶上，只能借助附近房屋的反光。一个女人探出窗口，向街上倒了一桶脏水，有几滴溅到了杰克脸上。从一些房子后面传来高亢而愤怒的叫声，还有一些屋里传出摇椅缓慢的摇晃声。

杰克在一栋房子前停下来。三个男人坐在前面的台阶上。屋里射出的苍黄的灯光照在他们身上。两个男人穿着工装裤，上身光着，光着脚。其中一个男人个头很高，骨节松弛。另一个是小个子，嘴角长着脓疮。第三个人身穿衬衫和长裤。膝盖上放着一顶草帽。

“嘿。”杰克说。

那三个男人看着他，面如菜色，毫无表情。他们嘟嘟囔囔，却一动不动。杰克从口袋里掏出那包烟，给他们每人发了一支。他坐在下面的台阶上，脱掉鞋子。脚触到清冷潮湿的地面，十分舒服。

“你们工作吗？”

“是啊，”拿着草帽的男人说，“大多数时间。”

杰克抠着脚指头。“我身上带着福音，”他说，“我要把它讲给别人听。”

男人们笑了。狭窄的街道对面，能听见一个女人在唱歌。静止的空气中，他们吐出的烟雾环绕在周围。一个小家伙沿着街道走过来，解开裤子撒尿。

“附近有一个帐篷，今天是星期天，”小个子男人终于开口道，“你还是去那里，把你的福音告诉他们。”

“我说的福音是真理。它是更好的。”

“什么样的真理？”

杰克舔了下嘴唇，没有回答。过了一会他说：“这儿有过罢工吗？”

“有一次，”高个男人说，“六年前有过一次。”

“发生什么了？”

嘴角长着脓疮的男人蹭着脚，将烟头扔到地上。“哦，他们一个小时想要二角钱，所以就不干啦。大概有三百人吧。他们整天就在街上闲荡。工厂派了几辆卡车出去，一个星期后整个小镇挤满了来找工作的伙计。”

杰克转过头，看着他们。他们坐的台阶比他高两级，他不得不仰着头才能看见他们的眼睛。“这没让你们发疯？”他问。

“你什么意思，发疯？”

杰克额头上的血管鼓出来，暗红的。“伙计！我指的是疯了，疯——了——”他昂头向上怒视着他们困惑、菜黄的脸。在他们身后，通过打开的门他可以看见屋内。前屋里有三张床和一个脸盆架。后屋里一个赤着脚的女人坐在椅子上睡觉。从附近一个黑暗的门廊传来吉他的声音。

“我就是卡车拉来的人之一。”高个男人说。

“这有什么区别。我想要说的真理是很简单、很朴素的。拥有工厂的这些杂种是百万富翁。络纱工、梳棉工和所有那些在机器后忙着纺啊织啊的人们却填不饱肚子。看到了吗？当你走在路上，看见那些饥饿的筋疲力尽的人，那些软骨病的小家伙，这不会使你发疯吗？不会吗？”

杰克的脸涨红了，阴沉着，嘴唇在颤动。三个男人警惕地看着他。戴草帽的男人开始笑了起来。

“笑吧，继续笑吧。坐在那，把肚皮笑破吧。”

三个男人同时笑一个人，放肆地、轻浮地笑着。杰克将脚底的灰擦掉，穿上鞋。他拳头握得紧紧的，嘴角扭曲出一个愤怒的冷笑。“笑，你们就知道笑。我真希望你们就坐在那窃笑，直到烂掉！”他僵硬地沿着街道走了，他们的笑声和嘘声在他身后回荡。

主街的灯光很亮。杰克在拐角处徘徊，抚摸着兜里的硬币。他的头抽搐着，尽管晚上很热，还是有一阵寒意穿过他的身体。他想到了哑巴，迫不及待地想回到他那里，和他坐一会儿。他在下午买报纸的果品店里挑了一篮用玻璃纸包的水果。柜台后的希腊佬告诉他价格是六角钱，他付完账后只剩下五分钱了。他一走出果品店，突然觉得这礼物不适合送给一个健康人。几颗葡萄从玻璃纸下掉出来，他饥饿地摘了下来。

他到的时候，辛格在家。他正坐在窗前，桌上铺开一局象棋。房间仍像杰克离开时那样，电扇开着，桌边放着冰水罐。床上有一顶巴拿马草帽和一个纸袋，看来哑巴也是刚到家。他把脑袋扭向桌子对面的椅子，把棋盘推到一边。他向后靠，手还插在口袋里，他的表情像是在询问杰克离开后都干了什么。

杰克把水果放到桌上。“今天下午，”他说，“我出门找到了一条章鱼，给它穿上了袜子。”

哑巴笑了，杰克却不清楚他是否听懂了。哑巴惊讶地看着水果，打开玻璃纸包装。他弄水果时，脸上有一种非常奇怪的表情。杰克想弄明白这表情意味着什么，但是他困惑了。辛格灿烂地一笑。

“今天下午我找到一份游乐场的工作，负责旋转木马。”

哑巴看起来并不惊奇。他走进储藏室，拿出一瓶红酒和两个酒杯。他们默默地独自喝着。杰克感觉他从没有在这么安静的房间待过。在头顶灯光的照射下，他手中闪亮的酒杯上反射出自己的影子，好像有些古怪。鸡蛋一样的脸，粗糙滚圆，胡子几乎蔓延到耳朵根。这样的影像在水罐或锡杯弯曲的表面他多次看到过。坐在对面的哑巴双手捧着杯子。酒精开始在杰克的血管里翻腾，他感到自己又一次迷失在醉意中，头晕目眩。因为激动，他的胡子一跳一跳的。他的手放在膝盖上，身子前倾，睁大眼睛，将探寻的目光锁定在辛格身上。

“我打赌我是这镇上唯一的疯子，整整十年了，我指的是彻底的疯狂。我刚才又差一点和人打起来。我觉得自己真是疯了。只是我自己不知道。”

辛格把红酒推到他的前面。杰克直接拿酒瓶喝了起来，边喝边用手揉着头顶。

“你知道，我像是两个人的矛盾体。一个我是受过教育的人。我去过全国最大的几个图书馆。我爱读书。我一直在读书。我读的那些书说出了纯粹的真理。在我的提箱里，有卡尔·马克思和索尔斯坦·凡布伦的书，以及其他类似的作者的书。我把他们的书看了一遍又一遍，我读得越多，就越疯狂。每页纸上的每一个字我都熟悉。首先我喜欢语言。辩证唯物主义实质是什么，就是推诿诡辩，”他严肃地拖长语音，

“而且带着目的。”

哑巴用折得整整齐齐的手帕擦着额头。

“但我想要说的问题是，当一个人自己知道，却无法使别人理解时，他该怎么办？”

辛格伸手拿过一个酒杯，倒满，然后把它牢牢地放在杰克青紫的手里。“我喝醉了吗，嗯？”杰克一边说着，手臂机械地动了一下，几滴酒溅到了他的白裤子上。“听我说！无论你走到哪儿，都能看到卑鄙的行为和腐败堕落。这个房间，这瓶葡萄酒，还有这篮子里的水果，都是别人盈利的商品。一个人要想活下去，就必须得向卑鄙屈服。为了一口饭、一件衣服而累死累活，但没人知道这些。人人都是瞎子、哑巴，麻木迟钝，愚蠢和卑鄙地活着。”

杰克用拳头按压自己的太阳穴。脑子里天马行空，各种想法相互碰撞，令他无法控制，他想发火。他想出去在拥挤的街上和谁大打一架。

哑巴依然耐心地看着他，饶有兴趣的样子。他取出银铅笔。他在一张纸上小心地写下：“你是民主党，还是共和党？”然后将纸片递到杰克手里。杰克将纸片攥在手心里。瞬间，房间在他眼前旋转，他看不清纸上的字了。

为使自己镇定，他将目光锁定在哑巴的脸上。辛格的眼睛是这间屋子里唯一静止的东西。那双眼睛不时变换着颜色，温暖的琥珀色、平淡的浅灰色、安静浅褐色……他盯了良久，几乎将自己催眠了。他心中那股狂暴的冲动过去了，又一次平静下来。那双眼睛知道了他想说的一切，并且向他传递了信息。过了一会儿，这个房间又变得安稳平静了。

“你是明白的，”他含含糊糊说，“你明白我的所有意思。”

教堂柔和、清越的钟声从很远的地方传来。银白色的月光洒在隔壁房子的屋顶上，夏天的天空是一片温柔的蓝色。他们达成了默契。杰克会在辛格这儿住上一段时间，直到他找到自己的住处为止。喝光了酒后，辛格在床边铺了一个睡垫。杰克没脱衣服就躺下了，立刻进入了梦乡。

5

离主街很远的地方，有一个黑人的聚居区，班尼迪克特·马迪·考普兰德医生独自坐在黑暗的厨房里。九点已过，礼拜日的钟声不再响起。尽管夏日夜晚炎热，但炉子里还是燃着一小堆火。医生坐在一把直靠背的餐桌椅上，双手捧着自己的脸，依偎在火边。噼啪的火光映在他的脸上。他的厚嘴唇在黑皮肤的映衬下呈现紫色，灰白的头发也变成了淡蓝色，头发裹在头皮上，像一顶羊毛毡帽。他坐了很久，一动不动。银色眼镜框后面的眼睛，始终阴沉地盯着某个地方。他使劲清了清喉咙，然后从椅子旁边的地上捡起一本书。厨房里很黑，他凑近炉子，想看清书上的字。今晚他读的是斯宾诺莎。他不太懂概念的复杂游戏和复杂的词组，但字里行间，他感受到了强烈的、真正的动机，他感到自己几乎是明白了。

晚上，他的沉默经常被刺耳的门铃声打断，会有断腿的或带着刀伤的病人站在前屋里。但是这个晚上，没有病人来。在昏暗的厨房里，他一连坐了几个小时，孤单单的，身体开始不自觉地左右摇晃。他嗓子里传出悲吟式的歌声。鲍迪娅进来时，他正在悲吟。

考普兰德医生早知道她来了。他听到街外传来口琴演奏的布鲁斯，他知道那是他的儿子威廉姆在吹。他没有开灯，穿过门厅打开大门，他没有走到外面的门廊里，而是站在纱门后的一片黑暗中。月光如水，灰扑扑的街面上可以看见鲍迪娅、威廉姆和赫保埃黑色而坚实的影子。这个街区的房子看上去很破。但考普兰德医生的家和周围的房子大相径庭。他的房子很结实，是用砖和水泥盖的。小院子周围是尖桩的篱笆。鲍迪娅与她的丈夫和哥哥道别，敲了敲纱门。

“怎么在黑暗中坐着？”

他们一起穿过门厅，走到厨房。

“你有电灯，却一直在黑暗中坐着，莫名其妙。”

考普兰德医生旋转了一下桌子上方悬着的灯泡，房间突然一片光明。

“黑暗更适合我。”他说。

干净的厨房空荡荡的。餐桌的一边摆着书和墨水台，另一边是餐具。考普兰德医生笔直地坐着，两腿交叠。开始，鲍迪娅也坐得很僵硬。父女俩长得很像，同样的塌鼻子，同样的厚嘴唇和宽额头。只是和父亲比起来，鲍迪娅的肤色要淡一些。

“都要把人烤熟了，”她说，“我看除了做饭时，你就把火熄了吧。”

“不如去我办公室。”考普兰德医生说。

“就在这吧。我无所谓。”

考普兰德医生推了推他的银框眼镜，双手交叉放到腿上。“上次我们见面后，你过得怎么样？你和你的丈夫，还有你哥哥？”

鲍迪娅放松了些，脚从浅口鞋里抽了出来。“赫保埃、威利和我过得挺好的。”

“威廉姆还和你们住一起？”

“当然，”鲍迪娅说，“你瞧，我们有自己的生活方式和安排。赫保埃付房租。我负责买所有吃的。威利负责教会的税、保险、会费和星期六晚上的活动。我们三个都有自己的安排，自己做自己的事情。”

考普兰德低头坐着，用力拔长长的手指，关节咔咔作响。干净的袖口垂到手腕下面，手的颜色看起来比身体的其他部位要淡，手掌是浅黄色。他的双手总是干净得过分，仿佛用刷子刷过，又在水盆里浸泡了很久。

“噢，我差点忘了我带的东西了，”鲍迪娅说，“你吃晚饭了吗？”

考普兰德医生说话总是小心，每个音节都像被他的嘴唇过滤了一遍。“没，我没吃。”

鲍迪娅打开她放在餐桌上的纸袋。“我想我们可以一起吃晚饭。我带来了上好的甘蓝叶和一块肋肉。甘蓝叶需要用它来调味。你不介意我用肉烧甘蓝叶吧？”

“没关系。”

“你还不吃肉？”

“不。纯粹出于个人原因，我不吃肉，但如果你想用肉烧甘蓝叶，也没关系。”

鲍迪娅光着脚站在桌旁择菜。“地板让我的脚很舒服。你不介意我不穿那紧得勒脚的鞋，光着脚走来走去吧？”

“没关系。”考普兰德医生说。

“嗯，我们有很好的甘蓝叶、一些烤玉米面包和咖啡。我准备从生肋肉上切下几小条煎着吃。”

考普兰德医生看着鲍迪娅穿着长筒袜的脚在屋子里来回移动。她从墙上取下擦净的平底锅，把火挑足了，洗掉甘蓝叶上的沙子。他张开嘴巴想说什么，但又闭上了嘴。

“嗯，你、你丈夫和哥哥有你们自己相处的方式。”他最后说道。

“没错。”

考普兰德医生又用力地扳了一下手指，想让关节再响一遍。

“你们打算要小孩吗？”

鲍迪娅没看父亲，生气地把平底锅里的水泼出去。

“有些事，”她说，“完全是由上帝决定的。”

他们没再说别的。鲍迪娅把晚餐放到炉子上烧，她静静地坐着，两手无精打采地垂到两膝间。考普兰德医生把头垂在胸前，像是睡着了。但他并没睡，一阵阵紧张的战栗闪过他的面庞。他不得不深呼吸，调整自己的面部。晚餐的香气弥漫在闷热的屋子里。寂静中，碗柜顶上的时钟发出单调的声响，迎合着他们刚才的话题，那钟声像是在说“孩子、孩子”，一遍又一遍。

他总会遇上那些孩子。在地板上光着身子爬的，打弹子游戏的，在黑暗的街道上搂抱着一个小姑娘的。男孩们都叫班尼迪克特·考普兰德，女孩子都叫班妮·迈易或者班妮迪恩·玛蒂思。他算过，至少有十几个孩子的名字是按着他的名字取的。

在他的生命过程中，他一直在诉说、解释和告诫。他会告诉他们所有不能要第五个或第六个或第九个孩子的理由。我们不需要更多的孩子，而要为活着的孩子提供更多的机会。他所极力劝告大家的，是如何使黑人种族优生优育。他会用简单的语言告诉他们这些简单的道理，并且同样的方式不断重复。多年过去了，这些已经变成了可以吟诵的悲愤的诗。

他学习和知晓了每种新理论的发展。他会自费帮助他的同胞们优生优育。他是镇上唯一有这种思想的医生。他会给予并解释、施与并告知。但是每周还是会有四十次生产。班妮·迈易或者班妮迪恩·玛帝恩。

目的只要一个，唯一的一个。

他知道他的人生目的。他一直知道，教育他的同胞是他的使命。他整天背着包外出走访，他和他们无所不谈。

漫长的一天过去，他疲劳不堪。但只要一回到家里，疲乏感就消失得无影无踪。他有汉密尔顿、卡尔·马克思、鲍迪娅和小威廉姆，还有戴茜。

鲍迪娅掀开炉子上平底锅的盖子，用餐叉搅拌甘蓝。

“父亲——”过了一会儿，她说。

考普兰德医生清清嗓子，他的嗓音又干又涩。“嗯？”

“我们别再吵了。”

“我们没吵。”考普兰德医生说。

“有时沉默也是争吵，”鲍迪娅说，“就像现在这样一言不发地坐着，我们之间也在争论什么。这是我的感觉。真的，每次我来看你，我都快被压抑死了。我们不要以任何形式争吵了，可以吗？”

“我很抱歉你有这种感觉，但争吵肯定不是我的本意。”

鲍迪娅倒了两杯咖啡，不加糖的一杯递给父亲，然后在自己的那杯里加了几勺糖。

“我很饿，咖啡喝起来一定挺香的。我和你说一件不久前的事。虽然这事感觉有点可笑，但我们不要笑得太厉害。”

“你说。”考普兰德医生说。

“前段时间，一个穿得很体面的黑人来到镇上。他自称B.F.梅森先生。他说他来自华盛顿特区。每天他都拄着手杖在街上散步，穿着帅气的花衬衫。晚上他去咖啡馆。他比镇上任何人吃得都好。每天晚上他都要点一瓶杜松子酒和两块猪排。他对每个人微笑，对女孩子彬彬有礼。他走到哪儿都令大家很开心。人们开始好奇这个B.F.梅森先生是谁。不久，他在这混熟了，就开始做生意。”

鲍迪娅噘起嘴，向咖啡盘吹气。

“你一定看过报纸上政府‘铁钳’养老计划的消息吧？”

“养老金。”考普兰德医生点点头说。

“是的，他与这事有关。他说他是政府的人。华盛顿的总统派他来的，希望大家都加入这个养老计划。他对每个人都解释说只要花一块钱加入，每星期再交二角五，四十五岁后政府每个月会付五十元的生活费。人们都为这件事激动得不得了。他送给加入的人每人一张总统照片，下面还有总统的签名。他说六个月后，每个成员能得到免费的制服。这个俱乐部叫‘黑人铁钳大联盟’，两个月后每个成员会得到上面有俱乐部缩写的黄丝带。对，就像政府其他组织的缩写那样。他随身带着小小的手册，一家一家地走，每个人都准备加入。他记下他们的名字，每星期六他来收费。三个星期后，这个B.F.梅森先生弄了非常多的成员，以至于星期六他一个人收不完入会费。他就雇人收钱，每三四条街就有一个人专门替他收钱。每星期六早晨，我在家附近那儿替他收二角五分钱。当然，威利开始就入会了，还有赫保埃和我。”

“我在你们这附近不同的房子里也看到不少总统的照片，我记得有人提到梅森这个名字。”

考普兰德医生说：“他是个骗子吧？”

“是的，”鲍迪娅说，“有人发现这个B.F.梅森先生的真实情况，他被逮捕了。他就是亚特兰大本地人，连华盛顿特区的影子都没见过，更别说是总统了。所有的钱不是被他花掉了，就是藏起来了。威利损失了七块五角钱。”

考普兰德医生很兴奋。“我早说过——”

“他死后，”鲍迪娅说，“肯定会被放在滚烫的油锅里炸。可现在这事完了后，听起来有点可笑，当然我们有足够的理由不要笑得太狠。”

“每个星期五，黑种人主动爬到十字架上。”考普兰德医生说。

鲍迪娅的手不由得抖了下，咖啡沿着托盘淌下来。她舔了舔手。“你想说什么？”

“我的意思是，我一直在观察。我是说我只要能找到十个黑人，十个我们自己人，有骨气有头脑有勇气的十个人，他们愿意献出一切——”

“我们不要说这些。”鲍迪娅放下咖啡。

“只要四个黑人，”考普兰德医生说，“就是汉密尔顿、卡尔·马克思、威廉姆和你加起来的这个数目。四个有这些真正的品质的黑人——”

“威利、赫保埃和我有脊梁，”鲍迪娅激动地说，“这是一个艰难的世界。我觉得我们三个都在努力，过得相当不错。”

两人沉默了片刻。考普兰德医生把眼镜放到桌上，用皱巴巴的指头按摩眼睛。

“黑人，你总用这个词，”鲍迪娅说，“这个词太伤人。甚至过去常用的黑鬼也比它强点儿。有教养的人，无论是什么肤色，总喜欢用有色人这个词。”

考普兰德医生没有说话。

“威利和我也不算纯种有色人。我们的妈妈肤色很淡，我们俩都有白人亲属。赫保埃，他是印第安人。他身上有不少印第安血统。我们都不是纯粹的有色人，你一直用这个词太伤人了。”

“我对这些措辞不感兴趣，”考普兰德医生说，“我只对真相感兴趣。”

“好吧，每个人都怕你，这就是你感兴趣的真相。要想让汉密尔顿、巴迪、威利或者我家赫保埃来你这儿，像我一样和你坐在这儿，除非他们喝醉酒了。威利说他记得小时候印象中的你，从那以后，他就害怕自己的父亲。”

考普兰德医生艰难地咳嗽。

“每个人都有感情，不管他是谁。没有人愿意走进一间房子，在那里他明知会被伤害。你也一样。我知道你被白人们伤了很多次，而他们并没意识到在伤人。”

“不。”考普兰德医生说，“你没见过我被伤害。”

“我知道威利、我家赫保埃和我，我们都不是有学问的人。但对我来说，赫保埃和威利像金子一样珍贵。他们和你只是不一样而已。”

“是的。”考普兰德医生说。

“汉密尔顿、巴迪、威利和我，我们都不愿像你一样说话。我们像我们的妈妈及她们的祖先们。你只用脑子思考。而我们，我们说话是出自内心深处的感情，它们在那儿已经很久了。这就是我们之间的区别。”

“对。”考普兰德医生说。

“一个人不能随便抓起自己的孩子，强迫他们变成自己要想他们成为的人，也不管这会不会伤到他们。你使尽了力气想改造我们。现在，我是我们中唯一一个还能到这房子，和你坐在一起谈话的人。”

考普兰德医生眼中闪着泪光，鲍迪娅的声音响亮而生硬。他不停咳嗽，整张脸在颤抖。他想拿起已冷的咖啡杯，但手不听使唤。泪水浸湿眼眶，他戴上眼镜，想掩饰自己。

鲍迪娅看到了，立刻走近他。她抱住他的头，将脸颊贴在他的额头上。

“对不起，我伤了我父亲。”她温柔地说。

他的声音冷硬。“不。不断重复伤害感情的废话，愚蠢而粗糙。”

泪水顺着他的脸慢慢地流下来，在火光映射下，使它们呈现出蓝、绿和红色。

“真的很抱歉。”鲍迪娅说。

考普兰德医生用棉手帕擦了擦脸。“没事了。”

“每次和您在一起，我总有很不好的感觉。我们不要再像这次这样吵架了。我受不了。”

“好的，”考普兰德医生说，“我们不吵架。”

鲍迪娅鼻子抽了几下，她用手背擦了下鼻子。她站在那儿抱着父亲的头，抱了几分钟。过了一会儿，她擦了擦脸，走近炉子察看甘蓝叶。

“快熟了，”她高兴地说，“现在我要做一些好吃的烤玉米面包，和甘蓝配着吃。”

鲍迪娅穿着长筒袜的脚在厨房里缓慢地移动，父亲的目光追随着她。他们再一次陷入沉默。

他的眼睛还是湿的，东西的轮廓看上去模糊不清。鲍迪娅像她的母亲。多年以前，戴茜也是这样在厨房里走动，沉默而忙碌。戴茜不像他这么黑，她的皮肤像棕色的蜜一样美丽。她一直是安静而温柔的。但在温柔背后，她身上有一种固执的东西，不管他如何研究，他始终弄不清妻子身上这种温柔的固执。

他常常教导她，会告诉她所有藏在他内心的想法，她始终是温柔的。但她不会听从他，她坚持自己的方式。

后来，汉密尔顿、卡尔·马克思、威廉姆和鲍迪娅出生了。作为父亲，对他们降生的使命感是如此强烈，他知道他们将来应该长成什么样的人。汉密尔顿将成为一个伟大的科学家，卡尔·马克思应该是黑人种族的教育者，威廉姆，必将成为一名律师，与不公正做斗争，至于鲍迪娅，她会成为为女人和孩子治病的医生。

在他们很小的时候，他就告诉他们必须摆脱他们肩上的枷锁，那就是不能屈从，不能懒惰。当他们长大一点时，他不断地跟他们强调，上帝根本不存在，但他们的生命本身是神圣的，因为对他们每个人来说，都有自己真正的使命。他一遍遍地重复着这些话，在离他远远的地方，他们坐在一起，用黑孩子独有的大眼睛看着自己的母亲。戴茜虽然坐在那儿，却并没有听，依然是那么温柔而固执。

在他心里，汉密尔顿、卡尔·马克思、威廉姆和鲍迪娅都肩负使命，所以，他知道接下去的每一个细节应当是怎样的。每年秋天，他都会带着他们进城，给他们买最好的黑鞋子和黑袜子。他还给鲍迪娅买了黑色的羊毛面料做裙子，买白色亚麻用于做衣领和袖口。他给男孩子们买黑色的羊毛面料做裤子，用精制的白亚麻做衬衫。他不想让他们穿鲜艳劣质的衣服。可是等他们上学后，却偏偏想穿那样的衣服，戴茜说他们觉得穿成那样很尴尬，说他是一个刻板的父亲。他知道家里应该设计成什么样。不能摆放有花里胡哨的东西，比如那些华而不实的年历、带蕾丝边的枕头或小摆设。屋子里的每样东西都应该是朴素的、深色调的，象征着他的工作和真正的使命。

有天晚上，他忽然发现戴茜给小鲍迪娅的耳朵打了个耳洞。还有一次，他回到家时，看见壁炉架上放着一个穿着羽毛裙子的鬈毛娃娃，脸圆圆的，眼睛大大的。但戴茜不肯把它拿走。她是温柔的，强硬的。他也清楚地知道，戴茜教孩子们要逆来顺受，给他们讲地狱和天堂的故事，让孩子们相信鬼神和鬼屋。她每星期天去教堂忏悔，悲伤地向牧师谈到自己的丈夫。她还很固执，坚持带孩子们去教堂听布道。

整个黑人种族都病了，他每天忙得要命，有时要工作到深夜。一天漫长的工作之后，他身心疲惫。只要他一打开家门，疲乏感就消失得无影无踪。可是，当他进入房间时，威廉姆往往是在用卫生纸包裹的梳子上吹曲子，汉密尔顿和卡尔·马克思在玩掷色子游戏，而鲍迪娅则和她母亲坐在旁边笑个不停。

他只好用别的方式，从头开始教育他们。他拿出他们的课本，给他们辅导功课。他们紧挨着坐在一起，看着他们的母亲。他不停地讲，可孩子们不愿意动脑去理解。

一种恐怖的黑人式的情感向他袭来。他坐在自己的办公室里，安静地读书和沉思，直到找到平静，重新开始。他把房间的窗帘放下来，让房间里只有明亮的灯光、书本和沉思的气息。但有时，这种平静不能到来。他还年轻，可怕的情感不会因为阅读而消失。

汉密尔顿、卡尔·马克思和鲍迪娅害怕他，他们总是渴望地看着母亲。当他意识到这点时，他还是会被黑色的情感征服，他不知道自己做了什么，会让他们这样。

他无力阻止这些可怕的事情，后来，他完全不能理解这种事。

“晚饭闻起来很香，”鲍迪娅说，“我们最好现在就吃，不然赫保埃和威利随时会来叫我。”

考普兰德医生调整了下眼镜，然后将椅子拉到桌旁。

“你丈夫和威廉姆今天晚上在哪儿？”

“他们在玩马蹄铁呢。雷蒙德·琼斯家的后院有一个玩马蹄铁游戏的地方。雷蒙德和他妹妹洛芙·琼斯每天晚上都玩。洛芙是个很丑的女孩，我才不介意赫保埃和威利去他们家玩，他们想什么时候去都可以。他们说可能十点差一刻来找我，现在我估计他们快到了。”

“趁我还没忘，”考普兰德医生说，“我想你会经常收到汉密尔顿和卡尔·马克思的信。”

“汉密尔顿写过信。他几乎接管了外公农场的所有工作。巴迪在莫拜尔，你知道他从来都写不好信。但巴迪一直和人相处很好，所以我不担心他。他是那种总能混得很好的人。”

他们安静地坐在餐桌前。鲍迪娅不时地看碗柜上的钟，赫保埃和威利快要到了。考普兰德医生的头俯在餐盘前。他拿着的叉子好像有千钧重，手指在抖。他草草地吃了几口，每一口都咽得很艰难。气氛有些沉闷，似乎两个人都在找话说。

考普兰德医生不知道说什么。他觉得他过去对孩子们说的太多了，而他们理解得又太少，现在不知道再说些什么。过了一会儿，他用手帕擦了擦嘴，小心地开口。

“你很少说到自己。和我说说你的工作。”

“我还在凯利家，”鲍迪娅说，“但是父亲，我也不知道我还能在那儿待多久。工作很辛苦，要干上很长时间。其实这倒也没什么。我担心的是工钱。我一星期应该有三块钱，可有时凯利太太会少给我一块或五毛。尽管她事后会尽快补给我。可这让我心里不踏实。”

“这样不行，”考普兰德医生说，“你怎么受得了？”

“这不是她的错。她也是没办法，”鲍迪娅说，“一半的房客付不起房租，维持所有的开销是一大笔钱。说实话，凯利家的日子可真不好过。”

“你应该换一份工作。”

“我知道。但凯利一家是白人中真正的好人。我从心里喜欢他们。三个小孩就像我自己的亲人。我觉得，是我抚养了巴伯尔和那个小婴儿。虽然米克和我在一起经常吵架，但我对她有真正的亲近感。”

“可是要多为你自己想想。”考普兰德医生说。

“米克，噢——”鲍迪娅说，“她真是个问题。谁也不知道怎么管教她。她傲慢、固执到了极点。一直有点鬼迷心窍。我感觉她很古怪。不知道哪天她就会让人大吃一惊。不过到底是好的还是坏的吃惊，我不知道。米克让我搞不明白，但我真的喜欢她。”

“你首先要考虑的是你自己的生存。”

“我说过了，这不是凯利太太的错。维持那幢又大又旧的房子，花费太多，那些人又不愿付房租。房客里只有一个人能把房租给全，而且从不拖欠。那人刚住进来不久。他是镇上的一个聋哑人，也是我唯一近距离见过的一个白人，他是个好白人。”

“高个,瘦长,灰绿色眼睛？”考普兰德医生突然问道,“总是对每个人都很有礼貌,穿得也很得体？不像是这镇上的人，更像是北方人，或者犹太人？”

“就是他。”鲍迪娅说。

考普兰德医生的脸上露出热切的表情。他把烤玉米面包掰碎，放进碟子里的甘蓝汁中。他重新有了胃口。“我有一个聋哑病人。”他说。

“你怎么会认识辛格先生？”鲍迪娅问。

考普兰德医生又咳嗽起来，他用手帕捂住嘴。“我只见过他几次。”

“我最好现在就收拾下，”鲍迪娅说，“威利和我家赫保埃马上要到了。有这么棒的洗碗池和水龙头，这几个小碟子眨眼间就能洗完。”

多年来，白种人无声的傲慢是他一直想忘却的事。每当怨恨占据他时，他都会认真思考和研究。在路上，在白人周围，他保持沉默，脸上写满尊严。年轻时，他被称作“伙计”，现在是“大叔”。“大叔，快去街角的加油站给我叫一个机修工来。”不久前，一个坐在车里的白人对他喊。“伙计，帮我个小忙。”“大叔，去做吧。”但他从不去听，继续走路，保持着尊严与沉默。

几天前，一个喝醉酒的白人走近他，开始拉着他在马路上走。他带着他的包，还以为是有人受伤了。但那个醉鬼把他拉到一家白人开的餐馆，柜台旁的那些白人无礼地向他吼叫。他知道醉鬼是在拿他取笑。即使是那时，他也始终保持着尊严。

但是遇到这个又高又瘦、长着灰绿色眼睛的白人时，却发生了不一样的事，这样的事在他和别的白人打交道时是根本不可能发生的。

那是几星期前一个漆黑的雨夜。他刚替人接生回来，站在街角的雨中。他想点一支烟，可一连几根火柴都没点着。他站在那里，嘴里叼着那支没点着的香烟，这时一个白人走了过来，递给他一支点燃的火柴。黑暗中，火柴的光焰照亮了两人的面容。白人朝他微笑，替他点燃了香烟。他不知道该说什么，因为此前，这种情景从未发生过。

他们一起在街角站了几分钟，白人递给他一张卡片。他很想和这个白人交谈，问他一些问题，但他不能确定白人是否能够理解。因为白种人的傲慢，他害怕在对他们的友善中丧失自己的尊严。

但是那个白人替他点燃了香烟，对他微笑，看样子似乎是想和他接触。那天过后，他把这件事想了很多遍。

“我有一个患者，是聋哑人，”考普兰德医生对鲍迪娅说，“这个患者是一个五岁的男孩。我怎么也摆脱不了罪恶感，我觉得他的病我是有责任的。我给他接的生，两次产后咨询后，我把他给遗忘了。他的耳朵出了问题。可他母亲没在意他耳朵里流出的液体，也没带他来找我。当我知道他的情况时，已经太晚了。所以他听不见了，也不会说话。但我仔细观察过他，我觉得，如果他没生病的话，应该是个非常聪明的孩子。”

“你一直对小孩子很有兴趣，”鲍迪娅说，“你对小孩子的关心远远超过成年人，不是吗？”

“在小孩身上，充满更多的希望，”考普兰德医生说，“但这个聋孩子——我一直在打听，看看有没有什么机构愿意收留他。”

“辛格先生会告诉你。他真是一个很好的白人，他一点也不傲慢。”

“我不知道——”考普兰德医生说，“有几次，我想过写信给他，看看他能不能告诉我一些信息。”

“如果我是你，我一定写。你信写得那么棒，我会替你把信交给辛格先生。”鲍迪娅说，“两三个星期前，他拿了几件衬衫到厨房来，想让我帮他洗一下。那些衬衫是那么干净！就算‘施洗者’圣约翰本人穿过的衬衫也不过如此。我唯一要做的不过是把它们浸在温水里，轻轻搓一下领口，熨烫下就成了。那天夜里，我把五件干净的衬衫送到他房里，你知道他给了我多少钱吗？”

“不知道。”

“他像往常一样微笑着，递给我一块钱。我只是为他简单清洗熨烫了几件衣服，他给了我整整一块钱！他确实是一个善良可爱的白人。我不害怕问他任何问题。我甚至愿意亲自给这个善良的白人写封信。你写吧，父亲，如果你想的话。”

“也许我会写。”考普兰德医生说。

鲍迪娅突然坐直了，开始整理她那梳得紧紧的、油油的头发。外面传来微弱的口琴声，随后乐声越来越大。“威利和赫保埃来了，”鲍迪娅说，“我得走了，去找他们。你多保重，如果你需要什么，捎个话给我。和你吃晚饭、聊天，我很开心。”

口琴声很清晰了，从乐声中，他们能够辨认出威利正站在前门，边吹边等。

“等一下，”考普兰德医生说，“我只见过你丈夫两次，当时他都是和你在一起的，我们从来也没真正交谈过。威廉姆也还是三年前来看望过他的父亲。为什么不叫他们进来坐一会儿？”

鲍迪娅站在门道里，手指摩挲着头发和耳坠。

“上次威利到这儿来，你伤了他的感情。你看你就是不懂得如何——”

“好吧，”考普兰德医生说，“只是一个建议。”

“等等，”鲍迪娅说，“我去叫他们。我这就让他们进来。”

考普兰德医生点了一支烟，在房间里走来走去。他没法把眼镜调到合适的位置，他的手一直在抖。前院传来低语声。接着，门厅里响起了重重的脚步声，鲍迪娅、威廉姆和赫保埃走进了厨房。

“我们来了，”鲍迪娅说，“赫保埃，你和我父亲还没被正式介绍给对方呢。当然你们彼此是知道对方的。”

考普兰德医生和两个人都握了手。威利胆怯地后退，挨着墙角，赫保埃向前迈了一步，正式地鞠了一躬。“我经常听到有关你的事，”他说，“很高兴认识你。”

鲍迪娅和考普兰德医生从门厅搬来椅子，四个人围炉而坐。他们不说话，看起来心神不安。威利紧张地环顾着四周，餐桌上的书，洗碗池，墙边的帆布床，还有他的父亲。赫保埃咧嘴笑着，手摸着领带。考普兰德医生似乎想说什么，他润了润嘴唇，但终究没有开口。

“威利，你的口琴吹得越来越好了，”鲍迪娅终于打破沉默，“要我看，你和赫保埃一定是偷着去喝酒了。”

“没有，夫人，”赫保埃彬彬有礼地说，“星期六以来我们没有沾过一滴酒。刚才我们一直在玩马蹄铁。”

考普兰德医生还是一言不发，他们都用眼睛瞟着他，等他开口说话。房间里很沉闷，闷得让每个人都感到紧张。

“他们这些男孩的衣服可真难打理，”鲍迪娅说，“每个星期六，我给他们俩洗白西装，一个星期熨两次。你看看它们现在的样子！当然，他们只在下班回家后才穿。可是两天后，白西装就黑得不成样子。我昨晚才熨的裤子，现在也皱得一条熨缝也找不到！”

考普兰德医生依旧不说话。他一直盯着儿子的脸。但是威利看见父亲的目光后，就咬着粗糙短钝的指头，低头看自己的脚。考普兰德医生感到太阳穴和手腕处的脉搏怦怦直跳。他开始咳嗽，用拳头压住胸口。他很想和儿子说点什么，但不知说什么。熟悉的痛苦抓住了他，他却没有时间思索并平息这种痛苦。脉搏在身体里怦然跳动，他感到困惑。他们全都在看着他，沉默如此强大，他不得不说点什么了。

他的声音很高，听起来好像不是从他的嘴里发出来的。“威廉姆，我想知道，你小时候我和你说过的话你还记得多少。”

“我不、不懂你是什么意思。”威利说。

考普兰德医生控制不了自己的情绪和思想，他说：“我的意思是，我把一切都给了汉密尔顿、卡尔·马克思和你，把所有的信任和希望都寄托在你们身上。而我得到的只有误解、无所事事和冷漠。现在我两手空空，一无所获。你们从我这里拿走了一切。我想做的一切——”

“别说啦，父亲。”鲍迪娅说，“你答应过我，我们不要争吵。这简直是疯了。我们受不了争吵。”

鲍迪娅站起来向大门走去。威利和赫保埃立刻跟上她。考普兰德医生最后一个向门口走去。

他们站在门前的黑暗里。考普兰德医生想说什么，但是他的话好像迷失在内心深处。威利、鲍迪娅和赫保埃紧紧地站在一起。

鲍迪娅一手挽着她的丈夫和哥哥，另一只手伸向考普兰德医生。“让我们走之前和好吧。我不能忍受我们之间的争吵。我们再也不要吵了。”

沉默中，考普兰德医生再一次和两个男人握手。“对不起。”他说。

“我没事。”赫保埃客气地说。

“我也没事。”威利咕哝了一句。

鲍迪娅把他们的手放到一起。“我们只是受不了争吵。”

他们道了别。考普兰德医生站在黑暗的前廊，目送他们沿着大街走远。他们离去的脚步发出孤独的声音，他感到虚弱和疲倦。当他们走到一条街以外，威利又一次吹起了口琴。乐声悲伤而茫然。他一直待在前廊，直到再也看不到他们的身影，再也听不到他们的声音。

考普兰德医生关了屋子里的电灯，坐在炉子边，坐在黑暗里。但是安宁并没有到来。他想把汉密尔顿、卡尔·马克思和威廉姆从脑海中除去。鲍迪娅对他说的每句话，都响亮而坚硬地回响在他的记忆里。他猛地站起来，拧亮电灯。他在桌边坐下来，桌上放着斯宾诺莎、威廉·莎士比亚和卡尔·马克思的书。他大声地朗读斯宾诺莎，那些单词都发出丰富和秘密的声响。

他想起了他们谈到的那个白人。要是这个白人能帮助那个聋孩子马迪·路易斯就太好了。即便没有这件事和这些问题，给这个白人写封信也是好的。考普兰德医生双手捧住头，喉咙里发出奇怪的声音，像唱歌一样地呻吟。他记起了那个雨夜，那个白人的脸。在昏黄的火焰后面，那个白人的微笑，令他的内心十分安宁。

6

仲夏，辛格房间里的访客总比其他人的要多。晚上，他的房间里总是有说有笑。在纽约咖啡馆吃过晚饭后，回到家后他会洗个澡，换上一件凉爽的浴衣，一般情况下，他就不再出门了。

屋子很凉爽，也很舒适。壁橱里有一个小冰箱，用来放冰啤酒和果汁。他从来都很悠闲从容。他总是在门口迎接客人，脸上带着微笑。

米克喜欢去楼上辛格先生的房间。虽然他是聋哑人，但她的每一句话辛格都能明白。和他交谈很愉快，像是在游戏。当然还有比游戏更多的含义，就像发现音乐里的新东西。她会毫无保留地把自己的计划告诉他，她不会对别人说的计划。他会让她尽情摆弄精致的象棋子。有次她玩得太兴奋了，衣角被卷进了电扇里，他温柔地帮她，她一点也不觉得难堪。

她觉得除了她的爸爸，辛格先生是她认识的最好的男人。

考普兰德医生给约翰·辛格写了个便签，向他咨询有关马迪·路易斯的事。不久他收到了一封礼貌的回信，邀请他在方便时到他这里来。考普兰德医生先去了房子的后面，和鲍迪娅在厨房坐了一会儿。然后他上楼，来到了那个白人的房间。在这个男人身上，的确没有一丝无声的傲慢。他们一起吃了一个柠檬，然后哑巴在纸上写下了他想知道的答案。这个男人和他以前见过的任何白种人都全然不同。此后，关于这个白人，他琢磨了很多次。后来，因为辛格真诚地邀请，他就又去看了他一次。

杰克·布朗特每个星期都会来。当他上楼去辛格的房间时，整个楼梯都在颤动。通常，他会带一纸袋啤酒来。他的嗓门很大，屋里经常传出他愤怒的声音。不过，每次在他离开之前，他的声音都会逐渐平静下来。下楼时，袋里的啤酒已经没有了。他总是若有所思地离去，仿佛根本不在意自己要去哪里。

有一天晚上，比夫·布莱农也来到了哑巴的房间。因为不能离开餐馆时间太久，只待了半个小时，他就走了。

辛格对每个访者的态度都一样。他坐在窗边的一把直背椅上，两手紧紧地插进兜里，向客人时而点头，时而微笑，表示自己明白他们的话。

如果晚上没有客人，辛格就去看午夜电影。他喜欢坐后面的座位，看演员们在大银幕上说着、走着。进电影院之前，他好像从来不关注电影的名字，不管演的是什么电影，他都报之以同样的热情。

七月的一天，辛格突然没有任何征兆地离开了。他房间的门是开着的，桌子上放着一个信封，是给凯利太太的，里面装着四块钱，是上星期的房租。他的一些物品也不见了，房间显得非常干净和空旷。他的客人来访，看着那空旷的房间，除了吃惊，还有一种受伤的感觉。没有人能知道他为什么会这样离开。

辛格的整个暑假是在安东尼帕罗斯住院的小镇度过的。为这次旅行，他准备了好几个月，想象着他们重逢后的每一个时刻。他提前两个星期订好了那里的房间，他把火车票藏在信封里，装进衣服口袋，时刻带在身上，直至离开。

安东尼帕罗斯没什么变化。辛格走进他的房间时，他很安静，非常从容地走过去迎接他的伙伴。他比以前还要胖些，只是脸上梦幻般的表情依然如故。辛格拎着好几个包，里面是带给伙伴的礼物。胖希腊人最先注意的就是这个。有鲜红的晨衣、柔软的拖鞋、两件带字母图案的睡衣。安东尼帕罗斯仔细地检查了每个盒子里的包装纸，发现里面并没有藏着好吃的东西，就不屑地将礼物一股脑地摊在床上，不再看它们一眼。

屋子很宽敞，阳光十分充足。几张床排成一行，中间有间隔。三个老人在一角玩纸牌游戏，根本没注意到辛格或安东尼帕尼斯。两个伙伴坐在房间的另一头。

对辛格来说，他们曾经的日子恍如隔世。他有太多的话要对他的伙伴说，手语的速度赶不上他的脑子。那绿色的眼珠在燃烧，额头的汗闪闪发亮。曾经有过的快乐和喜悦又回来了，而且是如此的强烈，以至于他无法控制自己。

安东尼帕罗斯依旧懒洋洋的，漆黑油亮的目光盯在他的伙伴身上，两只手无聊地摸索着裤裆。辛格告诉他的伙伴，最近他有很多访客。他们带走了他的孤独。他跟安东尼帕罗斯说，他们是一些很奇怪的人，他们总在说话，不过他喜欢他们来找他。他给安东尼帕罗斯画了杰克·布朗特、米克还有考普兰德医生的速写。但他发现安东尼帕罗斯一点也不感兴趣，便立刻把速写揉成一团，不再提它了。护理员进来说探访时间到了，可辛格想说的话只说了不到一半。但他离开房间时，却是非常幸福，虽然也有些疲倦。

病人只能在星期四和星期日接待朋友。无法和安东尼帕尼斯在一起的时候，辛格就一个人在酒店的房间来回踱步。

第二次的探访情形大概和第一次一样，唯一不同的是三个老人没有玩纸牌，只是无精打采地看着他们。

辛格费了很多心思，才被允许把安东尼帕罗斯带出去玩几个小时。他为这次小小的外出做了精心的准备。他们先是租了一辆出租车去了野外，四点半他们去酒店的餐厅吃饭。安东尼帕罗斯点了菜单上一半的菜，贪婪地大吃大喝，尽情地享受他的大餐。饱餐后，他还不肯走，抱着桌子不放。辛格哄他，出租车司机都忍无可忍了。安东尼帕罗斯顽固地坐在那里，他们走近他时，他就做下流的手势。最后，辛格不得不去酒店经理那里买了一瓶威士忌，把他骗到出租车上。当辛格把未开封的酒瓶扔到车窗外时，安东尼帕罗斯绝望地哭了起来。这样的情境令辛格十分伤心。

下一次的探访也是最后一次，因为辛格两个星期的假期就要结束了。安东尼帕罗斯已经忘了上次的不愉快。他们坐在房间的角落里，时间过得飞快。辛格的手在绝望地诉说，脸色十分苍白。最后分别的时刻到了。辛格拉住伙伴的胳膊，凝视着他的脸，就像过去他们上班前分手时的凝视。安东尼帕罗斯睡眼蒙眬地看着他，身子一动不动。辛格双手死死地插在兜里，离开了房间。

辛格刚一回到自己的房间，米克·凯利、杰克·布朗特和考普兰德医生就来看他了。大家都想知道他去了哪里，为什么不事先告诉他们他要离开。辛格只是微笑，假装听不懂他们的话，他的微笑高深莫测，令所有人费解。

他们一个个地去拜访辛格，和他共度晚上的时光。哑巴总是很体贴，总是一副镇定自若的神情。他的眼神丰富、温柔，但目光中也有像巫师般的肃穆。米克·凯利、杰克·布朗特和考普兰德医生常常来到这里，在这寂静的屋子里倾诉，因为他们觉得哑巴总是能理解他们所说的，而且可能比那还要多。

Part Two 第二章

1

这个夏天和米克记忆中的所有夏天都不同。似乎什么事情都没有发生过。没有什么值得用语言描述的事件。但是她隐约感觉到了某种变化。那段日子，她莫名的兴奋。早上，她迫不及待地要起床，开始新的一天。晚上，上床睡觉是她最憎恨的事情。

一吃完早饭，她就会带孩子们出去。除了一日三餐，他们大多数时间都在外面，大多是在大街上闲荡。她拖着拉尔夫的旧童车，巴伯尔跟在后面。她满脑子都是各种想法和计划。偶尔她会突然抬头看看路，而此时他们往往已经到了小镇的某个地方，陌生得连她自己都不认得。有一两次，她在街上遇到比尔时，她正沉浸在自己的思绪中。比尔拽住她的胳膊，她才回过神来。

清晨，天气有些许凉意，人行道上，他们的影子在面前拉得很长。但是到了中午，天气炙烤起来。毒辣阳光刺得人睁不开眼。大多时候，她的计划都和冰雪有关。有时她想象自己在瑞士，所有的山都被白雪覆盖，她在浅绿色冰冷的冰面上滑行。辛格先生也和她一起。也许卡洛尔·隆巴德或阿托罗·托斯卡尼尼在收音机里演奏。他们在一起滑冰，然后辛格先生掉进了冰洞里，她奋不顾身地跳下去，在冰下游过去救出了他。这样的画面一直在她的头脑里挥之不去。

通常，他们逛了一会儿后，她就会把巴伯尔和拉尔夫放在有阴凉的地方。巴伯尔是个听话的孩子，她把他训练得很乖。如果她告诉他不要去听不见拉尔夫哭声的地方，巴伯尔就肯定不会跑到两三条街外和别的孩子打弹子球。他一定会在童车附近一个人玩，所以即使她把他们扔下，也用不着担心。她不是去图书馆翻看《国家地理》，就是漫无目的地到处闲逛，脑子里不停地思考。要是她身上有点钱，就去布莱农先生的餐馆那里买一瓶饮料或是巧克力。他会给孩子们打折，五分钱的东西他只要三分钱。

不过，无论什么时候，不管她在干什么，音乐无处不在。有时，她会一边走一边小声地哼着曲子，有时则静静地聆听自己内心深处的歌。她脑子里有各式各样的音乐。有的是在收音机里听到的，有的就在她的脑子里，并不是从其他的地方听来的。

晚上孩子们睡着后，她就自由了。这是她一天里最重要的时光。她独自一人处在黑暗中的时候，会发生很多事情。

晚饭过后，她就又跑到外面去了。晚上干了什么事，她不告诉任何人。妈妈问起时，她会编一些听起来合理的谎话。但大多数时候，别人喊她，她就像没听见一样跑掉了。唯有对爸爸她不这样。爸爸的声音里有某种东西让她无法逃脱。他是整个镇上最高大魁梧的男人，但他的声音非常轻缓、慈祥，他一开口说话，人们往往会大吃一惊。不管她有多想溜出去，只要爸爸叫她，她一定会停下来。

这个夏天，她发现爸爸身上有了变化，变得好像让人不认识了。从前，她从来没有把他当成一个单独的个体。他时常会叫住她。她走进他工作的前屋，在他身边站几分钟。尽管她耳朵在听爸爸说话，心却早已飞出去了。一天晚上，她感觉自己突然明白了爸爸。那晚并没有特别的事情发生，但她有了这种感觉。随后，她觉得自己长大了，能像理解别人一样理解爸爸了。

八月末的一个晚上，她正着急赶时间，九点之前要到那所房子，必须这样。爸爸叫了她，她走进了前屋。爸爸颓然地靠在工作台上。他待在这里，看起来一点也不自然。去年出事前，他一直做着油漆工和木匠的工作。每天早晨天刚亮时，他就套上工装裤出门，一整天都在外面工作。晚上，他偶尔摆弄一通钟表，算是业余的工作。他试了很多次，想在珠宝店找份工作，这样就可以整天穿着洁白的衬衫、打着领结，一个人坐在工作台前了。现在他再也做不了木匠活了，他就在房子的前面立了块牌子，上面写着：“廉价修理钟表”。

可他看上去不太像干这种工作的，在小镇的商业中心，钟表匠一般都是动作敏捷、皮肤黝黑的小个子犹太人。坐在工作台后面的爸爸太高了，他那巨大的骨节松松垮垮地连在一起。

爸爸盯着她看。她能看出来，他并没有什么特别的缘由要喊她。他只是太想和她说话了。他试图引出话题。在他又长又瘦的脸上，那双褐色的眼睛显得很大。他的头发掉光了，灰白的头顶给人一种裸露的感觉。他只是看着她，不说话，而她着急要走。她必须在九点之前到那里，没有时间了。爸爸看出她有事，清了清喉咙。

“我有东西给你，”他说，“虽然不多，但也许你可以给自己买点什么。”

其实他不必因为孤独和想找人说话就给她五分或一角钱。他挣的钱只够他每星期喝两次啤酒。现在，他椅子旁的地上放着两个酒瓶，一个已经空了，另一瓶刚打开。每次喝酒时，他就想找人说话。爸爸摸着皮带，她把目光闪开了。这个夏天，他就像一个孩子，喜欢把一些零钱藏起来。有时藏在鞋子里，有时藏在他皮带上的夹缝里。她不太想收下这一角钱，但当他递给她时，她的手还是很自然地打开，接过钱币。

“我有好多事情要做，却不知道从哪儿开始。”他说。

事实与这恰恰相反，他们很清楚这一点。他根本没多少有钟表要修，干完那点活后，他就在房子里转来转去，四处找零活干。晚上，他坐在工作台前，清洗旧发条和齿轮，一直磨蹭到睡觉的时间。他摔断髋骨以后，没办法让自己安静下来，每分钟他都要忙个不停。

“今晚，我想了很多。”爸爸说。他倒了些啤酒，在手背上撒了几粒盐。他先舔了舔盐，然后从杯子里喝了一口啤酒。她太着急要走，一刻也不想多停留了。她的爸爸注意到这点，很想跟她说点什么，但他叫她来并没有特别的事。他只是想和她说说话。于是他把话又咽了回去。他们就这样看着对方。时间在两人之间寂静蔓延。

就是在这样的时刻，她好像真的理解了爸爸。不是说她发现了一个新的事实，一直以来，她对爸爸的了解是停留在表面上的。此刻，她只是突然明白了她的爸爸。他是孤独的，他老了。小孩子们都不愿意去找他，因为他挣不了几个钱，他感到自己被这个家抛弃了。在孤独中，他想靠近任何一个孩子，可是他们都太忙了，顾及不到爸爸的心思。他感到自己是一个无用的人。

当他们互相看着对方的时候，她明白了这一点。她感觉怪怪的。她的爸爸捡起一根钟表发条，用浸在汽油里的刷子清洗它。

“我知道你赶时间。我只是想和你打个招呼。”

“不，我一点不忙，”她说，“真的。”

那天晚上，她在工作台旁边的椅子上坐下来，俩人聊了一会儿。他们说到收入和开支，他说如果换一种方式工作的话，境况会如何如何。他喝着啤酒，眼含热泪，时而用衬衫袖口擦着鼻子。那天晚上，她和爸爸待了好一会儿。尽管她急疯了。

但不知为何，她就是不能告诉爸爸她脑子里的那些事，那些跟炎热而黑暗的夜晚有关的事。

这些夜晚都是秘密的，是整个夏天最重要的时光。在黑暗中，她独自走在街道上，好像小镇是属于她一个人的。夜里，所有的街道都跟她家所在的街区一样亲切。有些孩子害怕在黑暗中走路，可她不怕。女孩们都怕路上突然蹿出一个坏男人把她们糟蹋了。那些女孩都是神经病，如果一个块头和拳王乔·路易斯或摔跤手山人迪恩一样的男人向她扑过来的话，她会撒腿就跑。但如果那家伙重量不超过她二十磅的话，她一定会狠狠地揍他一顿，然后接着走路。

夜晚是美妙的，她根本没有心思吓唬自己。黑暗降临时，她满脑子都是音乐。散步时，就自己唱着歌。她感到整个镇子都在聆听，但是他们不知道唱歌的人就是米克·凯利。

这些自由的夏夜，她慢慢听懂了很多音乐。小镇的富人区家家都有收音机，所有的窗子都是敞开着的，她能听得清晰无比。很快她摸清了哪家的收音机里有她想听的节目。有一家总是在放美妙的交响乐。晚上，她溜进那所房子黑暗的院子，坐在窗下的小树丛里倾听。听完后，她就站在黑暗的院子里，双手插进口袋，久久地回味。这就是整个夏天最珍贵的诗歌——听收音机里的音乐，然后用心回味。

“请关上门，先生。”米克说。

巴伯尔像带刺的蔷薇一样刻薄。“小姐，请帮个忙。”

他不甘示弱。

在职业学校学习西班牙语是很开心的事。会说一门外语让她感觉自己很有见识。每天下午上课时，她都很愉快地学说新的西班牙语单词和句子。刚开始，巴伯尔被难倒了，她喜欢边说外语边观察巴伯尔的脸，觉得他的样子非常有趣。但很快他追上来了，不久巴伯尔就可以复述她说的每句话。他记住了他学到的每个词。虽然他不知道那些句子都是什么意思，但她说那些句子时，想表达的也大多不是它们的原意。巴伯尔学得太快了，她不得不放弃西班牙语游戏，转而急促地说一些自己编造的词儿。可是很快他就识破了她的把戏。没人能骗得了聪明的巴伯尔·凯利。

“我要假装是第一次走进这房子，”米克说，“这样我就能看清哪些装饰好不好看了。”

她先走出屋子，站到前廊上，然后又走回到门厅站着。整整一天，她、巴伯尔、鲍迪娅和爸爸都在忙着为这次派对装饰门厅和餐厅。装饰物是秋天的树叶、藤蔓和红色的皱纹纸。餐厅的壁炉架和衣帽架上都是鲜黄的树叶。他们在墙上拉起了藤蔓，桌上将会放上盛果汁的宾治盆。红色的皱纹纸被剪出长长的流苏，沿着壁炉架垂下来。椅背上缠绕着红流苏。装饰足够了。一切都没问题。

她用手擦了擦额头，眯起了眼睛。巴伯尔站在她身边，模仿着她的每一个动作。“我确信这场派对会很成功。一定会。”

这是她要举办的第一个派对。她参加过的派对也不超过四五个。去年夏天，她去过一次同学的派对，没有一个男孩请她散步或跳舞，她像壁花一样一直站在宾治盆旁，直到所有的点心和饮料都吃完了，然后她就回了家。这次的派对肯定不会像上次那样。几个小时后，她邀请的人就要陆续地来了，喧闹就要开始了。

她想不起开派对的主意是如何冒出来的。在职业学校上学不久后，她就想到这个主意。中学棒极了，一切都和语法学校不同。如果她像海泽尔或埃塔一样去上速记课，她也许不会这么开心——她得到了特许，可以上男孩们的机械课。机械、代数和西班牙语都很棒。英文有点难。她的英文老师是蒙娜小姐。大家都说蒙娜小姐把自己的脑袋卖给了一个非常有名的医生，卖了一万块，这样在她死后，医生可以把它刨开，看看她为什么这么聪明。写作课上，她总是提出这样的问题："说出八个当代有名的约翰逊博士"，"引用十句《威克菲尔德牧师》里的话"。她按着花名册点名，上课时她的记分册一直是打开的。虽然她很聪明，却是个阴郁的老处女。西班牙语老师去欧洲旅行过。她说，在法国，人们会扛着面包棍回家，都不用包起来；他们站在路上说话时，面包棍会撞到路灯柱上。在法国根本就没有水，只有酒。

职业学校几乎是完美的。课间时，他们在班级走廊里转来转去，午餐休息时，学生们在体育馆里玩耍。有一件事很快令她烦恼了。走廊里，学生们三三两两聚在一起，似乎每个人都有自己特定的小圈子。这一两个星期，她在走廊和课堂认识的人，只限于和他们打打招呼，仅此而已。她不属于任何小圈子。在语法学校时，她想和哪帮人玩，直接就可以加入进去，不用多费脑筋。这里就不同了。

第一个星期，她在走廊里一边踱步一边思考这件事。她想加入一个小圈子，她在这件事上花的心思几乎和音乐一样多。她的脑海里一直计划着这两件事。最后，她想到了举办派对。

她对邀请的对象有要求。不邀请语法学校的小孩子，不邀请十二岁以下的孩子。她只邀请十三到十五岁之间的孩子。她邀请的朋友都是在学校走廊里可以打招呼的人——不知道名字的人，她就在学校里问。有电话的人，她就给他们打电话，其他的人，她都在学校里当面邀请。

电话里她说的都是同样的话。她让巴伯尔把耳朵凑近话筒一起听。“我是米克·凯利。”她说。如果他们不熟悉这个名字，她会不断地重复，直到他们想起来。“星期六晚八点我要举办一个舞会，我想邀请你参加。我住在第四大街103号A公寓。”A公寓听起来挺时髦的。几乎所有被邀请的人都答应了。几个难对付的男孩很好奇，反复追问她的名字。一个男孩扮酷说“我不认识你”。她马上回敬了一句：“你吃屎去吧！”除去那个自作聪明的家伙，有十个男孩和十个女孩都会来。这是一个真正的派对，比任何她去过或听说过的派对都要好，而且要好得多。

米克最后审视了一遍门厅和餐厅。她在衣帽架前停住了，面前是“老脏脸”的相片。这是妈妈的祖父的照片。他是“内战”时的少校，死在了战场上。不知是谁用铅笔在照片上画了眼镜和胡子，那印记被擦掉以后，少校的脸脏得像鬼一样。所以她叫他为“老脏脸”。这张照片在三联画框的中央，两边是他儿子的照片。他们看上去像巴伯尔那么大。穿着制服，脸上露出惊讶的表情。他们也死在了战场上。那是很久以前的事情了。

“它和派对不配，看起来太平常了。我想把它取下来。你不觉得吗？”

“我不知道，”巴伯尔说，“我们不平常吗，米克？”

“我不。”

她把相片取下来，放在了衣帽架的下面。装饰没有问题了。辛格先生回来后，也会感到满意的。房间看上去空旷、安静。桌子收拾好了，准备摆上晚餐。晚餐过后就是派对。她走进厨房，想看看点心和饮料准备得如何。

“你觉得一切都没问题吗？”她问鲍迪娅。

鲍迪娅正在做烤饼。点心在炉台上。有花生黄油、果冻三明治、巧克力脆饼和果汁。三明治上面盖着潮湿的洗碗布。她偷偷地看了一眼，但没有尝一块。

“我都说过四十遍了，一切都没有问题，”鲍迪娅说，“回家做完晚饭，马上就回来，系上那条白围裙，好好招待你的客人。但是，九点半前我必须要走。今天是星期六，赫保埃、威利和我也有我们的安排。”

“当然，”米克说，“我只想让你帮我把开头弄好——你知道。”

米克让步了，拿了一块三明治。然后她让巴伯尔和鲍迪娅待在一起，自己走到中间的屋子。她派对要穿的裙子正摊在床上。海泽尔和埃塔很大方，把自己最好的衣服借给她——她们不打算参加这场派对。埃塔的是一件长长的蓝色双绉晚礼服、一双白色的浅口鞋还有水晶的头饰。这些衣服真是美极了，很难想象她穿上会是什么样子。

傍晚降临，落日的余晖穿过窗子，在房间里留下了长长的暗黄的斜影。为这次派对，她需要两个小时打扮，所以她最好现在就开始。一想到要穿上这些漂亮的衣服，她就坐不住了。她走进卫浴室，脱掉旧短裤和衬衫，打开水龙头。她搓洗着身上粗糙的部位，脚后跟、膝盖，特别是胳膊肘。花了很长时间。

她光着身子冲进中间的屋子，开始穿衣服。穿上丝绸紧身内衣裤以及长丝袜，还鬼使神差地穿上了埃塔的一件胸罩。然后她小心翼翼地穿上裙子，把脚放进浅口鞋里。这是她第一次穿晚礼服。她在镜子前站了很久。她太高了，礼服的下摆在脚踝三四英寸处，鞋子有点小，挤得脚疼。她最后的感觉是自己看上去要么像个傻瓜，要么就是非常漂亮，只有这两种可能。

她换了六种发式。额头前一缕翘起的头发是个小麻烦，于是她把刘海儿打湿，弄出了三个小卷。最后她戴上水晶头饰，涂了厚厚的口红和胭脂。打扮完后，她像电影明星那样抬起下巴，眼睛似闭非闭。她把脸缓缓地从一侧转到另一侧。她看起来美极了——非常美。

她觉得自己是另一个人，完全不同于米克·凯利的另一个人。还有两个小时派对才开始，她羞于让家里的人看到自己这么早就打扮成这样。她又走回卫生间，把门锁上。她不能坐下，那会把裙子搞乱，她就站在卫生间的中央。四面封闭的墙壁好像把所有的兴奋都压缩在里面。她觉得自己完全不同于过去的那个米克·凯利，她知道这个派对将比她生命中的一切都更美好。

“哇！果汁！”

“裙子漂亮极了——”

“嘿！你算出了那道三角题——”

“劳驾！别挡我的路！”

参加派对的人涌进屋子，大门不时发出砰砰的声响。尖厉和柔和的声音混在一起，直至房间里只有喧闹的声音了。女孩们穿着漂亮的长礼服，三三两两站在一起；男孩们穿着干净的帆布裤、军训服或者崭新的深色西装，在屋子里转来转去。房间乱作一团，米克看不清任何一张脸。她站在衣帽架旁，环视整个派对。

“每个人拿着一张约帖，开始约伴。”

开始，屋子里太吵了，什么也听不清。男孩们密密麻麻地围着宾治盆，都看不见桌子和藤蔓了。只能看见她爸爸高过男孩们的脸，他笑着把果汁装到小纸杯里。她身旁的衣帽架座架上放着糖果罐和两块手帕。有几个女孩以为今天是她的生日，她打开她们带来的礼物，并表示感谢，但并没有告诉她们还有八个月她才满十四岁。每个人都和她一样光鲜整洁，干净整齐。他们身上的味道也很好闻。男孩子头发上抹了发胶，湿润油亮。身着五颜六色长裙的姑娘们站在一起，像一大丛耀眼的花朵。派对的开头棒极了，非常成功 。

“我有部分苏格兰和法国血统，还有——”

“我有德国血统——”

她去餐厅前又高声叫大家拿好请柬。很快他们聚集在门厅里，每个人都拿着约帖，三五成群地靠着墙排队。现在派对真正开始了。

突然间，很奇怪的事来了。房间里是如此安静。男孩站在房间的一侧，女孩们在他们的对面。不知道什么原因，大家都停止了说话。男孩们举着约帖，看着女孩们，房间十分安静。男孩们没有人开口向女孩们预约跳舞。可怕的寂静越来越令人压抑，她去的派对太少了，不知道该怎么办。接下来，男孩子们互相用拳头打对方，并聊起天来。女孩子们咯咯地笑，即使她们根本没看男孩，你也能知道她们心里一直想着自己会不会受欢迎。可怕的寂静消失了，但是屋子里依然充满极度的紧张和不安的气氛。

过了一会儿，一个男孩走向叫德罗瑞斯·布朗的女孩。他约完她以后，其他的男孩也都开始向她献殷勤。她的约帖都约满了，男孩们才转向了另一个叫玛丽的女孩。这之后，一切又都停顿下来。另外还有一两个女孩被几个男孩约了——因为米克是派对的主人，有三个男孩邀请她。如此而已。

大家在餐厅和门厅里闲逛。男孩们大多数聚集在宾治盆旁，争相表现自己。女孩们也扎着堆，拼命地笑，装作非常开心的样子。男孩们在琢磨女孩，女孩们也在琢磨男孩。但这样一来，房间充满了奇怪的气氛。

就在此时，她注意到哈里·米诺维兹。他就住在旁边的那栋房子里，很小的时候他们就互相认识。尽管他比她大两岁，但她长得可比他快多了。夏天，他们经常在街边的草地上摔跤、追逐。哈里是犹太人，但看上去不太像。他的头发是直的，浅褐色的。今晚他穿得很整洁，刚进门时，他把一顶带羽毛的成年人巴拿马帽挂在了衣帽架上。

她注意到他，并不是因为他的衣服。他的脸变了模样，他今晚没有戴以前常戴的牛角框眼镜。一粒红红的下垂的麦粒肿从一只眼睛冒出来，为了看清东西，他不得不像鸟一样，把脑袋歪向一边。他那细长的手指不停地蹭那颗麦粒肿，非常痛的样子。他想喝果汁，却将纸杯伸到她爸爸的眼前。她看得出他很需要他的眼镜。他有些紧张，不停地撞到人。除了她，他没有邀请别的女孩——因为这是她的派对。

所有的果汁都被喝光了。她的爸爸怕她难堪，就和她的妈妈一起去厨房做柠檬汁。有些人在前廊和人行道上。她很高兴能够出去呼吸夜晚的凉爽空气。走出明亮闷热的屋子，她在黑暗深处闻到了即将到来的秋天的气息。

然后，她目睹了意想不到的情景。人行道边上和黑漆漆的路上有一群住在附近的孩子。彼得·威尔斯、萨克·韦尔斯、贝比·威尔森、斯伯尔瑞布斯——整整一群，有比巴伯尔还小的孩子，也有十二岁多的孩子。还有些孩子她根本不认识，他们嗅到了派对的气味，跑来凑热闹。有一些和她差不多大的，甚至还要大一点的，她也没有邀请他们，因为他们曾经对她干过坏事，或者她对他们干过坏事。他们身上很脏，穿着普通的短裤、邋遢的灯笼裤或者旧的家常服。他们在暗处闲逛，观察着这个派对。当她看见这些孩子们时，内心充满两种情感，即悲伤和警惕。

“我约了你。”哈里·米诺维兹假装读他的约帖，但她看到卡片上什么也没写。她的爸爸来到前廊，吹响哨子，第一支舞开始了。

“好吧，”她说，“我们走吧。”

他们沿着街区散步。身着长裙，她觉得自己非常时髦。“快看那边，看看米克·凯利！”黑暗中一个孩子在喊。“瞧她！”她继续走，像没听见一样，但她知道是斯伯尔瑞布斯，她会教训他的。她和哈里沿着黑暗的人行道走得很快，他们走到街道的尽头，拐到另一条街上。

“你多大了米克，十三岁？”

“差不多十四岁了。”

她知道他在想什么。这个问题也一直在困扰着她。她才十三岁。高五英尺六英寸，一百零三磅，参加派对的孩子在她身边像小矮人，除了哈里。哈里只比她矮一两英寸。没有哪个男孩愿意和比自己高的女孩跳舞。也许抽烟能阻止她再长高。

“我去年只长了三点二五英寸。”她说。

“我有一次在市场上见过一个女人，有八点五英尺高。当然你不会长那么高。”

哈里在一株幽暗的紫薇树前停下。周围没有人。他从口袋里取出一样东西，开始摆弄它。她凑过去看，是他的眼镜，他正用手帕擦。

“对不起。”他说。然后他戴上眼镜，她可以听到他的呼吸。

“你应该 直戴着眼镜。”

“嗯。”

“你为什么不戴它？”

夜晚的街道漆黑寂静。过马路时，哈里抓住了她的胳膊。

“派对上有一个年轻的女士，她觉得男人戴眼镜没有男子气概。这个人——好吧，也许我是——”

他没把话说完。突然他绷紧身子，向前跑了几步，跳起来够头上的树叶。她能看见黑暗中高高的叶子。他弹跳力很好，一下子就够到它了。他把叶子放进嘴里，在黑暗中猛击了几下空拳。她撵上了他。

与往常一样，一首歌回荡在她的脑海里。她对自己哼唱。

“你在唱什么？”

“是一个叫莫扎特的家伙写的曲子。”

哈里自我感觉很好。他走着横跨步，像一个快步出击的拳击手。“听起来像是德国人的名字。”

“我想是。”

“法西斯？”

“什么？”

“我是说那个莫扎特是不是一个法西斯或者纳粹分子？”

米克想了想。“不是。他们是最近的事，可这家伙死了很久了。”

“那就好。”他又开始在黑暗中击拳，他希望她能问他为什么。

“我说那就好。”他又说了一遍。

“为什么？”

“因为我恨法西斯分子。如果我在路上遇到一个，我会杀了他。”

她看着哈里。街灯下，树叶在他脸上映出斑驳的影子。他很兴奋。

“为什么？”她问。

“天啊！难道你从不读报纸？你看，是这样的——”

他们又回到了原来的街道。房子里一片喧哗。人们在人行道上叫着，跑着。她的胃感到强烈的恶心。

“没时间和你解释了，除非我们再走回那条街。我不介意告诉你我为什么恨法西斯。我很愿意说。”

这大概是他第一次有机会把这些想法详细地说给别人听。但米克没时间去听。她忙于观察房子前的场景。“好吧，以后见。”和他的约会结束了，她可以看一看，想一下她眼前的混乱。

她不在时发生了什么？她离开时，大家都穿着漂亮的衣服，四处站着，这是一个真正的派对。现在，仅仅五分钟后，这个地方更像一所疯人院。她不在时，那些躲在暗处的小孩，竟然冲进了派对。他们胆子太大了！那个捣蛋的彼得·威尔斯砰地把门带上，冲了出来，手里还拿着一杯果汁。他们吼叫，奔跑，和被邀请的人混在一起，而且是穿着旧的邋遢灯笼裤和家常服。

贝比·威尔森在前廊乱跑，她还不到四岁。人人都能看出，她应该待在家里睡觉，像巴伯尔一样。她一级一级地走下台阶，把果汁高高地举在头顶。她根本没理由来这儿。布莱农先生是她的姨父，她随时都可以在那儿得到免费的糖果和饮料。她刚走到人行道上，米克就拉住了她的胳膊。“马上回家，贝比·威尔森。现在就回家。”米克向四周看看，想知道她还能做些什么，才能让事情恢复原有的状态。她走向萨克·韦尔斯。他站在远处的人行道上，手上拿着纸杯，目光恍惚地看着大家。萨克七岁，穿着短裤，上身和脚是光着的。他没制造任何麻烦，可她看着眼前发生的一切，气得发疯。

她抓住萨克的肩膀，摇晃他。开始他使劲咬紧嘴唇，一分钟后他的牙齿发出咯咯声。“你给我回家，萨克·韦尔斯。别在这儿晃来晃去，这不欢迎你。”她松了手，萨克灰溜溜地沿着街道慢慢地走远了。但他没有回家。她看见他走到拐角处，坐在马路牙子上偷看派对，他以为她看不见他。

片刻间，她感觉好多了，总算处理掉了萨克这家伙。但马上，她有了更烦心的忧虑，她把他叫回来。把事情弄得一团糟的是那些大孩子们。他们才是真正没有教养的野孩子，是她见过的最不要脸的家伙。喝光了所有的饮料，把一个真正的派对弄得狼狈不堪。他们把大门乒乒乓乓开来关去，大呼小叫，横冲直撞。她走向彼得·威尔斯，因为他是那些人中最恶劣的孩子。他戴着橄榄球帽，向别人撞去。彼得已经十四岁了，却还留在七年级。她走向他，可他块头太大了，没法像摇晃萨克那样摇晃他。她命令他回家，但是他晃了晃身子，向她冲来。

“我在六个州待过。佛罗里达，亚拉巴马——”

“用银光的布做的，配有饰带——”

派对一团糟。所有的人都在不停地说话。受邀请的职业学校的朋友和邻居家的小孩都混在了一起。男孩和女孩分开站着，没有人跳舞。柠檬汁也要喝完了。在宾治盆的底部还有点果汁，上面漂浮着几片柠檬皮。她的爸爸总是对孩子们太好了。哪个孩子把纸杯递给他，他都会帮他倒上一杯。她走进餐厅时，鲍迪娅正在给大家分三明治。几分钟后，三明治就都被分光了。她只分到一块果冻三明治，粉红色的汁从面包片里渗出来。

鲍迪娅在餐厅里观察着派对。“这儿可真热闹，我可不走，”她说，“我已经捎话给赫保埃和威利了，让他们自己打发星期六晚上吧。每个人都这么兴奋，我要待到派对结束。”

兴奋——就是这个词。米克能够在房间、前廊和人行道上充分感受到这种气氛。她自己也感到兴奋。衣帽架的镜子映出她漂亮的裙子、漂亮的脸蛋、漂亮的腮红，头上的水晶饰品，但她并不仅仅是因为这个而兴奋。或许是因为屋里的装饰，所有这些职业学校的人和挤在一起的孩子们。

“看她在跑！”

“嘿！别闹了——”

“规矩点！”

一群女孩在大街上奔跑，拽着裙摆，头发飘在身后。有些男孩折下了一丛麟凤兰的叶片当成武器，追逐前面的女孩。职业学校新生的精致的打扮，完全是为了一个真正的舞会，但他们的行为举止还是像孩子。一半是游戏，一半却完全不是。一个男孩手握叶片长矛靠近了她，她也开始奔跑了。

举办派对的念头彻底结束了。这不过是一次普通的打闹，却是她经历过的最疯狂的夜晚。这些全是那些小孩造成的。他们就像得传染病一样，一来到派对，就使所有的人都忘了中学，忘了自己差不多是大人了。就像下午洗澡前，你跑到后院打个滚弄一身泥，就是为了进浴缸前，感觉一下那种畅快淋漓。每个人在星期六晚上，都像野孩子一样疯狂。她觉得自己是所有人中最野的一个。

她大声喊叫，推推搡搡，总是第一个尝试新的游戏。她叫喊的声音那么大，跑得那么快，根本注意不到其他人在干什么。她的呼吸不够用了，这让她没法完成她想玩的那么多疯狂的把戏。

“街边有个沟！沟！沟！”

她第一个冲向它。他们沿着街区新铺的管道，挖了一条很深的沟。沟边的照明火盆在黑暗中红光闪耀。她迫不及待地想要爬下去。她一直跑到晃动的火焰边，然后跳了下去。

如果穿的是网球鞋，她落地时肯定会轻得像猫一样。可是，她脚上穿的是高跟鞋，她滑了一下，肚子撞到了管道上。呼吸停止了，她静静地躺着，闭着眼睛。

很长一段时间她都在回忆派对，想自己是如何想象它的，是如何想象职业学校的新朋友的，以及她每天都梦想加入的小圈子。想到自己重新回到学校走廊时，她的感觉将会不一样了，她知道他们没有什么大不了的，和其他小孩子一样。还不错，这个糟得一塌糊涂的派对。不过，一切都结束了。就是这样。

米克从沟里慢慢地爬了出来。一些孩子围在那些照明火光旁，那红色的火焰，摇曳出长而恍惚的影子。一个男孩跑回了家，戴上了提前为万圣节买的面具。关于这场派对，什么都没变，除了她。

她慢慢地走回家。从那些孩子们身边经过时，她没说话，也没看他们。门厅里的装饰物被扯了下来，人们都出去了，屋子显得空荡荡的。她进卫生间，脱掉蓝色的晚礼服。礼服的裙边上被撕破了，她把衣服折起来，这样破的地方就看不见了。水晶头饰不知丢在了哪里。她穿上躺在地上的旧的短裤和衬衫。经过这次派对，她长大了，不能再穿短裤了。今晚过后，不能了。再也不能了。

米克站在门外的前廊上。卸妆后，她的脸是苍白的。她双手在嘴边环成喇叭，深呼吸。“都回家吧！关门啦！派对结束了！”

在这个安静、隐秘的夜晚，她又是独自一人了。时间还不算太晚，沿街的窗子透出方形的黄色光晕。她走得很慢，双手插在口袋里，歪着脑袋。她就这样漫无目的地走了很久。

房子越来越稀疏了，有的房子院子里有大树和黑色的灌木丛。她望望四周，知道那是她在夏夜来过许多次的房子。是双脚不知不觉地把她带到这里。她站在房前，直到确认没人能看见她。她穿过边上的小院。

收音机像往常一样开着。她在窗下站了一会儿，观察着屋子里的人。一个秃头男人和头发灰白的女士坐在桌边打牌。米克坐到了地上。这是一个非常隐蔽的好地方，周围是厚厚的雪松，她坐在里面，谁也看不见。今晚收音机的节目不是很好——唱的是流行歌曲，都以同样的方式结尾。她觉得空虚。

她把手伸进口袋摸索着。有葡萄干、坚果、一串珠子，还有一根香烟和火柴。她点着了烟，曲膝坐着。她内心空虚到了极点，没有感情，也没有思想。

曲子一首接一首，全是垃圾。她漫不经心地听着。她抽着烟，扯了一把草叶。过了一会儿，新的播音员开始说话。他提到了贝多芬。她在图书馆里读到过这个音乐家，他的名字发音好像有一个 a，拼写时则是两个 e。他和莫扎特一样，也是一个德国的家伙。他活着的时候住在外国，用外语说话。她也想这样。播音员说接下来要播放他的第三交响曲。她有些心不在焉，对收音机节目也没什么兴趣了，她想再走一走。这时音乐开始了。米克扬起脑袋，顷刻间无法呼吸。

怎么回事？片刻之间，音乐的开头像天平一样，从一头倾斜到另一头。像散步，或者像急行军。像上帝在星夜里神圣地走路。只有音乐的开头在她的心脏里沸腾，她身外的一切都冻结了，她甚至听不见后面的音乐。她坐在那里，浑身僵住了，但她握紧了拳头，静静地等待。过了一会儿，音乐又来了，更深沉，更震撼。它和上帝毫无关系。这是她，米克·凯利，在白天漫步，在夜晚独行。在火辣辣的阳光下，在黑夜中，充满计划，充满感情。这音乐就是她的，真正地完全地属于她。

她无法听清音乐的全部。这音乐在她身体里沸腾。究竟是哪部分？精彩的部分一定要记牢，一遍遍回味，这样她就不会忘记。或者应该放松，听每一部分，不要去想，也不要努力记住。噢，天哪！整个世界都是这首曲子，她却不能听个够。最后，音乐开头的部分又再次响起，每个音符都由不同的乐器交织在一起，如同攥得紧紧的拳头重击在她的心口。第一乐章结束了。

这首曲子既不长也不短。它和时间长短无关。她坐在那里，双手紧紧地抱着大腿，使劲地咬自己咸湿的膝盖。她可能只听了五分钟，也可能听了半个晚上。第二乐章是黑色的、缓慢的进行曲。不是悲伤的，但像是整个世界都死了，漆黑一片，回想这个世界死前是什么样子毫无意义。一种听起来像号角的乐器奏出了清越悲伤的旋律。随后音乐高昂地扬起，里面潜伏着激动的情绪。最后，黑色的进行曲又来了。

交响乐的最后乐章大概是她最喜欢的——欢快喜悦，像世界上最伟大的人在艰难而又自由地奔跑，欢呼。这样美妙的音乐同时也是最伤人的。整个世界就是这首交响乐，她简直听不过来了。

音乐结束了。她抱着膝盖，僵硬地坐在那里。新的节目开始了，她用手指堵住耳朵。刚才的音乐在他心里留下了伤害和空虚。她完全想不起这首乐曲了，甚至连那最后几个音符也忘了。她努力回想，她的耳边依然没有任何声音。现在，全都结束了，只有她的心像兔子一样在跳，还有那可怕的伤害。

收音机和屋里的灯光都被关掉了。夜晚一片漆黑。米克突然用拳头猛击大腿，用尽全身的力气垂打着同一个地方，眼泪流到了脸上。她的感觉麻木了。树下的石子很尖利，她抓起一把石子，在腿上来回蹭，直到腿磨出了血。她无力地躺倒在地上，茫然地看着天。腿上剧烈的疼痛让她好受些了。她就这样躺在潮湿的草地上，过了一会儿，她的呼吸才终于平缓自如了。

宇宙探索者为什么不看看天空？如此就会知道地球是圆的。天空是弯曲的，好似巨大的穹顶，深蓝色的天空上星光闪耀。夜晚是安静的，空气中有温馨的雪松的气味。在她完全不想音乐的时候，那乐曲却回来了。她脑子里响起了乐曲的第一乐章，和她刚刚在收音机里听到的一样令人感动。她安静而缓慢地听着，像解几何题一样思考，这样才能让自己记住。她能真切地看见声音的形状，不会再忘记它们了。

现在她感觉好多了。她畅快地大声说："主啊，宽恕我吧，因为我不知道自己做了什么。"为什么她会想到这句话？最近几年，所有人都明白真正的上帝根本不存在。她回想她以前想象上帝的模样时，脑子里却浮现出辛格先生披着长长的白单子的样子。上帝是沉默的。也许正是因为这点她才把上帝想象成了辛格先生。她把刚才的话又重复了一遍，就像是对着辛格先生说的："主啊，宽恕我吧，我不知道自己做了什么。"

曲子开头的乐章美妙而清晰。如果她愿意，她随时都可唱出来。也许以后的某个清晨，她醒来时会有更多的旋律回到她耳边。要是有机会再听一遍这首乐曲，她会记住更多的旋律。如果她能再听上四遍，四遍就够了，她也许全都能记住了。也许会。

她又听了一遍开头的乐章。音符越来越轻柔、缓慢，她感到自己在慢慢下沉，沉入地下。

米克惊醒了。空气有些寒冷，她刚才梦见老埃塔·凯利把她身上的毯子拿走了。“给我毯子——”她挣扎着，然后睁开了眼睛。天空很黑，所有的星星都不见了。草地湿漉漉的。她连忙爬起来，爸爸会担心的。她的脑海里又想起了那首曲子。她不知道现在是午夜还是凌晨三点，她匆匆往家里赶。空气中混合着秋天的味道。乐曲在她脑子里回响着，她向着家的方向，越跑越快。

2

十月到了，天气开始转凉。比夫·布莱农脱掉了薄纱裤，换上了深蓝色的哔叽呢裤子。在咖啡馆的柜台后，他装了一台热巧克力机。米克非常喜欢喝热巧克力，每周都要来三四次，喝上一杯。他给她半价，只收五分钱，其实他不想收她的钱。他站在柜台后，就那样看着她，心里充满焦虑和忧伤。他想伸出手，摸摸她那被太阳晒焦的、蓬乱的头发，不是像摸其他女人那样的想法。他心里非常不安，和她说话时，他觉得自己的声音变得粗糙而陌生。

他有很多担忧。最近，艾丽丝身体不好。虽然和往常一样，她在楼下从早晨七点一直干到晚上十点，但她行动很缓慢，眼睛下有重重的黑眼圈。工作中，她的病态最明显。一个星期日，她用打字机打出一天的菜谱，她在特价菜“白汁鸡”边上标出二毛，而不是五毛，直到顾客点了菜准备付钱时，才发现这个错误。还有一次，顾客给她十美元，她找回了两个五元和三个一元。比夫在旁边站着，久久地看着艾丽丝，心思凝重地揉揉鼻子，眼睛半闭着。

他们没有一起谈论过这些事。晚上，他在楼下工作，她上楼睡觉。早晨，她一个人管理咖啡馆。他们一起工作时，他大多待在收银台的后面，负责厨房和餐桌，这已经成为习惯。除了生意上的事，他们几乎不说话。但比夫会观察她，脸上一副困惑的表情。

十月八日的下午，他们的卧室里突然传出痛苦的叫声。比夫急忙上楼。在一个小时之内，他们把艾丽丝送到了医院，医生在她的身体里取出了一个婴儿那么大的肿瘤。术后不到一个小时，艾丽丝就死了。

比夫坐在医院的病床边，不知所措。她死的时候，他在场。她的眼睛由于麻醉的缘故雾蒙蒙的，随后眼珠变硬了，像玻璃。护士和医生都离开了，他继续看她的脸。她的脸除了带点青色的苍白，几乎和平时没有什么两样。他仔细观察她，好像她不是二十一年中每天与他相伴的那个女人。他呆坐着，思绪慢慢转到一个画面，那个一直存在心里的画面。

清凉的绿色大海，炎热的金色沙滩。孩子们在波浪的泡沫边缘玩耍。健壮的褐色的小女孩，瘦弱的赤裸的小男孩，还有一些半大的孩子，奔跑着，尖声喊叫着。有他认识的孩子，米克和他的外甥女贝比，还有一些从未见过的年轻的面孔。比夫低下头。

过了很久，他从椅子上站起来，走到房间的中央。他能听见他妻子的妹妹露茜娅在走廊里走来走去的声音。一只胖蜜蜂在食品柜上爬来爬去，比夫轻轻地把它捏在手里，放到打开的窗子外面。他又看了一眼死者的脸，然后带着一种丧妻的镇定，打开通向走廊的大门。

第二天上午，他坐在楼上的房间里做针线活。为什么？相爱的人，有一个死了，为什么剩下的那一个不追随自己的爱人而去呢？仅仅是因为活着的要埋葬那死去的？因为那些必须要完成的程序式的葬礼？因为那个活着的人好像走上了临时的舞台，每秒钟都变得无限长，而他正被许多双眼睛盯着？因为他要履行一种爱人的职责？又或者因为有爱，剩下的那一个必须活下来，为了爱人的复活？如此，死了的人就没有真正地死去，而是在活着的灵魂里再生？为什么？

比夫俯下身子，做着手中的针线活，同时思考很多事情。他缝得很熟练，指尖上的老茧很厚，不需要顶针就能把针扎进布里。两套灰西装袖子上的黑纱一件已经缝好了，他正在缝最后一件。

天空明亮，阳光温热，秋天的第一批落叶在人行道上飞舞。他出门太早了。现在的每分钟都很漫长，他面前是无限的空虚。他锁上餐馆的门，在门外挂上一只白色百合花环。他先去了殡仪馆，精心地挑选棺材。他抚摸内侧的木料，衡量框架的承重。

“这种黑绉纱叫什么，乔其纱？火化在你这儿占多大的比例？”

殡仪员油滑而殷勤地回答了他。

比夫走在回家的马路上，带着有分寸的仪式感。西边吹来一股温暖的风，阳光十分明亮。他的手表坏了，于是掉头向威尔伯·凯利家的那条街走去，他最近在那儿立了块修表的牌子。凯利穿着带补丁的睡衣，闲坐在工作台边。他的工作室也是卧室，米克童车里推着到处走的那个婴儿正安静地坐在地板的垫子上。时间是如此漫长，他有足够的时间沉思和询问。他请凯利给他讲解手表里宝石轴承的功能。透过钟表匠的放大镜，他看到了凯利变形的右眼。他们还谈论了一会张伯伦和慕尼黑。时间还早，他就决定上楼去看看哑巴。

辛格正在穿衣服，准备参加葬礼。昨大晚上他寄了一封吊唁信给比夫，他要做葬礼的抬棺人。比夫坐在床边，他们一起抽了支烟。辛格绿色的眼睛不时地观察着他。他递给比夫一杯咖啡。比夫没说话，哑巴拍了拍他的肩头，深深地看了他一会儿。辛格穿好衣服后，他们一起走出门。

比夫在商店买了一条黑丝带，然后去见艾丽丝的牧师。一切安排妥当后，他就回家了。把一切安顿妥当——这是他脑子里一直在想的事。他把艾丽丝的衣物打成包，准备交给露茜娅。他仔细地打扫和清理了衣柜抽屉。他甚至重新调整了楼下厨房的架子，摘掉了电扇上鲜艳的绉纸饰带。这些活干完后，他泡在浴缸里，浑身上上下下洗了个遍。一上午的时间就这样过去了。

比夫把线咬断，抚平黑纱。现在露茜娅肯定正在等他。他、露茜娅和贝比要一起坐灵车。他放下针线盒，非常小心地在外套袖子上戴上黑纱。他快速地环顾了一下四周，看到房间里一切都弄好了，便出了门。

一小时后，他到了露茜娅的小厨房。他跷着二郎腿，喝着茶，腿上放着餐巾纸。露茜娅和艾丽丝一点都不像，很难看出她们是姐妹俩。露茜娅又瘦又黑，今天她的打扮从头到脚都是黑的。她正在给贝比梳头。小家伙安静地坐在餐桌上，双手叠放在腿上，妈妈在她头上忙活着。阳光照进屋里，安宁而柔和。

“巴托罗谬——”露茜娅说。

“什么？”

“你有没有常想以前的事？”

“不。”比夫说。

“你知道，我像是整天都需要戴上眼罩，这样我才不会胡思乱想，沉浸在过去的事里。我自己每天只想着工作，做饭，还有贝比的未来这几件事。”

“这样很好。”

“我带贝比去理发店做了手指卷。但是头发很快就直了，我想给她做个电烫。我可不想自己为她做，我在想，也许我去亚特兰大参加美容大会时可以带上她，在那儿给她做头发。”

“天！她才四岁。这会吓着她的。还有，电烫伤头发。”

露茜娅用梳子蘸了点杯子里的水，用它梳理贝比耳朵上的鬈发。“不，不会。而且她自己喜欢，别小看贝比，她虽然小，却像我一样野心很大。很大的野心。”

比夫把手指头放在掌心上摩擦，摇了摇头。

“贝比和我去看电影时，看到那些孩子演的精彩角色，她心里肯定是和我一样的感觉。我打赌她是这样的，巴托罗谬。每当看完电影，我叫她吃饭她都不肯。”

“天啊！”比夫说。

“她在舞蹈课和表演课上表现非常棒。明年，我打算让她学钢琴，弹弹钢琴对她肯定有好处。她的舞蹈老师准备让她在晚会上表演独舞。我想我应该尽最大努力培养她。她越早成功，对我们俩就越好。”

“老天！”

“你不会明白。对有天赋的孩子不能像对普通人一样。所以我想让贝比远离这个普通的街区。我不能让她像她周围的孩子一样，言语粗俗，像野孩子一样奔跑。”

“我认识这里的孩子们，”比夫说，“他们挺好的。对面的凯利家的孩子，还有克莱因家的男孩都很好。”

“但是你很清楚，他们没有一个能比上贝比。”

露茜娅终于弄好了贝比头上最后一个发卷。她掐了掐贝比的小脸蛋，好让脸色更为红润。然后，她把孩子从桌上抱下来。为参加葬礼，贝比穿了一件白色的小裙子，配上白色的鞋，白色的袜子，甚至白色的小手套。每当见到有人注意她时，贝比总会把头摆成一种特定的姿势，现在她就是这种姿势。

他们在狭小闷热的厨房里坐了一会儿，谁也不说话。露茜娅突然哭了起来。“我们好像从没像姐妹一样亲近过。我们俩不一样，也不常见面。也许是因为我比她小得多。但姐妹就是姐妹，现在发生这样的事……”

比夫嗯了两声，表示安慰。

“我了解你们俩的感情，”她说，“你们之间并不总是甜蜜浪漫的。但也许正因为如此，你现在感觉才更糟。”

比夫把贝比抡到自己的肩上。这孩子越来越重了。他小心地扛着她走进客厅。肩上的贝比紧紧地贴着他，热乎乎的。她的小手牢牢地揪住他的一只耳朵。她小小的丝裙是白色的，映着他的黑衣。

“比夫姨父！看我劈叉。”

他把贝比轻轻地放到地上。她站在打了蜡的黄地板上，双臂举过头顶，滑出弧形，她的双脚在慢慢向相反方向滑动。片刻，她已经坐在地上，一只腿笔直向前，另一只则向后。她的双臂举成一个特定的角度，用来平衡身体；她侧目看着墙壁，表情忧伤。

她噌地一下站起来。“看我翻筋斗。看我——”

“亲爱的，安静点儿。”露茜娅说。

她来到比夫身边，挨着他坐在长毛绒的沙发上。“贝比是不是让你有一点想到他，她的眼睛和脸？”

“不，见鬼。贝比和勒瑞尔·威尔森没有任何相像的地方。”

按年龄来说，露茜娅看起来实在太瘦，这让她显得过于憔悴。但也许是因为一身黑色的衣服，还有她一直在哭。“不管怎么说，我们得承认他是贝比的父亲。”她说。

“你就不能把那个男人忘掉吗？”

“我不知道。我想在勒瑞尔和贝比面前，我一直是个傻瓜。”

比夫新长出的胡子楂泛着青光，他的声音很疲倦。“你要把一件事想透，知道究竟发生了什么，它的后果又是什么。你要想明白，你们之间发生了这么多的事情，结果就应该是这样？”

“对于他，我想我不能。”

比夫的话语里带着疲劳，眼睛半闭着。“你十七岁就嫁给了他，然后你们就闹个不停。你和他离了。两年后你又嫁给了他。现在他又跑了，你不知道他在哪儿。这些应该能让你明白一件事，你们俩在一起根本不合适。不管怎么说吧，这家伙不是什么好人。”

“上帝，我一直都清楚他是个卑鄙的家伙。我只是希望他再也不要敲这个家的门。”

“看，贝比，”他说得很快。他举起手，十指交叉。“这是教堂，这是顶尖。打开门，就是上帝的子民。”

露茜娅轻轻地摇摇头。“你不需要担心贝比。我告诉了她一切。她知道这其中所有的事情。”

“如果他再回来，你还是会让他留下来，让他继续过无所事事的生活，就像过去一样？”

“我想我会的。每当门铃响或电话响，每次听见门廊的脚步声，我都会下意识地想到他。”

比夫摊开手掌。“你真是执迷不悟啊。”

两点钟声敲响了。房间拥挤闷热。贝比又翻了一个筋斗，做了一次劈叉。比夫把她抱到腿上。她小小的腿悬在他的小腿前。她扒开他的坎肩，把小脸钻到他的怀里。

“听着，”露茜娅说，“我想问你一个问题，你能保证告诉我真话？”

“当然。”

“无论它是什么？”

比夫摸了摸贝比柔软的金发，然后把手温柔地放在她的小脑瓜上。“当然可以。”

“大约七年前。我们刚结婚不久。一天晚上，他从你那儿回来，满头都是包，他告诉我是你揪住他的脖子，把他的头往墙上撞。他为打架的原因编了瞎话。但我想知道真正的原因。”

比夫旋转着手指上的婚戒。“我不喜欢勒瑞尔，我们打了一架。那时的我和现在不太一样。”

“不是这样的。你干这样的事肯定有原因。我们相处这么久了，我知道你做的每一件事都有原因。你的头脑总是跟着逻辑走，而不是欲望。你保证过你会告诉我真相的，我想知道。”

“现在，它一点意义也没有。”

“我一定要知道。”

“好吧，”比夫说，“那天晚上他来后，我们开始喝酒。他喝醉了，说了一大堆关于你的屁话。他说，他一个月回一次家，每次都把你打得半死不活，你却没有怨言。打完后，你还会走到外面的门厅，大笑几次，这样你的邻居们就会认为你们两个刚才只是在打闹，是在开玩笑。就是这个原因，忘了吧。”

露茜娅坐直了身体，脸颊红了。“你看到了，巴托罗谬，这就是为什么我一直装作戴眼罩的样子，这样，我就不用去回忆或胡思乱想。我只允许自己想每天要工作，一日三餐，以及贝比的未来。”

“那很好。”

“我希望你也一样，不要回忆过去。”

比夫闭上眼睛，头垂在胸前。这漫长的一天，他都不敢去想艾丽丝。他努力地回忆她的脸，但脑海里一片空白。在他脑子里，唯一清晰的只有她的脚。那双粗短、温软、白白胖胖的脚。她的脚底是粉红色的，左脚后跟处有一小颗褐色的痣。他们结婚的那个晚上，他脱掉她的鞋和袜子，亲吻了她的脚。嗯，这个场景是值得回忆的，否则，日本人也不会认为脚是女人身上最精致的部位。

比夫动了下身子，抬眼看看手表。马上就该出发去教堂了，葬礼在那里举行。他的脑子过了一遍仪式的场景。教堂里，他和露茜娅、贝比坐在车上，随着灵车庄重而缓慢地移动。一群人低着头站在阳光下。阳光照在白色的墓碑、凋谢的花儿、新墓穴上。然后回家，再然后呢?

“不管怎么吵，改变不了我们姐妹的亲情。”露茜娅说。

比夫抬起头。“你为什么不再婚呢? 总会有没结过婚的善良的年轻人会照顾你和贝比，只要你忘了勒瑞尔，你会是一个好男人的好妻子。”

露茜娅半晌没说话。最终，她说道：“你知道，我们总能很好地理解对方，且都没有任何杂念。嗯，这就是我想和别的男人保持的最亲密的关系了。”

“我也这样感觉。”比夫说。

半小时以后，传来敲门声。参加葬礼的车停在屋外。比夫和露茜娅慢慢起身。他们三个人安静而庄重地走到外面，一身白丝裙的贝比走在最前面。

第二天，比夫的餐馆停业了一天。

第三天清晨，他拿走大门上枯萎的百合花环，重新开始营业了。老顾客来了，面带悲伤，点菜前会站在收银台边和他聊上几句。几个常客都在，辛格、布朗特，还有各式各样在街区商店的工作人员和河下游工厂的工人。午饭后，米克·凯利带着她的小弟弟来了，她把五分钱投进老虎机。当她输掉第一个硬币时，就用拳头敲击老虎机，不停地打开出钱口，看看钱为什么没掉下来。她又投了一个五分币，这次她赢了。硬币稀里哗啦地掉下来，滚落在地板上。她和她的小弟弟眼疾手快地上捡着地上的硬币，以防别人踩在上面。哑巴依旧坐在中间的桌子旁，午餐就摆在他面前。穿着礼拜日服装的杰克·布朗特坐在他的对面，一边喝酒，一边对着他说话。一切都和过去一样。不一会儿，屋里子里烟雾弥漫，嘈杂声也越来越大了。比夫非常警觉，任何事情都逃不过他的眼睛。

“我四处奔走，”布朗特说，他急切地向前探身，盯着哑巴的脸，“我总是四处走，努力告诉他们。但他们总是笑。我不能使他们明白。不管我说什么，都不能使他们看见真相。”

辛格点点头，用餐布擦擦嘴。他的午餐已经凉了，因为他没有时间低头吃饭，而他又不好意思打断布朗特的话。

在男人们低沉粗哑的声音中，老虎机旁两个小孩的说话声高昂而清晰。米克正把五分硬币放回到老虎机里。她的目光不停地向中间的桌子望去，但是哑巴背对着她，看不见她。

“辛格先生要了炸鸡午餐，可他一块还没吃呢。”小男孩说。

米克慢慢摇下机器的杠杆。“别多管闲事儿。”

“你总是去他的房间，或者你知道他可能在的地方。”

“我说过你给我闭嘴，巴伯尔·凯利。”

“你就是这样。”

米克使劲摇晃着巴伯尔，摇得他牙齿咯咯作响，然后拽着他向门口走去。“你给我回家睡觉。我早说过，白天我受够你和拉尔夫了。我不想晚上你还跟着我，这个时间我应该是自由的。”

巴伯尔伸出他那满是污垢的小手。“那好吧，给我五分钱。”他把钱放进衬衫口袋，自己回家了。

比夫拉了拉外套，向后梳理着头发。他的领带是黑色的，灰色外套的袖子上缝着黑纱。他很想走到老虎机边，去和米克说话，但是有什么东西阻止了他。他猛吸了口气，喝下一杯冷水。收音机播放着一首管弦乐舞曲，可他不想听。在过去的十年中，他已分辨不出哪首是哪首，所有的曲调都很相像。一九二八年后，他就不再喜欢音乐了。他年轻的时候，弹过曼陀林，熟知每首流行歌的歌词和旋律。

他的手指放在鼻子边上，歪着脑袋。这一年米克长得太快了，就要比他高了。米克穿着上学时每天都穿的红毛衣和蓝色的百褶裙。褶边外翻出来，松松垮垮地垂在她尖峭突出的膝盖上。她正处在一个看起来更像一个早熟的男孩，而不像女孩子的年龄。为什么最聪明的人都看不到这一点？所有的人天生都是双性人。因此婚姻和婚床当然不是全部。这样说的依据呢？青春和老年。老年男人的声音经常变得高而尖细，碎步走路。老年妇女多数变得肥胖，声音粗厚，还会长出黑色的小胡子。他自己就是个例子，他内心深处，有一种渴望自己是个母亲的想法，希望米克和贝比都是他的孩子。想到这儿，比夫突然从收银台边转过身去。

柜台下的报纸被弄得乱七八糟。两个星期来，他没整理过一张报纸。他附身从柜台下面拾起一沓报纸。敏锐的眼睛从报头扫到报尾。明天他打算清理下储藏室里的几沓报纸，看看能不能重新归类。他想打些架子，再用那些运罐头的箱子做一些抽屉。从一九一八年十月二十七日起，按照时间顺序排到现在。用文件夹和贴在上面的标签标出历史事件。大概可以分成三类，第一是国际事件，从停战协议开始，到慕尼黑协定；第二是国内的；第三是当地消息，从莱斯特镇长在镇俱乐部枪杀妻子到哈德逊工厂大火。过去二十年中发生的事都有目录、摘要，一桩都不漏掉。比夫摩擦着下巴，手后面的脸露出静静的笑容。艾丽丝曾想让他把报纸拉走，把储藏室变成女士卫生间。她一直唠叨要他做这个事儿，但就这一次，他成功地挫败了她的企图。只有这一次。

比夫沉浸到面前这些消息中。他安静从容地读着，注意力很集中，但出于习惯，身体里的另一个他仍对周围的一切保持警觉。杰克·布朗特依然在说话，不时用拳头敲击着桌子。哑巴时而啜饮着啤酒。米克绕着收音机不安地走，眼睛盯着客人。比夫读完了报纸第一页上的每个字，并在空白处加上注释。

突然，收音机跳到一首老歌，他惊讶地抬起头。他的嘴巴原本已经张开了，正要打一个呵欠，又被他压了回去。那是他和艾丽丝订婚的歌曲，叫“暮色下孩童的祈祷”。一个星期日，他们坐着有轨电车去老萨迪斯湖，还租了一艘小船。日落时分，他弹奏曼陀林，她跟着唱歌。她戴着一顶水手帽，他伸出手揽住她的腰，艾丽丝……

捕捞失去的情感的网。比夫折好报纸，放到柜台下面。他单脚站立着，不停地变换着脚。最后，他对远处的米克喊道："你没在听吗？"

米克关掉收音机。"没听。今晚没有好听的东西。"

他不想回忆过去的那一切，他要把注意力放在别的事情上。他伏在柜台上，观察着每一位顾客。最后，他的目光落在了坐在中间桌子边的哑巴身上。他看见米克慢慢蹭到哑巴桌前，在他的邀请下，她在他旁边坐下。辛格指了指菜单，女招待为米克拿来一杯可乐。除了像哑巴这样与世隔绝的怪物，没人会邀请一个小女孩坐在他和另一个男人喝酒的桌边。布朗特和米克都盯着辛格。他们在说话，哑巴的表情随着他的目光而变化。这很可笑。可笑原因是在他们身上，还是在他身上？他就那样安静地坐着，两手插在口袋里，就因为他不说话，这使他具有某种优越性。这家伙到底在想什么？他明白了什么？知道了什么？

这个 晚上，比夫有两次想起身走到中间的桌子旁的冲动，但每次他都忍住了。他们走了以后，他还在想哑巴身上有哪些不同之处。黎明时分，他躺在床上，脑子里一遍遍地过着问题和答案，答案都能令他满意。关于哑巴的困惑在他心里生了根，在意识深处困扰着他，让他深感不安。一定有什么地方错了。

3

考普兰德医生经常去找辛格先生交流。他真的不同于其他白人。他是个聪明的男人，能完全理解真正强烈的使命，这是其他白人所不能的。他倾听的时候，表情温和，像犹太人的样子，具有这个受压迫民族所特有的理解力。有一次，他带着辛格先生去巡诊。他带辛格穿过寒冷狭窄的过道，过道上充斥着灰尘、疾病和炸肥肉味。他向辛格介绍了一次成功的面部植皮手术，病人是一个被严重烧伤的妇女。他治疗了一个患梅毒的孩子，他指着那孩子手掌心剥落的疹子，空洞透明的眼膜，倾斜的门牙给辛格先生看。他还带着辛格参观了贫民窟，一间屋里只有两个房间，却塞了十二个或十四个人。橘黄色的炉火奄奄一息，还有一个老人因为肺炎而喘不上气。辛格先生跟在他后面，心里同情着这一切。他塞给小孩子们一些五分币。他安静有礼，不像其他的参观者那样打扰病人。

这个时节变幻莫测，天气冷得刺骨，镇上暴发了流感，考普兰德医生日夜奔忙着。九年来，他一直驾着他那辆高高的道奇车穿越小镇的黑人区。为了不使大风吹进来，他把用鱼胶材料做的窗帘扣在车窗上，脖子上紧紧地围了条灰色的羊毛围巾。这段时间里，他没见过鲍迪娅、威廉姆或是赫保埃，但他会经常想到他们。有一次鲍迪娅来看他，他不在，她就留了一张字条，借走了半袋面粉。

有一天晚上，他非常疲惫，虽然还有几个地方等他出诊，他却喝了热牛奶，直接上床睡觉。他发着高烧，浑身发冷。刚要睡着时，一个声音吵醒了他。他疲惫地爬起来，穿上法兰绒睡衣去开门。是鲍迪娅。

“主耶稣帮帮我们吧。”她说。

考普兰德医生浑身打着寒战，睡衣紧紧地裹在腰间。他伸出手捂住喉咙，看着鲍迪娅，等她说话。

“是威利。太不让人省心了，他给自己惹了大麻烦。我们要想想办法。”

考普兰德医生僵硬地从门厅走到屋里，步子沉重。他在卧室停下来，找出外衣、围巾和拖鞋，回到厨房。鲍迪娅在那儿等着他。厨房毫无生气，冷冰冰的。

“好了。他到底怎么了？出了什么事儿？”

“等一下。我要清清脑子，才能把事情说清楚。”

他弄皱了炉边的几张报纸，拾起几根引火棒。

“我来点炉子，”鲍迪娅说，“你就坐下吧，等炉火旺了，我们弄杯咖啡。那样，一切或许就不那么糟糕了。”

“咖啡没有了。我昨天喝完了最后一点。”

他说话的时候，鲍迪娅哭了。她粗暴地将报纸和木柴塞进炉子，用颤抖的手把他们点燃。“是这样的，”她说，“威利和赫保埃今晚闲着无聊，就去了一个地方。我平时总是牢牢地看住威利和赫保埃。你知道我现在是什么感觉吗？如果我也在那里，这样的事情根本不会发生。但我在教堂参加妇女的聚会，他们男孩就闲不住了。他们去了瑞巴夫人的‘甜蜜快乐宫’。哦，父亲，那肯定是一个肮脏、邪恶的地方。那里有男人卖赌博机的票，还有一些流着坏血的、搔首弄姿的黑女孩，还有红缎子窗帘和……”

“亲爱的，”考普兰德医生把手压在太阳穴上，焦躁地说，“我知道这地方。说说到底发生了什么。”

“洛芙·琼斯在那里，她就是一个坏的黑女孩。威利喝了酒，就绕着她跳舞，可跳着跳着他就和人打起来了。因为洛芙，他和那个叫约翰巴格的男孩打了起来。他们扭打了一会儿，然后约翰巴格掏出一把刀。威利没有刀，他大叫着在客厅跑。最后赫保埃给威利找了一把剃刀，他被逼到了墙角时，差点把这个约翰巴格的脑袋割下来。”

考普兰德医生把围巾拽得更紧了。“他死了吗？”

“那个坏男孩，他没死。正在医院，但很快会出来找麻烦。”

“威廉姆怎么样？”

“警察来了，把他关进囚车，送到拘留所。他还关在那儿。”

“他受伤了吗？”

“哦，他的一只眼睛被打肿了，屁股上被砍掉了一小块肉。不过他没什么大碍。我只是想不明白他怎么会和那个洛芙混到一起。她至少比我要黑十个等级，她是我见过的最丑的黑鬼。她走路的样子就像两腿中夹着鸡蛋，生怕鸡蛋打碎了。她脏得很。但威利为这样一个女人，干了这么一件愚蠢的事儿。”

考普兰德医生靠近了炉子，呻吟了一声。他咳嗽着，面部变得僵硬。他用纸巾捂住嘴，上面溅上了斑斑血迹。他黝黑的脸上一片苍白。

“事情一发生，赫保埃马上跑来告诉我。我知道，赫保埃和这些坏女孩没有一点关系。他只是陪着威利。他太为威利难过，一直坐在拘留所前面的路边。”泪水从鲍迪娅脸上滚落，“你知道我们三个一直以来是怎么过的。我们有自己的安排，以前一直好好的。甚至都没为钱发过愁。赫保埃付房租，我买吃的，威利负责教会的税、保险、会费和星期六晚上的活动。我们总是像三胞胎一样形影不离。”

天终于亮了。工厂早班的哨声想起。太阳出来了，照亮了炉子上方墙上的挂着的平底锅。他们坐了很长时间。鲍迪娅不停地拽着耳坠，拽得耳垂变成了紫红色。考普兰德医生仍旧用手捧着脸。

“我想，”鲍迪娅最后说道，“如果我们能多找些白人为威利写信求情，或许有点用吧。我已经找过了布莱农先生。他完全照我说的写了。事情发生后，布莱农先生还在咖啡馆。我就进去跟他说了这个事。我把这信带回了家，把它放在《圣经》里，这样它就不会被弄丢或弄脏了。”

“那封信怎么写的？”

“布莱农先生就是照我说的写的。说威利三年来一直为布莱农先生工作。威利是一个正直的男孩，以前从没惹过麻烦。信里还说，如果他是别的黑男孩，那他店里的东西很多会不翼而飞，而且……”

“哼！”考普兰德医生说，“这些都没什么用。”

“我们总要做点什么吧。威利被关在拘留所里。我家威利，多可爱的男孩啊，就算他干了坏事。我们总不能啥也不干吧。”

“我们只能这样。没有别的办法。”

“我可做不到。”

鲍迪娅从椅子上站起来，烦躁地环顾四周，像是在找什么。然后，她突然向大门走去。

“等一下，”考普兰德医生说，“你去哪儿？”

“我要去工作。我一定要保住我的工作。我得待在凯利太太那儿，挣到每周的工钱。”

“我想去拘留所，”考普兰德医生说，“也许我能见见威廉姆。”

“上班路上我会顺路去拘留所。我还要让赫保埃去工作，不然他会在哪里坐上一个上午，为威利伤心。”

考普兰德医生匆忙穿好衣服，追上站在门厅的鲍迪娅。他们走进秋天的晨光中，寒意刺骨。拘留所的人对他们态度蛮横，他们什么也没打听到。考普兰德医生去找了以前打过交道的一个律师。接下来的日子十分煎熬，充满了焦虑。三个星期后，对威廉姆的庭审开始了，他被认定使用致命武器伤人罪，判了九个月的苦力，立刻被送到该州北部的监狱服刑。

虽然真正的使命总在考普兰德心里，但现在他没有时间去想它了。他一处接一处地出诊，工作没有尽头。他一早就驾着汽车离开，十一点病人到他的诊室。户外秋风凛凛，呼吸了清冽的空气后，诊室里污浊的热气令他咳嗽不止。走廊的长凳上坐满了等着他看病的黑人，有时甚至前廊和卧室也挤满了人。他经常是忙到半夜。因为疲倦，有时他很想躺在地上，用拳头击打地板，大哭一场。如果能得到休息，或许他会好起来。他患有肺结核，一天量四次体温，一个月拍一次X光。

但他不能休息。因为有一件比他的疲劳更重要的事，那就是强烈的真正的使命。

他时刻会想到这个使命，除了某些时候，漫长的工作令他的脑子一片空白，他才会暂时忘记那个使命。但随后它会回来，让他烦躁不安，急于开始新的工作。他经常口干舌燥，声音也是嘶哑的，不像以前那么响亮了。

他把这些劝告的话深深地灌进那些耐心的黑人耳朵里，他们是他的同胞。

他常和辛格先生谈话。他和他谈化学和宇宙之谜，谈关于无限小的精子和成熟的受精卵的分裂，谈关于比卵子分类复杂百万倍的细胞分裂，谈关于生物的神秘性和死亡的简单性。他还和他说起种族问题。

“从广袤平原和深绿的丛林，我的同胞被带到这里。”有一次，他悲愤地对辛格说：“在被铐着锁链走向海岸的漫长旅途中，他们成千上万地死去。只有强壮的才能活下来。然后他们被锁在恶臭的船上，被运到这里，又有一批人死去。只有那些意志顽强的、能吃苦的黑人能活下来。他们被链条锁住，被殴打，被出售，这群强壮的人中最不强壮的又死去了。最后，熬过漫长艰难的岁月，我的那些最强壮的同胞站在了这里。他们的儿女，他们的子子孙孙。”

“我来借点东西，请你再帮个忙。”鲍迪娅说。

她穿过门厅，站在门口说这话时，考普兰德医生正一个人在厨房里。威廉姆被送进监狱已经两个星期了。鲍迪娅变了。她的头发不再像以前一样梳得整整齐齐，她的眼球充满血丝，像是喝了烈酒。她的脸颊深陷，蜜色的脸上满是忧伤的神情，像极了她的母亲。

“我想借家里那些好看的白碟子和杯子。”

“你可以拿走，不用再还给我。”

“不，我只想借用。我还想请你帮个忙。”

“说吧，我答应你。”考普兰德医生说。

鲍迪娅在桌边坐下，坐在她父亲对面。“我最好先解释一下。昨天我收到口信，外公全家明天要来，和我们待一个晚上和半个星期日。他们为威利急得要命，外公觉得我们大家应该重新聚一聚。他是对的。我真想再见见他们。威利走了，我一直很想家。”

“这些你可以拿去用，还有其他有用的东西。”考普兰德医生说，“但请挺起你的胸膛，女儿。你的状态与仪表很糟糕。”

“这将是一次真正的团聚。你知道，这是外公二十年来第一次在镇上过夜。他这辈子只有两次住在外面。每到晚上，他总会有点紧张。夜里老是起床喝水，看看孩子们是否盖好了被子，外面是不是一切正常。我有点担心外公住在这里会不习惯。”

“如果你需要，我的任何东西你都可以用。”

“当然，李·杰克逊会带他们来这里。”鲍迪娅说，“跟着李·杰克逊，路上大概要花费一天的时间。我估计他们要晚饭时候才能到。外公对李·杰克逊总是很耐心，他不会催它的。”

“天！那只老骡子还活着？它应该整整十八岁了。”

“比这还要老。外公用它干活二十年了。那头骡子跟他那么久了，他老说李·杰克逊就像是他的一个亲人。他理解它，爱它，就像对自己的孙子孙女一样。我从未见过谁能这么明白动物的想法。他对所有的生物都有很深的感情。”

“一头骡子工作了二十年，好长。”

“是的。现在李·杰克逊老得厉害。但外公肯定会好好照顾它的。他们在火热的太阳下犁地时，李·杰克逊像外公一样，头上戴着一顶大草帽，耳朵那个地方被剪了两个洞。那头骡子的草帽真是可笑，李·杰克逊犁地时，如果没那顶草帽，他就不肯挪屁股。”

考普兰德医生从架子上取下白色的瓷碟，用报纸包上。“你给这些人烧饭的餐具够吗？”

“够了，”鲍迪娅说，“我不会特别费心的。外公他本人就是体贴先生，一家人来这里，他总是会带些东西的。我只需要足够的面粉、卷心菜和两磅上好的鲤鱼。”

“听起来不错。”

鲍迪娅的黄手指紧张地缠在一起。“还有一件事没对你说。一个惊喜。巴迪和汉密尔顿也一起来。巴迪才从莫拜尔回来。他现在在农场帮忙。”

“我五年没见过卡尔·马克思了。”

“这就是我想问你的事。”鲍迪娅说，“你记得我进门时说的话，我来借东西，也是来请你帮忙。”

考普兰德医生把指关节捏得咔咔响。“嗯。”

“好吧，我来是想看看你明天能不能来和我们聚一聚。除了威利，你的孩子们都在。我觉得你应该加入我们。你要是能来，我会非常高兴。”

考普兰德医生摘下眼镜，手指按在眼皮上。汉密尔顿、卡尔·马克思和鲍迪娅，以及威廉姆。一瞬间，他脑海里清晰地浮现出了多年以前的四个孩子的模样。他抬起头，把眼镜架在鼻子上。“谢谢你，”他说，“我会去的。”

那天晚上，他独自坐在黑暗的房间里，守着火炉回忆往事。他想到自己的过去。他的母亲生下来就是奴隶，自由以后她成了洗衣妇。他的父亲是一个牧师，曾经和约翰·布朗有过交往。他们从一个星期挣的两三美元中节衣缩食，供他读书。他十七岁时，他们把他送去了北方，并在他的鞋里藏了八十美元。他在铁匠铺里干过活，在旅馆当过侍者。与此同时，他坚持学习、阅读、上学。父亲死后，他的母亲也没活多久。经过十年的学习与奋斗，他成了一名医生，知道自己的使命，他又回到了南方。

他结婚生子，有了家。他不停地行走拜访，宣讲他的使命和真理。他的同胞忍辱负重的生存方式让他发狂，心里产生了一种野蛮和邪恶的摧毁欲。他有时喝烈酒，以头撞地。在他的内心深处，有一股狂野的暴力，有一次他抓起炉边的火钳，把他的妻子打倒在地上。她带着汉密尔顿、卡尔·马克思、威廉姆和鲍迪娅回到了她父亲的家。他的灵魂在挣扎，与黑暗的邪恶战斗。但戴茜没有再回到他的身边。八年后她死了，他的孩子们也长大了，他们也没有回到他的身边。他已经老了，孤单一人住在一所空房子里。

第二天下午五点，他准时赶到了鲍迪娅和赫保埃住的地方。他们住在小镇一个叫糖山的地方。房子只有一个门廊和两个房间，是一所狭窄的棚屋。屋里传来嘈杂的说话声。考普兰德医生拘谨地走近房子，站在门口，手上拿着一顶破旧的毡帽。

房间里挤满了人，开始没人注意到他。他找到卡尔·马克思和汉密尔顿的脸。在他们旁边，是他们的外公和两个坐在地上的小孩。他一直盯着儿子们的脸，直到鲍迪娅发现他站在门口。

“父亲来了。”她说。

说话声停止了。坐在椅子里的外公转过身。他身子瘦小，佝偻着，脸上有很多皱纹。他身上穿的还是三十年前参加女儿婚礼时的衣服，是一件墨绿色的西装。马甲上挂着一条失去光泽的铜表链。卡尔·马克思和汉密尔顿互相看看，又低头看地板，最后才把目光转向他们的父亲。

“班尼迪克特·马迪——”老人说，“很久不见。真的很久了。”

“是啊！”鲍迪娅说，“这可是我们大家这么多年来的第一次团聚。赫保埃，你去厨房拿把椅子。父亲，这是巴迪和汉密尔顿。”

考普兰德医生和他的儿子们握手。他们两个都很高大、强壮和笨拙。他们身着蓝色的衬衫和工装裤，他们的皮肤和鲍迪娅一样，是蜜褐色。他们没有看他的眼睛，在他们的脸上，既没有爱，也没有恨。

“萨拉姨妈和吉姆不能来，真可惜，”赫保埃说，“但今天可真是我们的好日子。”

“车子挤死啦，”一个小孩说，“我们不得不下车走了很久，因为马车真是很挤。”

外公用火柴棒挖耳朵。“总得有人留在家里。”

鲍迪娅紧张地舔着她那深色的薄嘴唇。“我想我们家的威利。他是任何派对和热闹场合的开心果。我一直惦记着他。”

房间里一片静静的低语。老人靠在椅背上，不断地点着的头。“亲爱的鲍迪娅，来给我们读一会儿《圣经》吧。困难的时候，上帝的话是很有用的。”

鲍迪娅拿起屋子中间桌子上的《圣经》。“你想听哪部分，外公？”

“它们都是神圣的主的福音。你的眼睛落在哪页上，就读哪页。”

鲍迪娅开始念《路加福音》。她读得很慢，细长柔软的手指随着字走。房间是安静的。考普兰德医生坐在人群的边上，把指关节捏得咔咔响，他的目光从屋子一角游移到另一角。屋子很小，空气凝滞，闷得令人窒息。四面的墙壁上，乱七八糟地挂着日历和印刷在杂志上粗糙的广告。壁炉架上摆着一个花瓶，里面是红玫瑰纸花。炉火慢慢地燃烧，油灯摇曳的光影投在墙壁上。鲍迪娅朗读得很慢，读的那些话在考普兰德医生的耳朵里溜走了，他昏昏欲睡。卡尔·马克思和孩子们一起，四仰八叉躺在地上。汉密尔顿和赫保埃也打瞌睡了。只有老人似乎在琢磨《圣经》的意思。

鲍迪娅读完了这一章，合上书。

“我常常思考这个。”外公说。

屋子里的人们都从瞌睡中醒了过来。

“什么？”鲍迪娅问。

“是这样的。你们记得耶稣将死人复活，治愈病人的那些部分吗？”

“我们当然记得，先生。”赫保埃恭敬地回答。

“当我犁地或干活时，一天里有很多次，”外公缓慢地说，“我想过、推算过耶稣第二次降临的时间。也许是我太想此事成真了，我研究了很多次，我觉得它会发生在我活着的时候。我是这样计划的。我会带着所有的孩子、孙儿、重孙、我的亲戚和朋友站在耶稣面前。我真诚地对他说：‘我主耶稣，我们都是悲伤的有色人。’他就把神圣的手放在我的头上，我们立刻变得像棉花一样白。这就是我在心里想了很多很多次的计划。”

屋子一片静默。考普兰德医生拽了一下袖口，清清嗓子。他的脉搏跳得太快了，喉咙发紧。坐在房间的角落，他感受到了隔阂、愤怒和孤单。

“你们中有没有人收到过天堂的信号？”外公问。

“我有，先生，”赫保埃说，“有一次我得了肺炎，我看见上帝的脸从火炉里看着我。是一张巨大的白人的脸，有白色的胡须和蓝色的眼睛。”

“我见到过鬼。”一个小女孩说。

“有一次我见到——”小男孩开始说话。

外公抬起手。“你们小孩子别说话。你，塞莉亚，还有你，惠特曼，现在你们应该听而不是说。”他说，“只有一次我收到了真正的信号。那是去年夏天，天很热。我正挖猪圈边那棵大橡树桩子的残根，我的腰突然一动不能动，我的后腰一阵剧痛。我站直了身子，眼前发黑。我用手支着背，向天上望去，突然我看见了一个小小的天使。一个小小的白人小女孩，只有豌豆那么大，长着黄头发，披着白袍子，在太阳的周围飞舞。然后我进屋祷告。我整整研究了三天《圣经》，才再次下地干活。”

考普兰德医生体内又升起了熟悉的怒火。一些毫无条理的话蹿到他的嘴边，他却没法说出来。他们会听信这个老人讲的，却不肯听有道理的话。这些是我的同胞，他告诫自己，但是他失语了，他紧张而阴沉地坐着。

“这是一件奇怪的事，”外公突然说，“班尼迪克特·马迪，你是一个好医生。为什么我挖一会儿地，种一会儿地后，我的腰会这么痛呢？这种痛令我烦恼。”

“你今年多大了？”

“七八十吧。”

老人原来热爱草药治疗。过去他带着全家来看戴茜时，会去检查身体，抓些草药给一大家子人。戴茜离开他后，老人再也没有来过，他只得服用在报纸上做广告的泻药和保肾丸。现在，这个老人正看着他，带着胆怯的希望。

“多喝水，”考普兰德医生说，“尽可能多休息。”

鲍迪娅走进厨房准备晚餐。温馨的气味溢满了整个房间。考普兰德医生周围是安静、随意的谈话声，但是他没有听，也没有说话。他不时看看卡尔·马克思或汉密尔顿。卡尔·马克思正在谈论乔·路易斯。汉密尔顿说的都是些冰雹如何毁了庄稼。他们捕捉到父亲的目光，咧嘴笑了，脚在地板上来回拖。他一直盯着他们，眼中带着愤怒的痛苦。

考普兰德医生紧咬牙关。他为他们想得太多了，为汉密尔顿、卡尔·马克思、威廉姆和鲍迪娅，关于他为他们准备的真正的使命；他们的脸触动了他体内黑色的膨胀的情感。如果他一次就能把它说清，从遥远的开始到今天这个晚上，这次宣告将会平息他内心尖锐的疼痛。但是他们不会听，也不会理解。

他绷直身体，身上每一块肌肉都紧张僵硬。他没有听他们说话，也不看周围的东西。他静静地坐在角落里，像一个又瞎又哑的人。很快，他们走到餐桌边，老人做了饭前祷告。但是考普兰德医生不肯吃。赫保埃拿出一瓶一品脱量的杜松子酒，他们大笑着，用嘴对着瓶子喝酒，一个个往下传，他也拒绝喝。他僵硬而沉默地坐着，最后他拾起帽子，连一声再见都没有说就离开了房间。如果他不能说出全部的真理，他宁愿保持沉默。

他紧张地躺在床上，彻夜难眠。第二天是星期日。他出了几次诊，上午就过去了一半，他去拜访辛格先生。这次造访舒缓了他心中的孤独感，当他起身告辞时，内心又一次获得了平静。

然而当他迈出房间时，平静又离他而去。一件令他不快的事情发生了。他下楼时看见一个白人拎着一个大纸袋上楼，他靠近扶手边，好让两人都能过去。但这个白人两步跨作一步地向上爬，看都没看一眼，他们狠狠地撞上了，考普兰德医生被撞得恶心，无法呼吸。

“上帝！我没看见你。”

考普兰德医生没有说话，死死地盯着他。他以前见过这个白人一次。他清楚地记得这个矮小、野蛮的身躯，这双巨大的、笨拙的手。带着职业兴趣，他观察了那个白人的脸，在他的眼里，他看到了奇怪的、固执的、孤僻的表情。

“对不起。”白人说。

考普兰德医生抓住楼梯扶手，向下走去。

4

“他是谁？”杰克·布朗特问，“那个刚从这里离开的、瘦高的黑人是谁？”小房间干净整洁。一缕阳光洒在桌上的一碗紫葡萄上。辛格坐着，椅子向后翘起，双手插在口袋里，眼睛望着窗外。

“我在楼梯上撞到了他，他用讨厌的眼神瞪了我一眼，我还从来没见过这么恶毒的眼神呢。”

杰克把一袋淡啤酒放在桌上。他惊讶地意识到辛格并不知道他进来了。他走到窗子旁，碰了下辛格的肩膀。

“他没理由这样。我不是有意撞他的。”

尽管阳光明亮，屋里还是很冷。杰克打着哆嗦。辛格抬手竖起食指，走到门厅。他拿着一筐煤和引火棒回到房间。杰克看他跪在炉前。他很轻松地在膝盖上折断引火棒，把它们放在下面的纸上，然后有条不紊把煤加在上面。一开始，火苗微弱地颤动，被一股黑色的浓烟闷住了。辛格用双层的报纸盖在炉栅上。气流的改变让火燃了起来。房间里响起报纸在燃烧的呼呼声，点火的报纸被吸到炉子里。一片橘黄色的火焰发出噼啪的响声，充满了炉栅。

早晨的第一桶淡啤酒口感醇香。杰克把自己的那份啤酒一饮而尽，然后用手背擦了擦嘴。

“很久以前，我认识了一个女士，”他说，“你有点让我想到她，克拉拉小姐。她在得克萨斯有一个小农场，做胡桃糖卖到城里。她个子很高，很壮，但还是有几分姿色。她总是穿着长长的、有很多口袋的毛衣，又大又重的鞋子，戴男式的帽子。我认识她时，她丈夫已经死了。后来我渐渐明白了：如果不是她，我永远都不会成为一个知道的人。我可能会像成千上万的其他人一样懵懂愚昧。我可能就会成为一个牧师、一个棉纺工或推销员。我的一生可能会浪费掉。”

辛格吃惊地摇摇头。

“要明白我说的话，你得知道我以前的经历。我很小的时候住在加斯托尼亚。我是一个八字腿的矮冬瓜，我个子太小了，没法在工厂工作。我只好在保龄球馆打工，把被打倒的保龄球重新摆好位置，但他们只管饭，没工钱。后来我听说在不远的地方，一个聪明手快的男孩靠穿烟叶一天能挣三角钱。然后我去了，一天挣那三角钱。那时我十岁。我离开了亲人。他们很高兴我走了。我从不给家里写信。你明白是怎么回事。而且家里除了我姐姐，没人识字。”

他的手在空中挥舞着，像是要把什么东西从他脸上赶走。“不过，我要说的是这个。我最初是信耶稣的。有一个家伙和我在同一个工棚干活。他有一个移动的神龛，每天晚上布道。我每天去听，便获得了信仰。我的脑子里时刻想着耶稣。只要有空闲，我就读《圣经》和祷告。后来有天晚上，我拿了把锤子，把手放在桌上。我满心愤怒，把钉子钉进了手心。我的手被钉在了桌子上。我看着它，我的手指在颤抖，变成青紫色。”

杰克伸出手掌，指了指掌心一处惨白的疤。

“我想成为一名福音传教士。我想去各地布道，召集信仰大会。同时，我从一个地方搬到另一地方，在我快二十岁时，我去了得克萨斯。我在一个山核桃林干活，那儿离克拉拉小姐住处不远。我认识了她，有时晚上我去拜访她。她和我谈话。你知道，我不是突然知道的。对所有的人来说，都不是这样的。了解真理是循序渐进的。我开始读书。我努力工作只是为了攒点钱，然后休息一段时间学习。这像是获得重生一样。只有我们这些人能明白它意味着什么。我们睁开了眼睛，我们能看见。我们就如同来自另一个世界的人。”

辛格点头表示同意。这个房间很舒适，有家的气息。辛格从储藏室里拿出锡盒，里面有饼干、水果和奶酪。他挑了一只橘子，慢慢地把皮剥掉，再把外面白色的橘络撕掉。在阳光下，橘子变成了透明的。他把橘瓣分开，和杰克一起吃。杰克一口吞下两瓣，噗噗地把籽吐到炉火里。辛格慢慢地吃着，把籽整齐地放在一只手掌里。他们又开了两瓶啤酒。

“在这个国家里，像我们这样的人有多少呢？也许一万，也许两万，也许更多。我去过很多地方，但我只遇到过很少的我们。比如说，在一个知道真理的人眼里，世界是它本来的面目。但他会追溯到几千年前，去思考它的演变。他观察资本和权力的缓慢形成，看到了它们在现今的极致发展。在他的眼里，美国就是疯人院。他看见人们为了活下去，必须打劫自己的兄弟。他看见饥饿的儿童和每周工作六十小时的妇女。他看见该死的失业者不计其数，看到大量美金和几千公里的土地被浪费。他看见战争一触即发。他看见人们因受了太多的苦而变得卑鄙、丑陋，他们身上美好的东西在死去。他看见的最重要的事就是：世界的整个系统都建立在谎言之上。尽管这个谎言就像照耀我们的太阳一样显而易见，但那些不知道的人和谎言相处太久了，他们根本就看不见真相。”

杰克越说越愤怒，额头上的红血管鼓了出来。他抓起炉子上的煤筐，把煤块连珠炮一样地扔到火里。他的脚有些麻木，他狠狠地跺脚，跺得地板直抖。

“我把这个地方都走遍了。我到处走，努力对他们解释。但这有什么用！”

他凝视着火焰，酒和炉火的热量使他的脸更红了。脚上的麻刺感蔓延到腿部。他昏昏欲睡，半搭着眼睛看见火焰的颜色：绿色、蓝色、明黄色。“你是唯一的，”他迷迷糊糊地说，“唯一的。”

他不再是这里的陌生人了。现在，他知道每个街道、每条小巷和散乱的贫民窟前的每一处篱笆。他还在阳光南方游乐场工作。秋天时，游乐场从一个空地移到另一个空地，总是待在城市的边缘，一直绕了小镇一圈。虽然演出的地点在变，可是布景是一样的。一片荒地，周围是一排排破败的棚屋，附近有工厂、轧棉厂、装瓶厂。来玩的人也多是工人和黑人。夜晚，游乐场点起彩灯，艳俗不堪。木马跟着枯燥的音乐转着圈子。秋千在飞舞，游戏机的围栏处总是挤满了人。那里还有两个小卖部，有饮料、烤汉堡和棉花糖。

最初，他是来做技工的，可慢慢地，他的工作内容扩大了。他在嘈杂的人群中叫喊，不停地从一个场地晃到另一个场地。他的额头布满明晃晃的汗珠，胡子也被啤酒打湿了。每个星期六，他的工作是维持人群的秩序。他用矮胖结实的身体蛮力挤过人群。只是他身体的狂暴力并没有传递到他的眼睛。他紧皱的眉头下，大而圆的眼睛现出孤独和涣散的神情。

他到家时多是夜里十二点到一点之间。他住的房子被隔成四个房间，每个人的房租是一元五角。门廊处有一个水龙头，后面有一个厕所。他的房间里，墙和地板发出潮湿的酸臭味。脏兮兮的廉价蕾丝窗帘挂在窗上。他把自己一件好的西装放在袋子里，把工装裤挂在墙上。房间里没有火炉，也没有电。只有窗外的路灯投射进来，在屋内映出斑驳的树影。他只有读书时，才点亮床边的油灯。寒冷的屋子里，灯油燃烧时散发出呛人的气味，令人恶心。

他在家的时候，常常会不安地在地上走来走去。他坐在凌乱的床边，不停地咬自己破裂肮脏的指甲。烟垢刺鼻的气味在空气里盘旋。强烈的孤独感让他充满了恐惧。通常他会存上一品脱私酿的劣质白酒。喝完劣质酒，天亮时他会感到暖和些，放松些。早晨五点，工厂早班的哨声响起。哨声发出断断续续恍惚的回声，直到声音散去以后，他才能入睡。

但他经常不待在家里。他会走进狭窄无人的街道闲逛。黎明前，天空是黑的，星星明亮夺目。有时工厂还在上班。机器的噪声从亮着黄光的厂房传出。他守在工厂的门口，等待工人下班。穿着毛衣和印花裙的年轻女孩从工厂走出来，走进黑暗的街道。男人们走出来，拎着饭盒。有些人下班后总是会去移动咖啡馆喝点可口可乐或咖啡，杰克就跟着他们一起去。在喧闹的厂房里，他们能把每一个字听得清清楚楚，可是下工后，走出工厂的第一个小时，他们却变成了聋子，什么都听不到。

在移动咖啡馆里，杰克喝着加了威士忌的可口可乐。他还是不停地说着。冬天的黎明是白色的、寒冷的、雾蒙蒙的。他带着醉意，急切地注视着那些男人憔悴的脸。他常被取笑，每当这时他会挺直矮小的身子，用恶毒的话谴责他们。他握着杯子的手伸出小指，傲慢地捋着胡须。如果还有人敢笑他，他就会跟他们打上一架。他狂暴地挥舞褐色的大拳头，有时还会大声地哭泣。

这样度过清晨后，他轻松地到游乐场上班。在人群中挤来挤去让他感到放松。噪声，恶臭的人群，肩挨肩肉体接触，这些都能安抚他，使他不再那么心烦意乱。

因为小镇实行禁止礼拜日进行游乐活动的“蓝法”，游乐场在安息日关闭。所以每逢星期日，他就早早地起床，从手提箱里取出那套哔叽呢西装。他前往主街，先去纽约咖啡馆，买上一袋淡啤酒。然后就去辛格租住的地方。他认识镇上的很多人，知道他们的名字，熟悉他们的脸，但哑巴是他唯一的朋友。他们就安静地待在屋子里，喝淡啤酒。他自顾自地说话，这些话在街上阴郁的清晨和一个人独处的时候就想好了。现在他把这些话说出来，顿觉轻松畅快。

炉火熄灭了。辛格坐在桌边，自己和自己下着棋。杰克睡着了。他猛地醒过来，紧张地颤抖了一下。他转头看向辛格。“是的，”他说，像是在回答别人的提问，“我们中有些人是共产主义者。但不是全部。至于我，我不是共产党员。那是因为，我只认识一个共产党员。你游荡多少年可能也遇不上一个共产党员。这里也没有一个机构，你想加入就加入。即使有，我也从没听说过。当然你也不可能跑到纽约去参加。我说了，我只认识一个共产党员，他从不喝酒，他的呼吸发着臭气。我们打过一架。不是因为我反对共产主义者。而是因为我厌恶所有该死的国家和政府。即使这样，我还是应该一开始就加入共产党。这个我不太确定。你觉得呢？”

辛格皱皱眉头，陷入思考。他拿过银铅笔，在纸上写下“我不知道”。

“但是，问题是，在知道了我们不能只是安于现状时，我们就要有所行动。有些人疯了。因为有太多的事要做，你不知道从哪儿开始。它让你发疯。回头看，我也干过一些很不理智的事情。有一次我自己创建了一个组织。我挑了二十个棉纺工，和他们交谈，直到我以为他们‘知道真理’了。我们的座右铭只有两个字：行动！我们想发动暴动，尽可能地制造大麻烦。自由是我们的终极目标。但真正伟大的自由，只有靠人类灵魂的正义感才能实现。‘行动’，是要将资本主义夷为平地。在我自己拟的宪章里规定：一旦我们的任务完成，我们的目标就要实现从‘行动’到‘自由’过渡。”

杰克把一根火柴劈开，用尖的一端挖着牙洞。过了一会儿，他接着说：

“宪章写完后，我组织了一批追随者，然后我搭便车到各地，招募组织成员。三个月内，我回来了，你猜我发现了什么？我们第一个正义的行动是什么？他们正义的愤怒压倒了有计划的行动，没有我，他们就能独自前进了？这是毁灭、谋杀，还是革命？”

杰克坐在椅子上，身子向前倾着。停顿了一下，他忧郁地说：

“我的朋友，他们从经费里偷走了五十七元三角钱，买制服帽和免费的星期六晚餐。我撞见他们正坐在会议桌旁，头上戴着帽子，掷着色子，面前是火腿和一加仑的杜松子酒。”

杰克爆发出一阵大笑，辛格只是微微地笑了下。辛格脸上的笑容瞬间就收紧了，消失了。杰克还在笑。脸憋成暗红色，额头上的血管也鼓出来。他笑得太久了。

辛格抬头看了看钟，指了指时间，十二点半了。他从壁炉架上拿起手表、银铅笔、纸笺、香烟和火柴，分别放进口袋。午饭的时间到了。

杰克还在笑。他的笑声里带着神经质的色彩。他在屋里狂乱地走着，把口袋里的钢镚儿弄得叮当作响。他的长手臂紧张而笨拙地摆动着。他开始念午餐的菜单。他念到食物名称时，出于对美味的热情，他面部表情变化丰富。他每说一个字，都抬起上嘴唇，活像一头饥饿的野兽。

“带卤汁的烤牛排、米饭、卷心菜和白面包，一大块苹果派。噢，我饿疯了。说到吃的，我的朋友，我有没有提起过克拉克·派特森先生？就是阳光南方游乐场的老板。他太胖了，有二十年了，他每天都看不到自己的下身。他整天坐在拖车里抽大麻，玩一个人的纸牌游戏。他从附近的快餐店叫外卖，每天都吃……”

杰克向后退了一步，让辛格先走出房间。和哑巴一起走时，杰克总是缩在后面。他总是跟着辛格，希望他来带路。他们下楼时，他还在紧张地说着，褐色的大眼睛始终盯着辛格。

下午是温暖和煦的。他们静静地待在屋里。杰克买了一夸脱的威士忌带回来。他没有说话，坐着沉思，盯着床腿发呆，他不时地弯下身，拿起地上的酒瓶倒酒。辛格则坐在窗口的桌边下象棋。杰克稍微放松下来。他看着他的朋友下棋，感觉到暖和的下午在静静流逝，逐渐融合到苍茫的夜色中。炉火将寂寞的黑影投射在墙壁上。

但是到了晚上，紧张感又回到他身上。辛格收起棋子，与他面对面坐着。杰克的嘴唇因为紧张而不规则地抽动，为了使自己镇定，他喝了口酒。不安和欲望又一次扑面而来。他喝干威士忌，又开始对着辛格说话。他从窗子走到床边，再从床边走到窗子，就这么来来回回走着。话语在他身体里膨胀，从嘴里喷涌而出。他醉醺醺地对哑巴说：

“他们竟然做出这种好事！他们把真理变成了谎言。他们把理想变得肮脏。就说耶稣吧。他是我们中的一员。他知道真理。他说富人进天堂比骆驼穿过针眼还难，他说这话是认真的。但是你看看教会在两千年中都干了什么。他们为了自己邪恶的目的，歪曲了他说的每一个字。如果耶稣活在今天，他一定会被陷害，被关进监狱。耶稣是真正知道的人。我和耶稣会面对面地坐在桌子边，我看着他，他看着我，我们都清楚对方是知道的人。我和耶稣，还有卡尔·马克思会一起坐在桌子边……

“看看我们的自由都被破坏到什么程度了吧。独立战争战士和革命女儿会之间的差别，就像是我和洒了香水的大肚子小狮子狗的差别一样。关于自由，他们心口如一。他们为真正的革命而战。他们战斗，为了每个人都能享有自由和平等！这种自由是指每个人在大自然面前都是平等的。它并不是百分之二十的人有权剥夺剩下的百分之八十的人生存的手段。也不是一个富人为了变得更富，可以榨干一万个穷人的血汗。更不是暴君有权将国家置于这种困境，让无数的人为了吃和住，会去欺骗、撒谎或是砍掉他们的右臂。他们亵渎了自由。你听到了吗？他们把自由这个词弄得臭不可闻，像臭鼬一样臭。”

杰克额头的血管剧烈地跳动。他的嘴不停地抽动。辛格警惕地坐直身子。杰克试图说下去，话却噎在了喉咙里，一个字也说不出来。一阵战栗穿过他的身体。他瘫坐在椅子上，用手指压住颤抖的嘴唇。然后，他沙哑地说：

“就是这样，辛格。发疯没有用。无论我们做什么，全都没有用。我觉得生活就是这样。我们能做的就是四处宣告真理。只有更多不知道的人知道了真理，就不再需要战斗了。我们唯一要做的事就是让他们知道。只需要做这个。但是怎么做才能让他们知道啊？”

火焰的影子在墙壁上跳动。朦胧的火的波浪升高了，屋子像在移动中。房间起起伏伏，失去了平衡。杰克觉得孤独的自己正在下沉，缓慢地、波浪式地沉入阴暗的大海。在无助和恐惧中，他尽力睁开眼睛，只看见猩红的波浪向他扑来。最终，他终于看见了他要找的东西。哑巴的脸很遥远，时隐时现。杰克痛苦地闭上了眼睛。

第二天早晨，他醒得很晚。辛格几个小时前就走了。桌上放着面包、奶酪、一个橘子和一壶咖啡。吃完早饭后，他该上班了。他低垂着头，忧郁地穿过小镇回家。他走进家附近一条窄窄的街道，一侧是被烟熏黑的砖砌仓库。墙上有模模糊糊的东西吸引了他。他停住了。在墙上有人用鲜艳的红粉笔写了一句话，字迹粗大，形状古怪。

你应该吃强者的肉，喝君主的血。

他把这句话读了两遍，然后急切地前后打量这条街。没有人。他困惑地思考了几分钟，从口袋里掏出一支很粗的红铅笔，在这句话下仔细地写下了：

请写上面这句话的人明天中午十二点来这儿和我碰头。十一月二十九号，星期三。或者后天。

第二天中午十二点，他在墙下等着。时不时地走到街角，前后打量。没有人来。一个小时后，他不得不去游乐场上班了。

第三天他又在那里等。

星期五，下了一场绵长的冬雨。墙壁被打湿了，字迹模糊成一片，无法辨认。雨一直在下，天气灰暗，寒冷，苦涩。

5

“米克，”巴伯尔说，“我觉得我们要被淹死了。”

的确，这场雨下得无比缠绵，没有要停止的意思。威尔斯太太用自己的车接送他们上下学，每天下午，他们都不得不待在前廊或屋子里。她和巴伯尔玩色子和纸牌游戏，在起居室的小地毯上玩弹球。圣诞节快到了，巴伯尔口中不停念叨着小主耶稣，他希望圣诞老人能送他一辆红色自行车。雨滴落在窗玻璃上，一片白茫茫的，空气湿冷而灰暗。河面涨高了，一些工人不得不搬出他们的住所。当雨看起来会没完没了时，却突然停了。一天早晨，他们醒来时，天空已是阳光灿烂。下午，天气就几乎和夏天一样热了。米克放学后很晚才回到家，巴伯尔、拉尔夫和斯伯尔瑞布斯在屋子前的人行道上。孩子们看上去很热，黏糊糊的，身上的冬装发出酸臭味。巴伯尔手上拿着弹弓，还有一口袋石子。拉尔夫端坐在童车里有些烦躁，帽子歪在头上。斯伯尔瑞布斯拿着一把新来复枪。天空高远湛蓝，像水洗过一般。

“米克，我们等你好久了，”巴伯尔说，“你干什么去啦？”

她跳跃着上了台阶，把毛衣丢在衣帽架上。“在体育馆练钢琴。”

每天下午放学后，她都会留下来弹一个小时的钢琴。体育馆人很多，声音嘈杂，因为有女篮队在打篮球。今天就有两次球砸到了她的头上。但是不管有多嘈杂，不管头被砸多少次，能有机会坐在钢琴前都是幸福的。她组合着琴键，直到传来她想要的声音。这比她想象中的要容易。只几个小时后，她就琢磨出几套低音区的和弦，能够配上她右手弹的主旋律。现在的她几乎能弹出每首曲子。她还自己作曲。这比仅仅是弹奏别人的乐曲要强多了。每当她的手指弹奏出那些新的乐音时，她感觉这是世界上最美妙的声音。

她想学习识谱。多丽斯·布朗上了五年的音乐课。她从每天的午饭中省点钱，一个星期付给多丽斯五角钱，请她教自己乐理。这样一来，她整天都处于饥饿之中。多丽斯能弹一些流畅的快曲，但她回答不出所有她想知道的问题。多丽斯只是教她音阶、大小调和弦、音符的作用等这些入门的知识。

米克砰地关上厨房的炉门。“我们就吃这些？”

“亲爱的，我能做的只有这些了。”鲍迪娅说。

只有玉米面包和人造黄油。她一边吃，一边喝水来帮助食物下咽。

“慢点吃，没人跟你抢。”

孩子们还在屋外玩耍。巴伯尔把弹弓放进口袋，正摆弄那把来复枪。斯伯尔瑞布斯今年十岁，他的父亲上个月死了，来复枪是他父亲的。所有小孩子都爱摆弄它。每隔几分钟，巴伯尔都要把枪扛到肩上。他瞄准目标射击，枪发出“砰”的响声。

“别乱动扳机，”斯伯尔瑞布斯说，“里面有子弹。”

米克吃完了玉米面包，看看四周，想找点事情做做。哈里·米诺维兹坐在他们家前廊的扶手上看报纸。她很高兴见到他。她伸出手臂，恶作剧地行了一个纳粹礼，朝他大声说：“嘿！”

但哈里没把这当成玩笑。他走进门厅，关上了大门。他很容易受伤。她为此感到抱歉，因为近来她和哈里成了十分要好的朋友。小时候，他们常和一群同龄的孩子扎堆玩儿，但最近三年，他上了职业学校，而她还在念语法学校。课余他还要打工。哈里突然间长大了，不再和那些小孩们一起玩闹了。她有时能看见他在卧室里读报纸，夜深时才脱衣服上床。在职业学校数学和历史课上，他是最聪明的学生。现在她也上中学了，在回家的路上他们经常遇见，然后一起走回家。他们都选修了机械课，有一次老师把他们分到一组，组装发动机。他爱阅读，每天都读报。时事政治无时无刻不在他的脑子里。他说话时慢条斯理，当他非常严肃地谈论一件事时，会急得额头上冒汗。现在她把他气疯了。

“不知道哈里现在有没有金条。”斯伯尔瑞布斯说。

“什么金条？”

“犹太男孩出生时，他的家人会在银行给他存一块金条。这是犹太人的习俗。”

“嘿。你弄混了，”米克说，“你说的是天主教徒吧。天主教徒才会在婴儿出生时，给他买一把手枪。总有一天，天主教徒会发动一场战争，杀掉除他们之外的所有人。”

“修女可真滑稽，”斯伯尔瑞布斯说，“每当在街上遇到一个修女时，总会吓我一跳。”

米克在台阶上坐了下来，把脑袋靠在膝盖上。她进入了“里屋”。在她身上，被划分出两个地方，“里屋”和“外屋”。学校、家和每天发生的事在“外屋”。辛格先生有时在“里屋”，有时在“外屋”。外面的世界、她的计划和音乐藏在“里屋”。她脑子里响起的那首交响乐在“里屋”。她一个人待在“里屋”时，那天晚上听到的交响乐就会回来。那乐曲就像一朵巨大的花，慢慢绽放。有时在白天，或者早晨一醒来时，她会突然想起那首交响乐的某个片段。然后她就走进“里屋”，在脑子里一遍又一遍地听，努力把它拼进她以前记得的部分。“里屋”是一个非常私密的地方。在人满为患的房子中间，她却依然感觉那是她一个人的世界。

斯伯尔瑞布斯把他的脏手举到她的眼前晃，因为她正盯着远处若有所思。她打了他一下。

“修女是什么？”巴伯尔问。

“信天主教的女士，”斯伯尔瑞布斯说，“信天主教的女士，穿着肥大的黑裙子，一直套到头顶。”

她不喜欢和他们玩了。她要去图书馆，去看看《国家地理》杂志上的图片。那上面有世界上所有国家风景的图片。法国巴黎，北极的冰川，非洲的原始森林。

“你们看好拉尔夫，别让他到街上去。”她说。

巴伯尔把巨大的来复枪扛在肩上。“给我带本故事书回来。”

这孩子好像天生就会认字。他才上二年级，却喜欢自己看故事书，从不用别人读给他听。“这次想看什么？”

“给我挑几本里面有好东西吃的故事书。我喜欢一本写德国小孩的书，讲他们跑到森林里去，找到女巫用各种各样糖果造成房子。我喜欢里面有东西吃的故事。”

“我帮你找一本。”米克说。

“我不那么喜欢糖果了，”巴伯尔说，“帮我找找里面有烤肉三明治的故事书。如果找不到，牛仔男孩的故事也行。”

她正要走，突然间停下了，目不转睛地看着。别的孩子也瞪着眼睛看。他们全都静静地站着，看着贝比·威尔森从街对面房子的台阶上走下来。

“贝比真漂亮！”巴伯尔温柔地说。

也许是因为几个星期的阴雨连绵，突然雨过天晴，阳光灿烂。也许是因为这样的一个和煦的下午，他们不合时宜的深色冬装的丑陋。而贝比穿得像个仙女，或是电影里的人儿。她穿着去年参加社交晚会的粉红薄纱裙，短而硬的裙摆像花瓣一样张开着，粉红的束腰，粉红的舞鞋，小手里还拎着一个粉红的小手袋。金黄色的头发，像花儿一样粉嫩，洁白，灿烂。她那么小，那么洁净，看着就让人心疼。她矜持而优雅地走过马路，小脸扭向一边，不向他们的方向看。

“过来，”巴伯尔说，“让我看看你粉红的小手袋。”

贝比沿着路边经过他们，头扭向一边。她拿定主意不和他们说话。

人行道和马路之前有一块草地，贝比站到上面时停了一秒钟，紧接着翻了一个跟头。

“别理她，”斯伯尔瑞布斯说，“她总爱炫耀自己。她要去布莱农先生的咖啡馆要糖吃。他是她的姨父，她吃糖不要钱。”

巴伯尔把来复枪的一段搁在地上。对他来说，这杆大枪太重了。他的眼睛一直盯着贝比，直到她拽着散乱的刘海儿走远了。“真是个漂亮的粉红小手袋。”他说。

“她妈妈老说她是天才，”斯伯尔瑞布斯说，“她觉得贝比能当电影明星。”

没时间去翻阅《国家地理》了。晚饭就要好了。拉尔夫开始大哭，米克把他抱下童车，放到地上。现在是十二月，对巴伯尔这么大的孩子来说，从夏天到现在，是很漫长的一段日子。整个夏天，贝比都穿着那件粉红的晚会装在马路中央跳舞。开始时，孩子们围在她身边看她跳舞，但很快他们就没了兴趣。最后，巴伯尔变成了她唯一的观众。他会坐在马路牙子上，看见有车过来时，就冲她大叫。贝比跳的晚会舞他已经看过一百遍了。夏天已经过去三个月了，可对他来说，贝比跳舞依然像第一次那样吸引他。

“我真希望我也能有一件礼服。”巴伯尔说。

“你想要什么样的？”

“一件真正酷的礼服。有各种颜色的真正漂亮的礼服，像一只蝴蝶。这是我想要的圣诞礼物。还有一辆自行车！”

“女里女气。”斯伯尔瑞布斯说。

巴伯尔又把大枪扛到肩上，瞄准对面的房子。“如果我有一件礼服，我要穿着它到处跳舞。我要每天穿着它去上学。”

米克坐在前面的台阶上，眼睛一直盯着拉尔夫。巴伯尔不像斯伯尔瑞布斯说的那样女气。他只是喜欢漂亮的东西。她可不能老让斯伯尔瑞布斯这样说巴伯尔。

“一个人必须为他得到的每一样东西而战斗。”她慢慢地说，“我观察过很多次了，谁在家里最小，就会越出色。小一点的孩子总是最强壮的。我很强壮，那是因为我上面有很多孩子。巴伯尔他看上去身体弱，喜欢漂亮的东西，可他骨子里其实是很勇敢的。如果我没说错的话，拉尔夫长大后肯定是一个真正强壮的家伙。虽然他只有十七个月大，我已经在他脸上看到坚毅和强壮的迹象了。”

拉尔夫四处张望着，他知道有人在说他。斯伯尔瑞布斯坐在地上，拿着拉尔夫的帽子，在他的眼前晃来晃去，逗弄他。

“好啦！”米克说，“你最好小心点。如果你把他惹哭的话，你知道我会干什么。”

一切都安静了。太阳躲在屋顶的后面，西边的天空被染成了紫色和粉色。下一条街道上传来小孩溜冰的声音。巴伯尔靠在树上，在想着什么。晚饭的香味从屋里飘了出来，要吃晚饭了。

“快看，”巴伯尔突然说，“贝比又来了。她穿着那件粉红裙，可真好看。”

贝比朝他们慢慢地走来。她拿着一盒里面有奖品的爆米花糖，正把手伸进盒子找奖品。她始终保持着矜持的走路姿势。她知道他们都在看她。

“过来，贝比！”她经过他们时，巴伯尔说，“让我看看你的粉红小手袋，摸摸你的粉红裙。”

贝比哼着一首歌，根本不理会巴伯尔。她经过时，不让巴伯尔碰她。她只是低下头，朝他微微一笑。

那杆大枪仍扛在巴伯尔的肩上。他用嘴发出一声响亮的“啪”，假装瞄准射击。他又用温柔而悲伤的语气恳求贝比，就像在叫一只小猫咪。“来吧，贝比，到这儿来，贝比！”

他的动作太快，米克来不及阻止他。她这才看见他的手扣在了扳机上，就传来了一声可怕的“砰”。贝比一下子倒在了人行道上。她像是被钉到了台阶上，动不了，也叫不了。

斯伯尔瑞布斯把手臂举过头顶。

只有巴伯尔还不知道发生了什么。“起来呀，贝比。”他大喊道，“我不生你的气。”

这一切，都是在瞬间发生的。他们三个人同时跑到了贝比身边。她弯曲的身体趴在肮脏的人行道上。裙摆盖在她的头上，露出粉红的小短裤和白白的小腿。她的手摊开了，一只手上是糖果盒里的奖品，另一只手上是那只粉色的手袋。她头上的丝带和金色的鬈发上全是血。子弹击中了她的头部，她脸朝下扑在地上。

惨剧在一秒钟之内发生了。巴伯尔尖叫着扔掉了枪，跑开了。米克双手捂着脸，也在高声尖叫。随后来了很多人。她爸爸是第一个赶到的。他把贝比抱进屋里。

“她死了，”斯伯尔瑞布斯说，“我看见了她的脸。子弹穿过了她的眼睛。”

米克在人行道上来来回回地走着，她很想问问贝比是不是死了，但她一句话也说不出来。威尔森太太从她工作的美容院一路狂奔过来。她冲进屋子，很快又退了出来。她在街上来来回回地打转，把手上的戒指拽下来又套回去，悲伤地哭着。救护车来了，医生进去看贝比，米克跟在医生后面。贝比躺在前屋的床上。房子静得没有一点声音，像教堂。

贝比躺在床上，像一个漂亮的小洋娃娃。除了身上的血，她看上去像是睡着了。医生弯下腰，检查她的头部。检查完后，他们用担架把贝比抬到外面。威尔森太太和她爸爸跟着上了救护车。

房子里依然很安静。巴伯尔不见了，大家把他都忘了。一个小时过去了。她妈妈、海泽尔和埃塔，以及所有的房客聚在前屋。辛格先生站在门道那儿。

过了很久，她爸爸回家了。他说贝比没死，但她的头盖骨碎了。他要找巴伯尔。但没人知道他去了哪里。外面很黑。他们在后院和大街上叫巴伯尔的名字，让斯伯尔瑞布斯和别的男孩去找他。巴伯尔似乎跑远了，根本不在附近。他们觉得他可能在一所房子里，就让哈里跑去那里找。

她爸爸在前廊不停地踱步。“我从没打过哪个孩子，”他不停地说，“我不相信打孩子有用。但现在我只要见到他，非狠狠揍他一顿不可。”

米克坐在楼梯扶手上，向黑暗的街道望去。“我要教训巴伯尔。只要他一回来，我就狠狠地惩罚他。”

“你出去找找他。你比别人更能找到他。”

她爸爸刚说完，她忽然就想到了巴伯尔会在哪儿。后院有一棵大橡树，夏天的时候，他们在那里搭了个树屋，把一个大箱子放在树上。巴伯尔喜欢一个人坐在树屋里。米克离开了聚在前廊的人群，穿过小径走到幽黑的后院。

她在树下站了一分钟。“巴伯尔……”她小声叫着，“我是米克。”

没有人回答，但她知道他就在上面。她可以闻到他身上的气味。她跃上最矮的树杈，慢慢地向上爬。她确实被这孩子气疯了，一定要好好教训教训他。她爬到树屋，又对他说话，还是没有回答。她爬进大箱子，向里面摸索着，终于摸到了他。他缩在树屋一角，屏着呼吸瑟瑟发抖。她摸到他时，他的哭声和呼吸声立刻爆发出来。

“我，我没想打贝比。她那么小，那么好看，我只是忍不住，想假装对她射击。”

米克坐在树屋里。“贝比死了，”她说，“很多人在找你呢。”

巴伯尔立即停止了哭声。他很安静。

“你知道爸爸正在家里干什么吗？”

她知道巴伯尔在听。

“爸爸正在写信给华顿·劳埃斯监狱长，等他们抓住了你，把你送到辛辛监狱时，求他能对你能好一点。”

在黑暗中，这些话更让人紧张害怕。她打一个寒战。她感觉到巴伯尔也在颤抖。

“那里有适合小孩子的电椅。他们一打开电流，像烤肉一样烤你。然后你就去地狱了。”

巴伯尔缩在角落里，没有发出一点声响。她爬下树。“你最好待在这里别动，警察守在院子里呢。也许过几天，我可以给你送点吃的。”

米克靠在橡树干上。她想这些话会让他害怕的。她总能制住他，她比谁都更了解这孩子。有一次，大概是一两年前的事了，他总爱躲在树丛后小便，手淫一会儿。她很快就发现了他的这个坏习惯。每次被她抓住，她都狠狠地打他一顿。

三天后，他的毛病就好了。后来，他小便姿势都跟别的孩子不一样，他总把手背到后面。她一直在照看他，她总能把他管教得服服帖帖。过一会儿，她就再回到树屋，把他带回家。经过这事以后，他可能永远都不想摸枪了。

房子里仍是死一般的寂静。房客们都坐在前廊，既不敢说话，也不敢在椅子上摇晃。她的爸爸妈妈在前屋。爸爸喝着一瓶啤酒，走来走去。贝比会好起来，所以他不是非常担心她。也不像是担心巴伯尔的样子。肯定是因为别的事。

"巴伯尔那浑蛋！"埃塔说。

"发生了这样的事，我都不好意思出门了。"海泽尔说。

埃塔和海泽尔走进中间的屋子，关上门。比尔待在自己的房间里。米克不想和他们说话。她在前厅里绕来绕去，思考着这件事。

她爸爸的脚步声停止了。"是故意的，"他说，"这事看起来一点不像是小孩子瞎摆弄枪走火了。每个看见的人都说就是他瞄准射击的。"

"真不知道威尔森太太什么时候来找我们算账。"她妈妈说。

"有我们瞧的，我肯定！"

"我想也是。"

太阳落山了，夜晚降临，又像十一月时的天气那样冷了。人们都从前廊走进屋里，在起居室坐下，但没人去生火。米克的毛衣就在衣帽架上，她把它穿上，勾着肩膀站着，这样会暖和一点。她想到此时的巴伯尔正坐在漆黑寒冷的树屋里，对她说的每句话深信不疑。这是他应该受到的惩罚，他几乎杀掉了贝比。

“米克，你再想一想，巴伯尔能去哪儿？”她爸爸问。

“他可能就在附近，我猜。”

她爸爸手里抓着空啤酒瓶走来走去。像个盲人一样漫无目的，脸上都是汗珠。“那可怜的孩子肯定是不敢回家了。如果我们能找到他，我也许会好受点。我从没打过他。他不应该怕我的。”

她要等一个半小时后再去叫他回来。这一个半小时是他反思的时刻，他应该为他所做的事感到非常难过。她总能管教巴伯尔，一定要让他长记性。

过了一会儿，房子里传来一阵骚动。她爸爸又往医院打了一次电话，询问贝比的情况，几分钟后威尔森太太回了电话。她说要来他们家，想和他们谈谈。

她爸爸还像盲人一样在前屋里走来走去。他又喝了三瓶啤酒。“出了这样的事情，她肯定会告我们，告得我们连内裤都要赔掉。但她最多就是得到我们的房子，当然，先要把贷款还清。但现在这情况，我们一点反驳的话也说不出来。”

米克突然想到了事情的严重性。也许他们真的会审判巴伯尔，然后把他送进少年监狱。也许威尔森太太会把他送到少年管教所。他们可能真的会对巴伯尔做可怕的事。她现在就想跑去树屋，和他坐在一起，对他说不要怕。巴伯尔还那么小，那么瘦弱，那么聪明。如果谁想让他离开这个家，她就会跟谁拼命。她想亲他咬他，她是那么爱他。

但她不能现在离开，威尔森太太几分钟后就会到，她一定要知道事情的进展。然后，她就跑出去告诉巴伯尔她的话全是骗他的，她只是想让他得到教训。

一辆廉价的出租车开进了人行道。大家都安静地等在前廊，非常紧张害怕。威尔森太太和布莱农先生从出租车里走出来。他们走上台阶时，她能听见她爸爸紧张的磨牙声。他们走进了前屋，她远远地跟在后面，站在门口。埃塔、海泽尔和比尔以及房客们都没进去。

“我来是想和你谈谈这件事。”威尔森太太说。

前屋显得破旧不堪，她看见布莱农先生在环视着屋里的一切。拉尔夫玩的破旧的洋娃娃、串珠等破烂玩具散落在地上。她爸爸的工作台上摆着几个空啤酒瓶，还有她爸妈床上旧得发白的枕头。

威尔森太太不停地把手上的婚戒拽下来又套回去。她身边的布莱农先生倒是很平静。他跷着二郎腿，下巴是青黑色的，看起来像电影里的匪徒。他好像一直都很怨恨她。他和她说话，总是用那种粗鲁的腔调。他对别人却不是这样。是不是因为他知道她和巴伯尔从他的柜台上偷过一袋口香糖？她恨他。

“不管怎么说，”威尔森太太说，“是你的孩子故意朝我的贝比头上射击的。”

米克走到屋子中间。“不，他不是故意的，”她说，“当时我就在场。巴伯尔用那支枪瞄准过我、拉尔夫和周围所有的东西。他只是偶然间对准了贝比时，他的手指滑了一下。就是这样的。”

布莱农先生搓了搓鼻子，悲伤地看着她。她真的恨他。

“我知道你们是怎么想的，所以我就说重要的吧。”

米克的妈妈把一串钥匙弄得哗哗响，她爸爸安静地坐着，两只大手悬在膝盖上方。

“这是巴伯尔事先没想到的，”米克说，“他只是……”

威尔森太太把戒指拔下来又套回去。“不用多说了。事情我知道得一清二楚。我完全可以起诉，让你们交出你们的所有。”

她爸爸脸上没有任何表情。“我跟你说实话，”他说，“我们赔不起多少。我们所有的家当是……”

“你听我说完。”威尔森太太说，“我现在没带上律师来起诉你。我和巴托罗谬，就是布莱农先生，来前我们讨论过了，在关键的问题上我们达成了一致。首先，我想公正诚实地把这件事解决了。其次，我不想让贝比卷入这样的诉讼里，她还小。”

房间里静得没有声音，所有的人都僵硬地坐在椅子上。只有布莱农先生对着米克似笑非笑，她眯起眼睛，凶巴巴地看着他。

威尔森太太很紧张，她用颤抖的手点了支烟。“我没想起诉你们，或是做类似的事。我只想公正。贝比一直在哭叫，只有药物才能让她睡着。我并不要求你们补偿贝比经历的一切痛苦，什么也补偿不了这些。我也不想让你们补偿对她的事业和我们制定的计划的损害。好几个月她都得戴绷带，不能在社交晚会上跳舞了，也许她的头上还会秃一小块。”

威尔森太太和她爸爸互相看着对方，时间好像静止了。接着威尔森太太伸手摸到了她的手袋，从里面掏出一张纸。

“我只要你们赔偿我们实际花的钱。包括贝比在医院住的单人间费用和私人护理费用。这是手术室和医生的账单。仅此一次，我希望立即付清所有诊疗费。还有，他们把贝比的头发剃光了，你要付我带她去亚特兰大做电烫的费用，等她头发长出来后她能再做一次。还有她的晚会服的钱以及其他一些的费用。所有的款项搞清后，我会写一个清单。当然，我会尽可能公正和诚实。我把清单交给你们时，你们要赔偿我全部的费用。”

她妈妈把膝盖上的裙子抚平，急促地吸了一口气。“我觉得儿童病房比单人间好多了。米克得肺炎时……”

“我说过了，我们住单人间。”

布莱农先生伸出两只苍白粗短的手，保持它们的平衡，好像它们是在天平上。“也许一两天后贝比可以搬进两个孩子的双人间。”

威尔森太太强硬地说：“你们听到我说过的话了吧。是你们家孩子向我家贝比开枪，她当然应该享受最好的照顾，直到她伤好为止。”

“你说得没错，”她爸爸说，“上帝知道我们一无所有，但我会想尽一切办法来解决此事。我明白你很公正，没有乘人之危，我很感激。我们会尽力而为。”

米克很想留下来，听他们还会说些什么。但是她脑子里都是巴伯尔，她想到他正坐在黑暗寒冷的树屋里担心害怕的情形，心里就不安起来。她走出屋子，穿过门厅向后门走去。起风了，院子里很黑，只有从厨房窗子里透出的微弱的黄光。她看见鲍迪娅坐在桌边，瘦长的手捧着脸，样子很安静。院子很荒凉，黑暗中风在悲鸣，人影晃动，非常瘆人。

她刚想攀上第一个树杈，一个可怕的想法冒了出来。她突然意识到巴伯尔不在了。她喊他，但没有回答。她像猫一样爬上树屋，又轻又快。

“说话！巴伯尔！”

她不需要摸箱子里面，就知道他不在了。但她还是进到箱子里，摸遍了所有的角落。他跑了。肯定是她前脚离开，他后脚就跑了。现在他逃跑了，像巴伯尔这样聪明的孩子，你根本不知道去哪儿找他。

她从树上爬下来，跑回到前廊。威尔森太太正要离开，大家一起送她，正走向前廊的台阶。

“爸爸！”她说，“我们得为巴伯尔做点什么。他跑了。我肯定他离开我们的街区了。我们都出去找找他吧。”

没人知道去哪里找，从哪儿开始找。她爸爸在大街上来来回回地走，检查每一条小巷。布莱农先生用电话给威尔森太太叫了一辆出租车，随后他留下来和大家一起找巴伯尔。辛格先生坐在前廊的扶手上，他是唯一一个保持镇定的人。

人们都在等米克想出寻找巴伯尔的最佳地方。但是小镇这么大，他这么聪明，她不知道他会藏在哪儿。

也许他去了鲍迪娅在糖山的住所。她走到厨房，见鲍迪娅正坐在桌旁，用手捧着脸。

“我突然想到，他可能去了你家。快点帮我们找找他。”

“我怎么没想到呢！我打五分钱的赌，我的小巴伯尔一直待在我家呢。”

布莱农先生借了一辆汽车。他、辛格先生、米克的爸爸和米克、鲍迪娅进了车里。没有人知道巴伯尔在想什么，没人知道他真的是在逃命，除了她。

鲍迪娅的家漆黑一片，只有地板上斑驳的月光。他们一走进去，就知道两个屋子都没有人。鲍迪娅点燃前面的灯。屋子里黑人的气味浓重，墙上贴着报纸的剪贴画，桌上铺着蕾丝布，床上放着蕾丝枕头。巴伯尔不在。

“巴伯尔来过，”鲍迪娅突然说，“我能确定有人来过。”

在厨房餐桌上，辛格先生发现了一支铅笔和一张字条。他迅速扫了一遍字条，然后所有人都看了。上面的字迹饱满而潦草，这个聪明的孩子只拼错了一个字。字条上写着：

亲爱的鲍迪娅：

我去佛罗里达了。替我告诉大家。

巴伯尔·凯利

他们站在餐桌四周，感到吃惊和惶惑。米克的爸爸查看了一下门道，焦急地用大拇指抠鼻子。他们都准备上车，朝向南的公路追去。

“等等，”米克说，“虽然巴伯尔才七岁，可他也不会笨到告诉大家他要去哪里。如果他真想跑，佛罗里达一定是个圈套。”

“圈套？”她爸爸说。

“是的。只有两个地方巴伯尔特别熟悉。一个是佛罗里达，另一个是亚特兰大。我、巴伯尔和拉尔夫经常去亚特兰大公路。他知道怎么去那里，他肯定去了那儿。他经常跟我说等他长大去亚特兰大干什么之类的话。”

他们又走向外面的汽车。米克正想爬到后座时，鲍迪娅拉住了她的胳膊肘。“你知道巴伯尔干了什么？”她低声说，“别告诉其他人，我的巴伯尔拿走了我的金耳坠。我想不到我的巴伯尔会对我做出这样的事。”

布莱农先生发动了汽车。他们开得很慢，沿着公路寻找巴伯尔，车子驶向了亚特兰大公路。

没错，在巴伯尔身上，的确有一种强横和卑劣的品质。现在，他的行为和过去不一样了。前一刻他还是一个安静的小家伙，从来没做过卑劣的事。任何人被伤害了，都会令他羞愧和不安。到底是为什么，他能干出今天所有这些事呢？

在亚特兰大公路上，他们的车开得很慢。经过了最后一排房屋，路两旁只剩下黑黝黝的田地和树林。路上他们不断停车，询问有没有人见过巴伯尔。“有没有一个赤脚的，穿着灯芯绒灯笼裤的小孩经过？”可是他们已经开出十英里，没有人看见过他。强劲的冷风从车窗吹进来，夜色已深。

又开了一会儿，他们掉头向小镇驶去。米克的爸爸和布莱衣想回去找所有二年级的学生打听巴伯尔的下落。但鲍迪娅建议他们又掉转车头，继续在亚特兰大公路行驶。米克一直在想自己对巴伯尔说过的话。贝比死了、辛辛监狱和华顿·劳埃斯监狱长。还有适合他尺寸的小电椅和地狱。在黑暗中，这些话听起来是多么可怕。

他们开得很慢，就在出了小镇半公里之外，她突然间看见了巴伯尔。车灯非常清楚地照出了他们前面的这个小小的身影。看起来很可笑。他走在路边，伸出大拇指试图拦车。鲍迪娅的厨刀别在他的皮带上，在漆黑而宽广的大路上，他是那么小，看起来只有五岁，而不是七岁。

他们把车停下，他跑过来想要上车。他看不清楚里面，但里面的人可以清楚地看到他。他的脸上，依然是熟悉的表情，半眯着眼睛，他打弹珠瞄准时总是这种表情。米克的爸爸揪住了他的衣领。他拳打脚踢地挣扎。随后他把厨刀握在了手里。他们的爸爸及时把刀夺了下来。他像一只被困的小老虎一样搏斗，但最终，他们还是把他弄进了车里。回家的路上，他们的爸爸一直把他抱在腿上，巴伯尔直挺挺地坐着，非常僵硬。

他们不得不把他拖到家里，所有的邻居和房客都出来看热闹。他们把他拖进前屋，他进屋后就缩进角落，两个拳头握得紧紧的，斜着眼睛打量着屋里的每一个人，像是要和这群人为敌。

自从他们进屋后，他一句话也不说。最后他突然大叫："是米克干的！我没干。是米克干的！"

巴伯尔的叫声是人们以前闻所未闻的，完全不像他以前的叫喊。他脖子上的血管暴出，他的拳头像小石头一样坚硬。

"你们抓不到我！没有人能抓到我！"他一直在喊。

米克使劲摇晃着他的肩膀，告诉巴伯尔她对他说的话都是假的。最后，他听懂了她在说什么，但还是不肯闭嘴。好像没有什么能阻止他的尖叫。

"我恨你们！我恨所有的人！"

他们都站在一旁。布莱农先生搓搓鼻子，低下头看地板。最后他悄悄地走了。辛格先生好像是唯一明白这一切的人。也许是因为他听不见那恐惧的叫声。他的脸仍然平静，每当巴伯尔看到他时，他都会变得安静一些。辛格先生和其他人都不一样，遇到这样的情况，如果肯让他来处理，结果一定比这好得多。他比其他人都理性，他知道其他人不知道的东西。他就那样安静地看着巴伯尔，过了一会儿，这孩子就安静了下来，他们的爸爸把他弄到床上睡觉。

他趴在床上，大哭了起来。巨大的抽泣让他浑身颤抖。他哭了一个小时，家里的人都无法入睡。比尔搬到了起居室的沙发上睡，米克跑到巴伯尔的床上。他不让她碰他，或是靠近他。他又哭了一个小时，还一边打嗝，最后他睡着了。

米克很长时间都睡不着。黑暗中，她紧紧地搂住他，抚摸和亲吻他。他那么柔软，那么纤细，他的身上有男孩咸咸的气味。她心中的爱是如此强烈，她紧紧地抱着他，直到她的手臂发酸了。她同时想到了巴伯尔和音乐。好像无论她怎么做，都不够似的。她不会再打他了，甚至不会再逗他了。一整夜她都用胳膊抱着他的头。早晨她醒来时，他已经不在了。

但是，那夜过后，她并没有多少机会逗他了，不仅仅是她还有其他人。他枪击贝比后，就再也不是以前的那个小巴伯尔了。他总是一言不发，也不和任何人玩。多数时候，他都是一个人坐在后院或蹲在储煤室里。圣诞节要到了，她很想要一架钢琴，但她不会说出来。她只是告诉大家她想要米老鼠手表。他们问巴伯尔想要圣诞老人的什么礼物时，他说他什么也不想要。他把自己的弹子球和折刀藏起来，不让任何人碰他的故事书。

那夜以后，没人再叫他巴伯尔了。附近的大孩子开始喊他“贝比杀手”。但他很少反驳，他对任何事仿佛都无动于衷。家人叫他的真名——乔治。起初米克还叫他巴伯尔，她不想改变。可是很奇怪，一个星期以后，她也像别人一样自然地喊他乔治了。他变成了另一个孩子——乔治。他总是一个人晃来晃去，像一个比他自己大得多的人。没有人知道他到底在想什么，包括她。

圣诞夜她和他睡一张床。他躺在黑暗中不说话。“别这么古怪，”她对他说，“我们聊聊聪明人吧，聊聊荷兰小孩圣诞节的玩法。他们把木鞋放在外面，而不是挂起他们的袜子。”

乔治没有回答。他睡着了。

早晨四点，她起床把全家人都叫醒。他们的爸爸在前屋生了火，让孩子们钻进圣诞树找礼物。乔治的礼物是一套印度服，拉尔夫的是橡皮娃娃。家里其他的人都是一般的衣服。她仔细翻看了袜子的每个角落，想找到米老鼠手表，但是没有。她的礼物是一双褐色牛津鞋和一盒草莓糖。天还黑着呢，她和乔治跑到人行道上，砸开巴西坚果，放鞭炮，吃光了一盒双层装的草莓糖。到天亮时，他们吃得都恶心了，也玩累了。她躺倒在沙发上，闭上眼睛，走进“里屋”。

6

早晨八点的时候，考普兰德医生坐在办公桌前，就着窗外微弱的晨光研究一沓文件。他的旁边，有一棵雪松，松针很浓密，高高地伸到屋顶。自行医的第一年开始，他每年都在圣诞节搞一个年终派对。今年的派对一切都准备就绪了。靠在前屋的墙边，摆着一排排长凳和椅子。屋子里弥漫着新烤的蛋糕和热咖啡香甜的气味。办公室里，鲍迪娅和他并排坐在靠墙的长凳上，她双手捧着下巴，上身前倾，几乎弯成了两折。

“父亲，你早晨五点就坐在桌子边。没有重要的事你就不要起床。你应该等到派对开始再起床。”

考普兰德医生用舌头舔舔干燥的厚嘴唇。他脑子里想的事情太多，根本顾不上鲍迪娅。她在边上会令他不能专心思考，他不耐烦地说：“你为什么坐在那里闷闷不乐？”

“我就是担心。”她说，“首先，我担心我们家威利。”

"威廉姆？"

"是的，你知道他每个礼拜日都给我写信。信一般星期一或星期二就到了。但是上个星期我没有收到信。当然我不是太着急。威利性格温顺善良，讨人喜欢，我知道他会没事的。他已经从监狱转到了劳改队，要去亚特兰大北边的什么地方服苦役。两个星期前，他写了这封信，说今天要参加教堂的一个活动，让我给他送套衣服和红领带。"

"威廉姆就只说了这些么？"

"他信里还说B.F. 梅森先生也在监狱。他还遇到了巴斯特·约翰逊，他是威利过去认识的一个男孩。威利让我一定要把口琴送给他，因为没有口琴吹，他开心不起来。他要的我全都送去了，还有一副跳棋和白奶油蛋糕。我想着过几天就能收到他的信。"

考普兰德医生的眼睛闪烁着，兴奋地手足无措。"女儿，我们以后再讨论这事。现在太晚了，我们得打住。你去厨房看看，是不是都安排好了。"

鲍迪娅站起身，努力让自己精神起来。"你决定那个五美元的奖金了吗？"

"我现在还不能判断哪个是最好的。"他斟酌地说。

他的一个朋友，一个黑人药剂师，他每年拿出五美元，奖给能写出最佳命题作文的一名中学生。他让考普兰德医生全权决定获胜者，结果在圣诞派对上宣布。今年的命题是"我的志向：我如何让黑人种族获得更好的社会地位"。众多文章中，只有一篇文章值得真正的关注。但这篇文章写得太幼稚，太狂妄，如果把奖给它，可能有些欠妥。

考普兰德医生戴上眼镜，又专注地读了一遍。

这就是我的志向。首先我想去塔斯科奇大学，但我不想成为像布克尔·华盛顿或卡佛博士那样的人。完成学业后，我想当一名优秀的律师，像为“斯科茨保罗男孩”辩护的律师那样，只接黑人诉白人的案子。每一天，他们在每个方面，以不同方式，让我们的同胞被迫认同自己是劣等民族。事实并不是这样的。我们是一个奋发向上的民族。我们不能永远地在白人的压迫下流汗。我们不能总是付出，而没有收获。

我想像摩西一样，带领以色列的儿女逃离压迫者的土地。我想建立一个“黑人领导和学者组织”的秘密组织。所有的黑人都要在这些被选中的领导者的指导下组织起来，有组织地反抗。那些同情我们民族苦难的其他民族，愿意看到美国分裂的民族，会来帮助我们。所有的黑人都会组织起来，将会有一场革命，黑人最终会胜利。我会在“黑人领导和学者组织”的管理下，我们将建立一个强大的国家。不让任何白人进入我们的国土，不会让他们拥有任何法律权利。

我痛恨白人种族，我会奋斗到底，直到黑人种族为他们所有的苦难复了仇。这就是我的志向。

考普兰德医生感到浑身血液在沸腾。书桌上的钟嘀嘀嗒嗒地走着，噪声让他心烦意乱。他怎能把奖发给一个有如此疯狂想法的男孩呢？他怎么办？

其他的文章没有实质内容，空洞无味。他们是不思考的年轻人。他们只是写了自己的野心，把命题的后半部分都忽略了。只有一点是有意义的。二十五个人中有九个是这样开头的："我不想成为奴仆。"然后他们希望成为飞行员、职业拳击手、牧师或是舞蹈家。有一个女孩，她唯一的梦想就是对穷人友善。

这篇让他犹豫的文章的作者叫兰斯·戴维斯。在没看到最后一页的签名时，他就猜到是他了。他和兰斯打过一些交道。他的姐姐十一岁时给白人做女仆，被主人强奸了。大约一年后，他被叫去给兰斯看病。

考普兰德医生走到卧室里的档案柜前，里面有他所有病人的资料。他抽出一张标着"丹·戴维斯太太及家人"的卡片，查看记录，直到找到兰斯的名字。时间是四年前。记录是用墨水写的，比其他人的都详细，"十三岁，已过发育期。未遂的自我阉割。性欲过于旺盛和甲状腺亢进。两次探病期间大哭大闹，其实没有那么疼。喜欢说话，滔滔不绝，但有妄想狂。除此之外，成长环境正常。参看露茜·戴维斯——母亲是洗衣妇。思维敏锐，值得观察并给予一切可能的帮助。保持联系。收费：一元（？）"

"今年的大奖很难决定，"他对鲍迪娅说，"但我想我得把奖颁给兰斯·戴维斯。"

“如果你决定了，那我们就说说这些礼物。”

派对要送的礼物都堆放在厨房里。杂货和衣服的纸袋上附着红色的圣诞卡。任何愿意来的人都获得了邀请，但那些打算来参加的人要在门厅桌上的专用客人簿里写下名字。纸袋堆在地板上，有四十个左右，袋子的大小取决于收礼人礼物的大小。有些礼物只是一小袋坚果或葡萄干，另一些是重得抬不动的箱子。厨房堆满了好东西。考普兰德医生站在厨房门口，鼻翼因为骄傲而微微颤抖。

“我觉得你今年做得不错。大家肯定开心。”

“噢！”他说，“这还不到需要的百分之一。”

“看，你又来了，父亲！我很清楚，你其实高兴得不得了，但你不想表现出来。你需要找点什么发点牢骚。我们有四配克豌豆，二十袋面粉，大概十五磅的肋肉，鲤鱼，六打鸡蛋，足够的燕麦粉，罐头西红柿和桃子。苹果和两打橘子。还有衣服。两个床垫和四床毛毯。太棒了！”

“这些没什么。”

鲍迪娅指着角落上的一个大箱子。“这个，你打算怎么处理？”

箱子里除了旧东西什么都没有。无头的洋娃娃，脏兮兮的蕾丝，一张兔子皮。考普兰德医生仔细查看了每一样东西。“不要扔掉他们。每样东西都有用。这都是那些拿不出更好东西的客人送来的。我以后能用上它们。”

“那你看看这些盒子和袋子吧，我好开始分装礼物了。

厨房里快没地方了。他们马上就要进来吃茶点喝甜饮。我得把礼物放到后面的台阶和院子里。”

早晨的太阳已经升起。这将是晴朗而寒冷的。厨房里的食物散发出各种各样的香味。炉子上洗碗盆里装着咖啡豆，奶油蛋糕摆满了碗柜的架子。

“都是黑人。没有一件是白人送的。”

“不，”考普兰德医生说，“不全对。辛格先生捐了十二美元的支票，让我们买煤。今天我请了他。”

“天！”鲍迪娅说，“十二美元！”

“我觉得应该请他。他不像别的白种人。”

“你说得对，”鲍迪娅说，“可我一直想着我家威利。我真希望他能来今天的派对。我真希望能收到他的信。我不能不这样想。啊！我们不能再聊了，准备接待吧。派对要开始了。”

时间还充足。考普兰德医生认真地洗了个澡，穿好衣服。他想了一遍大家到来时他要说的话。但是期待和不安让他无法思考。十点时，第一批客人到了，半个小时内，所有的客人都来了。

“圣诞快乐！”邮差约翰·罗伯茨说。他在拥挤的房间里高兴地转来转去，一只肩膀高，一只肩膀低，不停地用一块白丝帕擦着脸。

“圣诞快乐！”

房子前面挤满了人。客人们被堵在了门口，三五成群地站在前廊和院子里，没有推推搡搡或其他粗鲁的行为，场面热闹而有秩序。朋友们互相打着招呼，陌生人之间相互介绍并握手。孩子们和年轻人聚在一起，朝后面的厨房走去。

“圣诞礼物！”

考普兰德医生站在前屋中央，紧挨着圣诞树边。他感到眩晕。他晕晕乎乎地跟客人握手，打招呼。客人带来的礼物塞进他的手中，有些礼物用丝带精致地包装着，有些用报纸包着，他找不到地方安置它们。气氛变得很浓烈，声音也越来越高。人们的面孔在他四周旋转，他一张脸也认不出了。终于，他逐渐恢复了镇定。把怀里的礼物找了地方放下来。骄傲的眩晕感减轻了，房间里的一切变得清晰了。他调整好眼镜，环顾四周。

“圣诞快乐！圣诞快乐！”

人群中，药剂师马歇尔 · 尼克斯，穿着长燕尾服，正和他开垃圾车的女婿聊天。“极圣升天教堂”的牧师也来了，还有其他教堂的两个执事。赫保埃穿着他那醒目的格子西装，在人群里自如地转来转去。健壮的花花公子们向身穿艳丽长裙的年轻女人鞠躬示意。有带着孩子的母亲；有沉稳庄重的老人。房间温暖和煦，气氛热烈融洽。

辛格先生站在门道口。很多人盯着他看。考普兰德医生不记得自己是否跟他打过招呼。哑巴一个人站在那，他的脸有点像斯宾诺莎的一幅画像，一张犹太人的脸，看见他就很高兴。

门和窗子都开着。风吹过房间，火焰在燃烧。声音静了。屋里的座位坐满了人，年轻人在地上坐成几排。大厅、前廊甚至院子里都站满沉默的客人。到他讲话的时间了，他该说些什么？恐慌让他的喉咙发紧。整个房间的人都在等待。约翰·罗伯茨做了一个手势，所有的人都停止了说话。

“我的同胞们。”考普兰德医生茫然地开口了。他停顿了一下。突然话涌到了嘴边。“我们在这间房子里一起庆祝圣诞已经十九年了。我们的同胞第一次听说耶稣诞生时，那还是个黑暗的时代。我们的同胞在这里的市政广场被卖为奴隶。自那以后，我们不知多少次聆听并述说耶稣的故事，次数真是多得记不清了。因此，今天我们要讲一个不同的故事。

“一百二十年前，另一个人在大西洋彼岸一个遥远的国家德国诞生了，这个人就像耶稣一样全知全能。但是他的思想不是关于天堂，也不是关于来世的。他的使命是为了活着的人。为了那些工作、受苦、工作到死的劳苦大众。为了那些洗衣工和摘棉花的人，为了那些在工厂滚烫的染缸边工作的人。他的使命是为了我们每一个人，这个人叫卡尔·马克思。

“卡尔·马克思是一个智慧的人。他理解周围的世界。他说这个世界正在分化成两个阶级：穷人和富人。成千上万个穷人为一个富人工作，让他变得更富。他没有把世界分成黑人、白人或是其他有色人种。在卡尔·马克思看来，一个人是属于百万穷人中的一员还是属于极少数的富人阶级比他的肤色更重要。卡尔·马克思的使命是让人人平等，平均财富，世界上不再有贫富分化。这是卡尔·马克思留给我们的真理之一：‘各尽所能，按需分配’。”

大厅有一只发黄的、皱巴巴的手胆怯地举着。“他是《圣经》里的马可吗？”

考普兰德医生给出解释。他分别拼出了两个人名字，说明了他们的出生日期。“还有问题吗？我希望大家能自由地展开讨论。”

“我猜马克思先生是基督教会的人？”牧师问道。

“他相信人类灵魂的神圣性。”

“他是白人吗？”

“是的。但他不认为自己仅仅是白人。他说：‘全人类都是我的朋友。’他是全人类的兄弟。”

考普兰德医生停顿了稍长的时间。他周围的人们在等待。

“任何产品，我们在商店里购买的任何产品的价值是什么？它的价值只取决于一样东西，那就是制造或者培植它所需要的劳动。为什么一幢砖房比一颗卷心菜价格高？因为造一所砖房要投入很多人的劳动。人们要制砖和灰泥，人们要去砍树做地板。有人使房屋的建造成为可能。有人要运送材料到建筑工地。有人造手推车和卡车来运材料。最后是造房子的工人。一幢砖房需要很多很多人的劳动。而我们中的任何人都可以在自己的后院种卷心菜。砖房的价格远远超出了卷心菜是因为它需要更多的劳动。所以一个人买房子时，他支付的是制造它的劳动力成本。但是谁赚走了利润？不是付出了劳动的许多人，而是支配他们的老板们。如果你们更进一步地研究，就会发现他们上面还有更大的老板。所以真正操纵所有这些创造了财富的劳动的人，其实很少很少。现在你们明白了吗？”

“我们明白了！”

但是其他的人们明白吗？他从头重复了一遍说过的话。这次有问题提出来了。

“但是造砖用的泥土不也要花钱吗？租种庄稼的土地不也要花钱吗？”

“这个问题很好，”考普兰德医生说，“土地、泥土、树木，这些东西都是天然资源。人类并不能制造这些天然资源，人类只是开发它们，用于生存。因此，任何人或集团有权占有它们吗？一个人不能占有种庄稼需要的土地、空间、阳光和雨水！对于这些东西，怎么能说‘这是我的’而不许别人分享呢？因此，马克思说这些天然资源应该属于每一个人，不应该被分成若干的小块，而应当根据各尽所能的原则被全人类使用。就像这样。比如说一个人死了，把骡子留给了他的四个儿子。他的儿子们当然不希望把骡子割成四块，一人拿走一块。他们会共同占有和使用这头骡子。这就是马克思说的所有天然资源应该被占有的方式，不被一群富人占有，而是应该被世界上一切劳动者集体来占有。

“这间屋子里的我们没有私有财产。或许我们中的一两人个拥有自己住的房子，或者有一两美元的积蓄，但这只是我们生活的必需品。我们能拥有的只有我们的身体。只要我们活着一天，就要出卖身体。我们早晨去上工时，我们整天劳作时，就是在出卖身体。我们被迫为了任何生存目的以任何价格出卖身体。我们的收入仅够保存劳动力，以便更长久地为了别人的利润而劳作。今天我们虽然没有被摆在拍卖台上，没有站在市政广场上被出售。但是，我们被迫地在我们活着的每一个小时，出卖我们的劳动力，我们的时间，我们的灵魂。我们从一种奴隶制度中获得解放，却踏入了另一种奴隶制。这是自由吗？我们获得自由了吗？”

“这就是真理！”从前院里传来一声低沉的喊声。

“事情就是这样的！”

“在这种剥削制度里，我们并不孤单。世界上有成千上万同样的人，不论肤色，不论种族，不论信仰。这一点我们必须记住。我们同胞中的很多人憎恨白人中的穷人，他们也恨我们。镇上那些住在河边的工人，是和我们一样饥寒交迫的人。这种憎恨是巨大的邪恶，善不能从中产生。我们一定记住卡尔·马克思的话，根据他的教诲来认识真理。这种分配的不公正必须让我们联合起来，而不是被分离。我们大家要知道，是因为我们自己的劳动而创造了地球上有价值的东西。卡尔·马克思所说的真理我们要时刻铭记。

“但是我的同胞们！处在这间屋子里的我们，我们黑人，还有一个只属于我们自己的使命。我们心中有一个强烈的真正的使命，如果我们失败了，我们将万劫不复。让我们来看看，这个特殊使命的实质是什么？”

考普兰德医生的喉咙有窒息的感觉，他松了松衣领。他无法承受内心沉痛的爱。他看了看四周那些沉默的客人。他们在等待着。院子里和前廊上的人群也像屋里的人一样，安静地期待着。一个耳聋的老人身子前倾，手拢在耳朵上。一个妇女用橡皮奶头哄着吵闹的婴儿。辛格先生安静地站在过道上听。大多数年轻人坐在地板上，其中就有兰斯·戴维斯。这个男孩的嘴唇激动而苍白。他的手臂紧紧地抱着膝盖，稚嫩的脸上有些阴郁。房间里所有的眼睛都在盯着他看，目光中闪着对真理的饥渴。

“今天，我们要把五美元的奖金颁给命题作文最出色的学生，题目是‘我的志向：我如何能让黑人种族获得更好的社会地位’。今年的获奖者是兰斯·戴维斯。”

考普兰德医生从口袋里掏出一个信封。“显而易见，这个奖的价值并不完全在于它的奖金，而在于它所体现的神圣的信任和诚意。”

兰斯笨拙地站起来，嘴唇在微微颤抖。他深深地鞠了一躬，领了奖。“希望我朗读这篇文章吗？”

“不，”考普兰德医生说，“但我希望这个星期你能来找我谈一次。”

“好的，先生。”房间又安静了下来。

“‘我不想成为奴仆！’这是我在这些文章中看到的最

多的愿望。奴仆？我们一千个人中只有一个被允许成为奴仆。我们没有工作！我们根本没有服务的机会！”

房间里的人们发出不自然的笑声。

“请大家静一静！我们这些人，五个中有一个是修路工，或是环卫工，或在锯木厂和农场工作。五个人中有一个找不到任何工作。但那剩下的五分之三呢，他们是我们同胞中的大多数。我们中的许多人为那些没有能力给自己准备食物的人做饭。很多人一生都为别人做花匠，只为了一两个人的快乐。我们中的许多人为豪宅的地板打上光亮可鉴的蜡。我们为那些懒得自己开车的富人们当司机。我们把一生都浪费在那些毫无意义的工作上。我们劳作，我们所有的劳作都是被剥削。这是劳动吗？不，这完全是奴役。

“我们所有的劳作都是浪费。我们根本没有服务的机会。今天站在这里的学生，你们是我们种族中幸运的少数。我们的大多数同胞根本没有上学的机会。几十个年轻人中，几乎只有一个像你们这些幸运的少数——会写自己的名字。我们被剥夺了学习的权利和尊严。

“‘各尽所能，按需分配。’是我们追求的真理。我们每个人都体验过饥寒交迫的痛苦。这是极大的不公正。但是，还有一种更大的不公正，那就是我们被剥夺了各尽所能的工作权利，被剥夺了服务的机会。被富人们夺去我们的智慧和灵魂，远远比从我们的钱包里抢钱更糟糕。

“今天站在这里的一些年轻人可能想当老师、护士或你们种族的领袖。但是你们中的大多数人都被剥夺了机会。你们将不得不为了一个无用的目的而出卖自己，仅仅是为了活下去。你们将遭遇挫折和失败。本应成为年轻的化学家的人却在摘棉花；本应成为作家的人却没有机会识字；本应成为教师的人却被拴在熨衣板上。在政府里没有我们自己的代表。我们没有选举权。在这个伟大的国家里，我们是最受压迫的人。我们不能大声说话，因为没有机会使用舌头，任它在我们的嘴里腐烂。我们的内心变得空洞，失去了为真正使命而奋斗的力量。

“同胞们！我们身上具有人类精神和灵魂的所有财富。我们献出了最珍贵的东西，但我们的付出却被无情嘲笑和蔑视。我们的所有珍贵的东西被践踏在泥浆里，变成垃圾。我们不得不做着毫无用处的工作，简直比动物还不值钱。黑人同胞们！我们必须站起来，团结起来！我们必须获得自由！”

房间里一阵低语。歇斯底里的情绪在高涨。考普兰德医生激动得说不出话来，双手握紧了拳头。他感到自己膨胀成了巨人。心中的爱使他的胸膛变成了发动机，他想高声喊叫，让他的声音能够传遍整个小镇。他想跪倒在地，用惊人的声音呼喊。房间里充满了痛苦的呻吟和叫喊。

“救救我们吧！”

“伟大的主！指引我们走出死亡的旷野吧！”

“哈利路亚！救救我们，主啊！”

他努力控制自己，最终他找回了自制。他压住了内心深处的呼喊，找到了真正而有力的声音。

“请注意！”他喊道，“我们必须要自己拯救自己，而不是通过哀伤的祷告。不是通过无所事事和沉迷于烈酒，不是通过肉体的快乐或灵魂的浑浑噩噩，更不是通过服从和谦卑。而是通过自尊与尊严，通过坚硬和强大。我们一定要为了我们真正的使命而积聚力量。”

他突然停了下来，将身体挺得笔直。“每年的这个时候，我们会用自己的方式来阐释卡尔·马克思的第一个戒条。今天参加聚会的人都事先带来了某种礼物。你们中的许多人为了减轻他人的贫困而放弃了自己的舒适。你们每一个人都各尽了所能，却不曾考虑你们得到的回报。我们很自然地和别人分享一切。我们一直都明白，给予比得到更幸福。卡尔·马克思的话永远铭记在我们心中：‘各尽所能，按需分配’。”

考普兰德医生沉默了许久，好像他的话说完了。接下来他又说道：

“我们的使命是带着力量和尊严走过蒙受耻辱的日子。我们要有强大的自尊，因为我们知道人类精神和灵魂的价值。我们必须教导我们的孩子。我们必须牺牲，他们才能获得学习和智慧的尊严。这样的时刻一定会到来。到那时，我们身上的财富不会再被投以嘲笑和蔑视。我们会被允许服务。我们的劳作不再是浪费。我们的使命就是用力量和信仰等待这个时刻的到来。”

他的话说完了。有人鼓掌，有人在地板上以及冬天坚硬的土地上跺脚。滚烫的浓咖啡的香气从厨房飘了过来。约翰·罗伯茨叫着卡片上的名字发放礼物。鲍迪娅把咖啡用长柄勺从洗碗盆里舀出来，马歇尔·尼克斯负责分发蛋糕块。考普兰德医生在客人中间来回走着，身边总围着一小群人。

有人碰了下他的胳膊肘说："你家的巴迪就是根据他的名字取名的吧？"他给了肯定的回答。兰斯·戴维斯跟着他问了几个问题。他对所有的问题都回答是。快乐让他感觉像喝醉了一样。向自己的同胞传道授业解惑，让他们明白。说出真理，并被倾听，这是最骄傲的事。

"今天的派对，让我们度过了最美好的时光。"

他站在门厅里与客人们道别，一遍又一遍地握手。他重重地靠在墙上，只有眼睛在动，他累了。

"非常感谢。"

辛格先生是最后一个离开的。他是一个真正的好人，是一个有智慧和知识的白人。他身上没有一丝卑鄙的傲慢。所有的人都走了，他是唯一留下来的。他等待着，似乎在等待最后考普兰德医生没有说完的话。

考普兰德医生用手捏住喉咙，他的嗓子很痛。"教师，"他沙哑地说，"领袖。团结和引导我们的人。这是我们最迫切的需求。"

庆祝活动结束后，房间里现出赤裸和破败的景象。屋子是冷的。鲍迪娅在厨房里洗杯子。圣诞树上银色的雪花在地板上留下了脚印的痕迹，两个装饰物也被弄破了。

他非常累，但是快乐和兴奋令他无法平静。他从卧室开始，一间间地收拾屋子。档案柜最上面有一张快要掉出的卡片，那是兰斯·戴维斯的病历。他想对他说的话就在嘴边，他很难受，因为无法现在就把它们说出来。这个男孩阴郁的脸和内心的狂热，令他无法把它从脑子里赶走。他打开档案柜上面的抽屉，重新放好那张卡片，A，B，C——他的大拇指紧张地翻过这些字母。他的视线停在了他自己的名字上：班尼迪克特·马迪·考普兰德。

文件夹里有一份简短的病历和几张肺部的X光片。他把X光片举到灯光下。左上部的肺有一处明显的钙化点。向下有一大块阴影，它沿着右肺向上伸展成两倍。考普兰德医生很快将X光片放回到文件夹。他为自己写的简短病历还在手中。字迹很大，但缭乱得几乎无法辨认。“1920——钙化。淋巴结——淋巴管门有明显的加厚。病灶得到了控制——功能恢复。1937——病灶再次活跃——X光片显示——”他认不清字迹。后来他清楚地辨认出了，却不明白是什么意思。最底下写着：“预后不能确定。”

熟悉的黑色的狂野情感又回到了他身上。他弯下身费力地打开档案柜最下面的抽屉。里面是一堆杂乱的信。有来自“黑人进步协会”的信函。一封来自戴茜的发黄的信。还有汉密尔顿找他要一元五角钱的便条。他在找什么呢？他的双手在抽屉里翻找，最后僵硬地站起身来。

时间白费了。一个小时过去了。

鲍迪娅在厨房桌边削土豆。她颓然地坐着，神情悲伤。

“抬头挺胸，”他生气地说，“别闷闷不乐的。你不是闷闷不乐就是精神不振，让我受不了。”

“我只是在想威利，”她说，“还有三天信就要到了。但他没有什么事情让我担心。他不是那种男孩。我感觉很古怪。”

“耐心点，女儿。”

“我想也只能这样吧。”

“我要出去看几个病人了，一会儿就回来。”

“好的。”

“一切都会好的。”他说。

在正午明亮而寒冷的阳光下，他的大部分快乐都消失得无影无踪了。病人的病情杂乱地占据着他的脑海。脓肿的肾。脊髓脑膜炎。鲍特的病。他抬起汽车后座上的曲柄。以往他会喊路过的黑人帮他用曲柄发动引擎。他的同胞总是很高兴地提供帮助。但今天他自己调整了曲柄，让它有力地转了起来。他用袖口擦了擦脸上的汗，匆忙开车上路了。

他今天的话有多少能被人理解呢？有多少是有价值的呢？他回忆自己的用词，它们仿佛失去光泽和力量。那些没有说出的话反而压在他的心口，越来越重。它们奔涌到了他的唇边，令他烦躁不安。受难同胞的面孔在他眼前不断膨胀。他沿着马路缓慢地开着车，心绪随着这愤怒和焦虑的爱而无法平息。

7

多年以来，小镇从没遇到过这样寒冷的冬天。窗玻璃结了一层霜，屋顶一片银白。冬天午后柠檬色的光，影子是微蓝的。人行道上的小水坑结了一层薄冰，据说圣诞节的第二天，小镇北部十英里处下了雪。

辛格变了。他出去散步的时间越来越长，安东尼帕罗斯走后的最初几个月内他常常这样。他四处游走，小镇的四面八方他都走遍了。他穿过河边密集的住宅区，今年冬天工厂进入萧条期后，这里比过去更脏乱了。很多人的眼中带着阴郁的孤独。现在，人们不得不闲下来，你能感觉到他们身上那种焦虑。新的信仰突然迅速地传播开来。有一个染布工忽然声称有一种神圣的力量支配了他。他称传播主的新戒条是他的使命。他设了一个临时礼拜堂，每天晚上都有很多人来这里，在地板上打滚，互相摇晃身体，因为他们相信他们与某种超人的力量在一起。还有谋杀。一个吃不饱饭的女人认为工头克扣了她的工钱，她把刀扎进那个工头的喉咙。有一家黑人搬到了街道尽头的一座阴冷的房子里，引起了周围人的抗议，房子被烧，这个黑人被邻居们殴打。这些都只是插曲。一切都还和原来差不多。挂在人们嘴边的罢工从来没能实施，因为他们不能团结起来。一切都和从前一样。即使在最冷的夜晚，阳光南方游乐场仍然开放。人们做梦、打架、睡觉，都和以前一样。出于习惯，他们不愿意去多想，免得陷入明天未知的黑暗中。

辛格走过黑人聚集的街区，它们分散在小镇边缘处，散发出难闻的气味。这里有更多的趣事和暴力。巷子里常常飘荡着杜松子酒强烈的香气。温暖、催人欲睡的炉火映红了窗子。几乎每天晚上教堂都有堂会。褐色的草坪上点缀着舒适的小屋，辛格也走过这里。这里的孩子更健康，对生人更友好。他走过富人区，雄伟老式的房屋，有白色的圆柱和锻铁编的繁复的篱笆。他走过高大的砖房，汽车停在车道上，喇叭按得很响，烟囱里慷慨地冒出一缕缕浓烟。他走向从小镇通向杂货铺的马路尽头，星期六晚上，农民们聚在杂货铺，围坐在火炉边。他经常在小镇的四个主要商业区漫步，那里灯火通明，然后他再穿过商业区后面荒芜黑暗的巷子。小镇的每一个角落，辛格都清清楚楚。他看过几千扇被灯火照亮的窗户。冬天的夜晚是美丽的。白天，天空是清冷的蔚蓝色。夜晚，星星十分明亮。

散步时，他经常被人叫住聊天。各式各样的人都认识了他。如果和他说话的是陌生人，他就掏出卡片，说明他为什么沉默。整个小镇都知道了他。他散步时肩膀挺得很直，双手总是插在口袋里。他灰色的眼睛仿佛把周围的一切尽收眼底，他的脸上永远是那种在非常智慧或悲哀的人脸上才能看到的平静表情。任何人想和他说话，他都会愉快地停下脚步。因为他只是漫无目的地散步。

现在镇上开始流传关于哑巴的各种谣言。过去和安东尼帕罗斯一起时，他们经常走在上下班的路上，除此之外的时间两个人总是关在房间里。没人注意过他们——即使有人多看他们几眼，也是因为那个胖希腊人。过去的那个辛格是被人遗忘的。

关于哑巴的谣言各种各样。犹太人说他是犹太人。主街上的商人说他是个有钱人，继承过一大笔遗产。在一个被打压的纺织协会里，人们说哑巴是工联大会的组织者。一个孤独的土耳其人多年前流浪到小镇，和家人缩在卖亚麻的小店里饱受思乡之苦，他对妻子充满激情地说哑巴是土耳其人，他说哑巴听得懂他的土耳其语。声音很热烈，甚至忘了和孩子们斗嘴。他脑子里全是计划和行动。一个农村的老人说哑巴来自离他家不远的地方，哑巴的父亲经营全郡最好的烟草园。所有这些，都是关于他的流言。

安东尼帕罗斯！辛格的心里永远有伙伴的记忆。晚上，他闭上眼睛，希腊人的脸就在黑暗中，滚圆油腻的脸，带着智慧和温柔的笑意。在梦里，他们总是在一起。

他的伙伴已经走了一年多了。这一年既不长也不短。只是它脱离了正常的时间感，就像一个人喝醉了或是半梦半醒。每一个小时的背后，都有他伙伴的身影。他的周围在发生变化，他和安东尼帕罗斯一起的隐秘生活也在变，在延续。一开始的几个月，他总想着安东尼帕罗斯被带走前那几个可怕的星期——他生病后的麻烦，他被抓走，他艰难地阻止伙伴的怪念头。他想到过去他和安东尼帕罗斯不开心的时刻。很久以前的一个场景，多次浮现在他的记忆里。

他们并不是没有其他朋友。有时他们也会和别的哑巴见面。十年中他们和三个哑巴很熟悉。但交往总是不能持久。其中一个在相识一星期后就搬到了另一个州。另一个结婚了，生了六个孩子，不再用手交谈。伙伴走后，辛格经常想起的是他们和第三个人的关系。

这个哑巴叫卡尔。他是一个肤色菜黄的年轻工人。他的眼珠是淡黄色的，他的牙齿也是淡黄色的，看上去薄脆透明。蓝色的工装裤空悬在他骨瘦如柴的身子上，使他看起来像蓝黄碎布拼成的布娃娃。

他们请卡尔吃晚饭，让他先去安东尼帕罗斯的店铺等着。他和卡尔到时，希腊人还在店里忙着。他正在厨房制作牛奶焦糖。金黄的牛奶糖在长长的大理石桌面上泛着诱人的光泽。空气里洋溢着浓郁的香气。安东尼帕罗斯很喜欢卡尔看他。他用刀滑过温热的糖果，把它们切成小块。他递给新朋友沾在油腻的刀刃上的一小块牛奶糖。他想取悦一个人时，总是给他表演一个小把戏。他指了指炉子上沸腾的糖浆缸，用手在脸上扇了扇，斜眯着眼睛表明它很烫。然后他把手浸入冷水，再猛插到沸腾的糖浆里，然后再迅速地把手放回到冷水中。他的眼珠鼓出来，舌头翻卷，好像被烫得非常痛苦。他扭紧自己的手，单腿在地上跳着，房子被他震得直抖。突然他笑了，伸出手，表明这是一个玩笑，又用手拍拍卡尔的肩膀。

这是一个星光暗淡的冬夜。他们挽着胳膊走在路上，呼吸在冷空气中结成哈气。辛格走在中间，有两次他自己进商店买东西，让他们在人行道上等着。卡尔和安东尼帕罗斯拎着大包小包，辛格紧紧地挽着他们的胳膊，回家的路上他们都在笑。他们的屋子很舒适，辛格在房间快活地走动，和卡尔聊天。吃过晚饭后，他们两个人说话，安东尼帕罗斯在边上看着，脸上带着散漫的笑容。胖希腊人经常蹒跚到储藏室旁，倒上杜松子酒。卡尔坐在窗边，安东尼帕罗斯把酒杯推搡到他面前时，他才肯喝，一小口一小口庄重地咽下去。辛格不记得伙伴以前对陌生人这么热情过，他高兴地设想着卡尔以后经常来看他们的情景。

午夜过后，发生了一件事，把节日一样的派对毁了。安东尼帕罗斯突然从储藏室出来，脸上带着愤怒。他坐在床上，瞪着他们的新朋友，眼神带着被冒犯后的强烈的厌恶。辛格拼命说话，想掩饰伙伴这奇怪的举止，但希腊人不肯放弃。卡尔蜷缩在椅子里，摩挲着瘦骨嶙峋的膝盖，被胖希腊人的举动弄蒙了。他脸红了，胆怯地吞咽着口水。辛格再也不能假装看不见了，他忍不住开口问安东尼帕罗斯是不是胃痛或者心情不好，问他想不想去睡觉。安东尼帕罗斯摇头。他指着卡尔，做他知道的所有下流动作。他脸上的厌恶神情非常可怕，让人看不下去。卡尔吓得缩成一团。胖希腊人咬牙切齿地从椅子上站起来。卡尔慌忙拿起他的帽子，跑了。辛格跟着他下楼。他不知道如何对这个陌生人解释伙伴的行为。卡尔站在楼下的门廊上,像霜打的茄子,尖尖的帽子遮住了脸。他们握了握手，卡尔离开了。

安东尼帕罗斯告诉他，卡尔趁他们不注意时，跑进储藏室喝光了所有的杜松子酒。辛格怎么解释也无法说服安东尼帕罗斯是他自己把酒喝光了。胖希腊人坐在床上，圆乎乎的脸上乌云密布，一副责怪的表情。大滴的泪珠慢慢地流到他的内衣领上，辛格无法哄好他。最后，胖希腊人终于睡着了，辛格却在黑暗中久久不能入睡。那以后，他们再也没有见过卡尔。

后来的几年，安东尼帕罗斯开始痴迷老虎机，他把壁炉架上花瓶里的房租都拿走打游戏了。夏天闷热的午后，安东尼帕罗斯受不了酷暑，有时光着身子下楼拿报纸。他们分期付款买了一台冰箱，安东尼帕罗斯就一直含着冰块，甚至睡觉时冰块化在床上。有一次，安东尼帕罗斯喝醉了，把一碗面当着他的面摔在了地上。

安东尼帕罗斯离开的最初几个星期，这些不快的记忆总是在他的脑际萦绕，就像地毯里的烂线。后来，这些记忆渐渐消失了。所有不愉快的时刻都被遗忘了。随着时光的流逝，他对伙伴的怀念愈加强烈，一个只有他才能了解的安东尼帕罗斯在他心中扎下了根。

他就是他的伙伴，他可以对他说出内心的一切。他——安东尼帕罗斯，没有人知道他有多聪明，除了他。一年过去了，他的脑子里满满地都是他的伙伴。黑暗中，他的脸从夜晚中显现，沉重且微妙。他对伙伴的记忆完全变了，他想不起关于他的任何错误和愚蠢的事，只有聪明的和美好的。

他看见安东尼帕罗斯坐在他对面的大椅子里，一动不动，就那么安静地坐着。他疯狂的神情令人费解。他狡黠地笑着，嘴角上扬。他的眼神深不可测。他注视着他说话，所有的意思他都聪明地领会了。

这就是他的安东尼帕罗斯。这就是他的伙伴，他想告诉他这一年中所发生的一切。他感觉自己被留在了陌生的国度。一个人。他睁开了眼睛，周围那许许多多的事他不能理解。他感到困惑。

他观察他们的口形。

我们黑人需要一个机会最终得到自由。而自由只是奉献的权利。我们想服务，想分享，想工作，消费我们应得的回报。但你是我遇到的唯一的白人，能意识到我的同胞们迫切的需要。

你知道吗，辛格先生？我心里每时每刻都有这个音乐。

我会成为一个真正的音乐家。也许现在我什么也不懂，但等我二十岁时我会懂。知道吗，辛格先生？到时候我想去有雪的国家旅行。

我们把这瓶酒喝完吧。我要一小瓶。因为我们在考虑自由的问题。这个词像蠕虫一样钻在我脑子里。是？不是？多大程度？多小程度？这个词召唤的是强盗、偷窃和狡诈。我们会自由的，最聪明的人然后会奴役他人。但是！但是这个词还有另一个含义。所有的词中它是最危险的。我们知道的人必须警惕。这个词让我们感觉良好——事实上它是一个伟大的幻想。正是利用了这个幻想，骗子们为我们编织了最丑陋的网。

最后的一个人揉揉鼻子。他并不常来，话也不多。他会提很多问题。

七八个月来，这四个人常到他的房间。他们从不一起来，都是独来独往。他总是在门口笑着欢迎他们。对他来说，安东尼帕罗斯一直如影随形。那种感觉就像他的伙伴走后的前几个月一样，和谁在一起都比一个人独处要强。这就像多年前他向安东尼帕罗斯保证（他甚至写下了保证书，把它贴在在床头的墙上），他保证要戒一个月的烟、酒和肉。开始的几天，非常难受。他静不下来。他总去果品店找安东尼帕罗斯，查尔斯·帕克见到他就很不耐烦。每天他完成手上的工作后，就跑到店铺的前面，与表匠和售货小姐待在一起，或者逛到冷饮机那儿喝上一杯可乐。那些日子，他觉得和任何陌生人在一起，都比一个人总渴望着烟、酒和肉强。

起初，他一点儿也不理解这四个人。他们说，他们说……时光在走，他们越说越多。他熟悉了他们的口形，能明白他们说的每个字了。又过了一段时间，不用他们开口，他就知道他们会说什么，因为他们表达的永远是同样的意思。

他的手也折磨着他。它们不肯休息。它们在睡梦中表达，有时他醒来，发现它们正在眼前打着梦话。他一点不想看他的手，也不愿去理它们。他褐色的双手修长强健，过去他精心地护理它们。冬天他抹上油防止皲裂，他随时磨掉角质层，齐着手指头锉平指甲。那时，他喜欢洗手和护理它们。现在，他只是每天用刷子简单地刷两次，然后重新把手插回到口袋里。

他在房间里不停地走来走去，把指关节捏得咔咔响，或猛地拽疼手指。他会用一只拳头击打另一只手掌。他一个人时，只要一想到安东尼帕罗斯，他的手就会不知不觉打出手语。等他一下明白过来时，他就像一个大声自言自语的人忽然发现身边有人一样，感觉自己简直就像是疯了，或者像做了什么坏事。羞愧和悲伤掺杂在一起，他将双手背到身后。但它们仍然不让他安宁。

辛格站在他和安东尼帕罗斯住所前的马路上。夜色昏暗。西墙边有一道道淡黄色和淡玫瑰色条纹。一只乱蓬蓬的冬雀在灰蒙蒙的天空下，“表演”着它的飞行动作，最后落在了人字屋顶上。街道一片荒凉。

他的眼睛盯着二楼右边的一个窗户。那是他们的前屋，后面是安东尼帕罗斯用来做他们一日三餐的大厨房。透过窗内的灯光，他看见一个女人在房间里来来回回走动。她系着围裙，身影在灯光下显得大而模糊。一个男人坐在椅子上，手里拿着晚报。一个孩子手里拿着面包，走到窗子旁向外看，鼻子压在了玻璃上。辛格看见房间的布置还是他们离开时的样子。安东尼帕罗斯睡的大床和他自己睡的折叠床，鼓鼓囊囊的大沙发和折叠椅。被打破的糖钵用来做烟灰缸，天花板上漏雨时形成的湿印，墙角放衣物的箱子。从前像这样的傍晚，厨房里不会有灯光，往往只有大煤油炉的几个灶眼发出的微光。安东尼帕罗斯总是把油芯调得很小，小得只有探到灶里才能看见参差不齐的金黄和蓝色的火苗。房间是温暖的，充满晚饭的香气。安东尼帕罗斯用他的木勺品尝每道菜，他们一起喝红酒。火苗照在炉前的亚麻油毡上，闪着明亮的映象——五个小金灯笼。乳白色的黄昏，光线越来越暗，这些小灯笼就越来越清晰。当夜晚降临时，它们就火红地燃烧着。那时，晚饭已经准备好了，他们打开灯，把椅子拉回到饭桌。

辛格低头看那扇黑乎乎的大门。他想到他们总是清晨一起出门，晚上一起回家。有一次路面坏了，安东尼帕罗斯绊了一跤，磕伤了肘部。门旁有一个邮箱，供电公司的账单每个月都寄到那里。此时此刻，他的手能感觉到伙伴胳膊的温暖。

街道很黑了。他又一次抬头向那扇窗望去，他看见陌生的女人、男人和孩子围坐在一起。空虚席卷了他的全身。一切都失去了。安东尼帕罗斯已经走了，他也不在这里了，这里不是回忆他的地方。关于安东尼帕罗斯的记忆在别处。辛格痛苦地闭上眼睛，试图去想象疯人院和安东尼帕罗斯今晚睡的房间。他记起了那狭窄的白床，角落里玩纸牌游戏的老人。他闭紧双眼，但是那房间的样子并没有变得清晰。他内心感到无比空虚。过了一会儿，他再次抬头看了一眼那扇窗，然后沿着他们一起走过无数次的街道踱去。

这是星期六的晚上。主街上人很多。冷得瑟瑟发抖的黑人穿着工装裤，在一角店的窗前徘徊。一家一家的人在电影院售票处前排着队，年轻男孩和女孩盯着外面贴的海报看。车很多很危险，他等了很久才过了马路。

他路过安东尼帕罗斯工作的那家果品店。看见窗内摆放着漂亮的水果，香蕉、橘子、鳄梨、鲜艳的小金橘，甚至还有一些菠萝。查尔斯 · 帕克正在里面招呼一位顾客。他不喜欢查尔斯 · 帕克，觉得他的脸很丑陋。有几次查尔斯 · 帕克不在时，他进过店铺，逗留了好一会儿。他还走到后面安东尼帕罗斯制糖的厨房。查尔斯 · 帕克在时，他从来不进去。自从安东尼帕罗斯坐车离开的那天起，他们两人都小心地回避对方。他们在路上碰到时，不点头示意，总是掉转头走去。他想给他的伙伴送他最爱的土菠萝时，就会通过邮件从查尔斯 · 帕克那里订购，以避免见到他。

辛格站在橱窗前，看着查尔斯 · 帕克接待一群顾客。星期六晚上，生意总是不错的。安东尼帕罗斯有时要工作到晚上十点以后。离门口很近处有一巨大的自动爆米花机。一个店员把一份玉米粒倒进机器，玉米粒像巨大的雪花一样在里面翻腾。店里的气味温暖而又熟悉。地板上还有踩烂的花生壳。

辛格沿着街道继续向前走。为了不被撞到，他小心地穿过拥挤的人流。因为过节，街上挂着红红绿绿的电灯。人们三五成群地站着，欢声笑语，互相拥抱庆贺。年轻的父亲照料肩膀上冷坏了的哭闹的婴儿。街角上，有一个救世军的女孩头戴红蓝色的童帽，叮叮地摇晃铃铛，她盯着辛格，让他感觉非得投一个硬币到她身旁的小罐里才心安。还有黑人和白人乞丐，伸出帽子或粗糙的双手。霓虹灯广告在行人脸上投下橘黄的光。

他走到一个角落。记得一个八月的下午，他和安东尼帕罗斯曾在这里遇到一条疯狗。他经过陆海军店，安东尼帕罗斯每个发薪日都会来这里拍照。现在他口袋里就带着不少照片。他转向西边，向河边走去。有一次他们去了桥的对面野餐，就是在对岸的野地里用的餐。

辛格沿着主街走了大约一个小时。在人群中他看起来是唯一形单影只的人。他掏出手表，转向自己的住处。也许今晚有人会来看他。他希望如此。

他给安东尼帕罗斯寄了一大箱子圣诞礼物。他还给四个人以及凯利太太每人送了一份礼物。他为大家买了一台收音机，放在窗前的桌子上。考普兰德医生根本没注意到它。比夫·布莱农进门第一眼就看到了它，惊讶地扬了扬眉毛。杰克·布朗特在的时候，他总开着收音机，并调到同一个频道上。他扯着嗓子说话，像是要盖过音乐，额头的青筋都鼓了出来。米克·凯利刚看到收音机时，有点不知所措。她的脸红了，一个劲地问这是不是真是他的，她可不可以听。她调了好几分钟，终于找到了她想听的台。她坐在椅子里，上身前倾，双手搭在膝盖上，张大嘴巴，太阳穴上的血管激烈地跳动。这个频道播放的节目她全都喜欢。她有时会坐一个下午，有一次她对他微笑时，眼眶湿润了，她赶紧用拳头擦了擦眼睛。她问他，在他上班时她能不能偶尔过来听收音机，他点头同意。接下来的几天，他一进门就会看见她守在收音机旁。她的手掠过凌乱的短发，脸上带着他从未见过的表情。

圣诞后不久，这四个人碰巧在同一个晚上来找他。这样的情况以前从没有过。辛格在屋子里忙个不停，微笑着给他们倒饮料，尽可能地热情周到，想让客人们感觉自在。然而，情况却很不对劲。

考普兰德医生不肯坐下来。他站在门道上，手中拿着帽子，对其他几个人冷冰冰地点点头。他们看着他，好像不知道他为什么会来这里。杰克·布朗特打开他带来的啤酒，衬衫的前胸溅上了泡沫。米克·凯利在听收音机放的音乐。比夫·布莱农坐在床边，跷着二郎腿，目光扫过眼前的几个人后，就眯起眼闭目养神了。

辛格有些不知所措。过去，他们每个人总有那么多话要说。而现在，他们碰到一起时，却都沉默了。他们刚进来时，他预感到会发生什么。他也预感到这会是某种终结。屋子里的气氛让人窒息。他紧张地打着手语，好像要把空气中看不见的东西拽出来，再重新绑到一起。

杰克·布朗特站在考普兰德医生旁边。“我见过你。我们以前在外面的台阶上撞见过一次。”

“我不记得我们认识。” 考普兰德医生一字一顿地回答，仿佛他的话是用剪刀精确地剪出来的。他僵硬的身体看起来在缩小。他向后退着，一直退到门外。

比夫·布莱农镇静地抽着烟。薄薄的烟雾弥漫在整个房间。他转向米克，他看着她时，他的脸红了。他半闭上眼睛，一瞬间他又面无血色了。“你现在过得如何？”

“什么如何？”米克警觉地问。

“就是生活中的事啊，”他说，“学业什么的。”

“我想还过得去。”她说。

每个人都有所期待地看着辛格。他不知道如何是好。只好一边递给他们饮料，一边微笑。

杰克用手掌擦嘴。他不想再和考普兰德医生交谈，就挨着比夫坐下。“你知道在工厂附近的墙上写字的那个人吗？用红粉笔写下血性的警告。”

“不知道，”比夫说，“什么警告？”

“大多来自《旧约》。我好奇了很长时间。”

每个人基本上都只对哑巴说话。他们的想法在他身上交会，好像他是他们的轮轴中心。

“天气冷得很不正常，”比夫终于说话了，“有一天我查看历史资料，发现一九一九年气温降到过华氏十度。今天早晨只有十六度，是自那年寒冬以来最冷的一年。”

“今天早晨，储煤室的屋檐挂了冰柱了。”米克说。

“上星期，我们收入很少，发不出工资了。”杰克说。

他们又议论了一会儿天气。好像每个人都希望别人先离开。然而不久，他们情不自禁地同时站起身，离开了房间。考普兰德医生走在最前面，其他人跟着他走了出去。他们离开后，辛格独自站在房间里，他无法理解刚才发生的迥异情况，也懒得再去想。那天晚上，他决定给安东尼帕罗斯写封信。

安东尼帕罗斯不识字，但这并不阻碍辛格给他写信的热情。他一直都清楚伙伴看不懂白纸黑字，但随着时间的流逝，他开始想象自己错了，也许安东尼帕罗斯识字，只是对所有的人都隐瞒了这一点。还有，也许疯人院有识字的聋哑人，可以把信读给他听。他想了好几个写信的理由，每当他困惑或悲伤时，就非常想写信给伙伴。但信写完以后，他从没寄出过。他只把每个星期都剪下的晨报和晚报上的连环漫画寄给伙伴。再每月寄一张邮政汇票。他写给安东尼帕罗斯的长信越积越多，直到他的衣服口袋也无法容纳，他就把它们毁掉。

四个人走后，辛格也套上暖和的灰外套，戴上灰毛毡帽，走出房间。他习惯在店铺里写信。而且，他答应明天一早要交工，他想马上完成工作，不想延误。夜晚的那种冷是凛冽的。一轮满月挂在天空，周围释放着金色的光芒。星光闪闪的夜空下，黑漆漆的屋顶延展开去。他边走边想信的开头，等他到了店铺门口，信的第一句话都还没想好。他用钥匙打开门，走进黑暗的店铺，打开前面的灯。

他的工作台在店铺的最后面。一块布帘将他与店铺其他部分隔开，就像一个小小的私人空间。里面有工作台和椅子。角落上有一个沉重的保险柜，还有放满箱子和旧钟的货架。洗手台上带着一面微微发绿的镜子。辛格升高工作台，从毛毡盒里取出明天要交给顾客的银唱片。尽管店铺很冷，他还是脱掉了外套，卷起蓝条衬衫的袖口，以方便工作。

他花了很长时间在唱片中间雕刻花交字母。他专注地用刻刀在银盘上走笔。工作时，他的目光里透出令人难以理解的灼人的饥渴表情。他在想着给伙伴安东尼帕罗斯的信。手上的工作完成时，时间已经过了午夜。他收起唱片，额头渗出兴奋的汗水。他清理好了工作台，开始写信。他喜欢笔在纸上写字的感觉。他精心地写着这封信，好像这张纸是他雕刻的银盘。

我唯一的朋友：

我在我们喜欢的那本杂志上看到协会今年要在梅岗开会。到时会有人做演讲，还有四道菜的盛宴。我在想象它开会时的样子。还记得我们以前一直计划要参加一次会议，却始终没有去过。我现在多希望我们一起去过。我希望我们能参加这次大会，我想象着会上的情形。当然，没有你我是不会去的。来参加会议的人来自很多州，他们会讲很多自己的真心话和未来的梦想。教堂里还会有专门的礼拜仪式。还会有竞赛活动，获胜者能得到金牌。我写信告诉你我想象这一切。我既是在写，又像什么也没有写。我的手静止的时间太久了，我想不起它打手语的样子了。每当我想象这次大会时，就觉得所有的来宾都跟你一样，我的朋友。

有一天，我站在我们的家门前。现在它住着其他人。还记得前面的大橡树吗？为了不影响电话线，树枝被剪断了，树死了。树枝腐烂后，树干中间有一个空洞。我店里的猫（你过去经常抚摸的那只）吃了有毒的东西，死了。让人非常伤心。

辛格把笔支在纸上，直挺挺地坐了良久，没有接着写下去。他站起来，点了一支烟。房间阴冷，空气里有一股煤油、擦银剂和烟草混合的酸臭气味。他穿上外套，戴上围巾，继续写下去。

记得上次我去看你时对你说过的那四个人吧。我为你画过像的。那个黑人，年轻女孩，长小胡子的人和纽约咖啡馆的老板。我很想给你讲一些关于他们的事，但我不知道从何说起。

他们整天忙碌。他们太忙了，你很难想象他们。我并不是说他们整日整夜地工作，而是说他们脑子里装着太多的事，让他们无法安静下来休息。他们到我的房间来和我说话，我简直不能想象，一个人可以这样不知疲倦地说个不停（但纽约咖啡馆的老板不同，他不像其他人。他长着浓黑的络腮胡，每天必须要刮两次胡子，他有一把电动剃须刀。他喜欢观察别人，他不像其他人那样有憎恨的东西。他们除了吃饭、喝酒、睡觉和交友以外，都还有自己更喜欢的东西。这就是他们总是那么忙的原因）。

长小胡子的那个人，我想他有些不太正常。有时他表达非常清楚，像我多年前学校的老师。有时他说话很古怪，我根本听不懂。有时他穿着正式的西装，下次再见到他时，穿着干活时的工装裤，上面全是污垢，身上黑黑臭臭的。有时他还挥舞拳头，说一些不堪入耳的醉话，我不想说给你听。他觉得我和他之间拥有一个共同的秘密，然而我不知道它是什么。让我告诉你一些难以置信的事。他能喝掉三品脱的威士忌，然后站在那里不肯上床，一直说个不停。你肯定不会相信，但这是真的。

我从那个小女孩家里租了房间，一个月十六元。过去，这女孩一直喜欢穿男孩的短裤，但现在她改穿罩衫和蓝色的裙子。她还小，还不算是年轻女士呢。我喜欢她来找我。我为他们买了收音机，她现在经常来我这儿。她痴迷音乐。我很想知道她听的是什么。她知道我是聋子，却认为我懂音乐。

黑人得了肺结核，但这里没有他能去的好医院，因为他是黑人。他是一名医生，我从来没有见过像他这样勤奋工作的人。他说话一点都不像黑人。我觉得别的黑人的话不太容易懂，因为他们说话含糊不清。有时，这个黑人让我害怕。他的眼睛又热又亮。他请我去参加了一个他们的派对，我去了。他有很多书。但他没有一本侦探小说。他不喝酒，不吃肉，也不看电影。

唉，自由啊，掠夺者啊。唉，资本家，民主党，那个长着小胡子的丑男人说。他还自相矛盾地说，自由是最伟大的理想。我真想有一个机会，写下我心中的曲子，我要成为音乐家。我真想有一个机会，这是那个女孩说的。我们没有服务的机会，黑人医生这样说。对于我的同胞们来说，服务是神圣的需要。纽约咖啡馆的老板这样说。他是一个喜欢思考的人。

他们每次来我的房间，就会说这样的话。他们心里藏着的那些话，让他们的心不能平静，所以他们总是很忙。你可能会认为这几个要是在一起时，场面一定会像这周参加梅岗大会一样热闹。但事实不是这样的。今天，他们同时到我房间里来了。他们坐在那儿，就像来自不同城市的陌生人。他们甚至很无礼，你知道我总说，无礼，不顾及他人的感受是不对的。当时的情况就是这样的。我想不明白为什么，所以给你写信，因为我觉得你会明白。我有很多奇怪的感觉。但关于他们，我写得已经够多了，我知道你会烦了。我也是。

距离上次见你，已经过去五个月二十一天了。这些日子我一直过着没有你的孤单生活。我唯一能想象的，就是可以重新相聚的时刻。如果我不能很快地见到你，我真是不知如何是好。

辛格写累了，他趴到工作台上休息。木板的气息和抵在脸上的光滑感觉让他想起了学校的日子。他闭上眼睛，感到不舒服。他脑子里只有安东尼帕罗斯的脸，他太想念他的伙伴了，不由得屏住了呼吸。过了一会儿，辛格坐直身子，拿起了笔。

我为你订的圣诞礼物还没有及时寄到。我真希望它现在就能到。我知道你一定会喜欢它，会很开心。我心里总是想着我们在一起时的情景，我记得一切。我怀念你过去常做的食物。纽约咖啡馆比过去糟糕多了。前不久我发现蔬菜汤里有一只煮熟的苍蝇。它混在蔬菜和面条里，像黑字一样令人无法忍受。但这不算什么。你不在我身边的这种孤独让我受不了。我很快会再去看你。距离我的假期还有六个多月呢，但我想我可以提前一点请假。我想我必须这样。我不想再这么孤单了，我不能没有你，因为只有你明白我。

你永远的，

约翰·辛格

他回到家时已经是凌晨两点多了。此刻，那幢拥挤的房子一片漆黑，他小心地摸索着上了三楼，并没有摔倒。他掏出口袋里随身携带的卡片、手表和圆珠笔。然后细心地把衣服折好，搭在椅背上。他那灰色的法兰绒睡衣柔软温暖。他把被单拉到下巴处，立刻就睡着了。

不久他就进入了梦乡。暗黄色的灯笼照亮了一段石阶。安东尼帕罗斯光着身子跪在石阶的最上面，笨拙地把一个东西举过头顶，眼睛凝视它，好像在做祷告。他自己则跪在台阶的中间，也光着身子，感到冷得要命，他无法把视线从安东尼帕罗斯和他头上的东西上移走。在他身后的地面上，他感觉到长小胡子的人，那个女孩，黑人和剩下的那个人。他们也都赤裸地跪在地上，他感觉到他们在看他。在他们身后，是无数在黑暗中跪着的人。他的手像巨大的风车，他心醉神迷地盯着安东尼帕罗斯高举着的那个无名之物。黄色的灯笼在黑暗中晃来晃去，除此之外，一切都静止不动。突然间，一阵骚动。骚乱中，台阶塌了，他感到自己在向黑暗中坠落。他惊醒了。清晨的光线染白了窗户。他内心无比恐慌。

这么长时间过去了，他的伙伴会不会发生了什么事？因为安东尼帕罗斯不会写信，所以关于他的近况，他一点不知道。说不定他的伙伴摔伤了。他急于再见他一次，不管付出什么代价他都愿意，而且是马上。

那天早晨，他在邮局信箱里发现一张通知单，说包裹到了。那是他订的迟到的圣诞礼物。这是一件特殊的礼物，是他用两年多的分期付款买的。礼物是一个私人用的电影放映机，里面有半打安东尼帕罗斯喜欢的《米老鼠》和《大力水手》等喜剧片。

那天早晨，辛格最后一个到了他工作的店铺。他交给老板一封正式的请假信，星期五和星期六两天请假。虽然那星期他手头有四个婚礼，珠宝商还是点头同意了。

关于这次旅行，他没告诉任何人。离开的那天，他在门上留了字条，说他要出差几天。他是晚上出发的。冬天的黎明刚刚到来时，火车到站了。

下午，离探视时间还有一会儿，他出门向疯人院走去。他双手提着电影放映机的零部件和一篮水果，直接走向上次探视过的安东尼帕罗斯的病房。

走廊、大门。一排排的床，一切都还是他记忆中的样子。他站在门口，目光焦急地寻找他的伙伴。但他看到：所有的椅子都坐着人，唯独没有安东尼帕罗斯。

辛格放下东西，在他的一张卡片底部写下："斯皮罗思·安东尼帕罗斯在哪？"一个护士走进房间，他把卡片递给她。她不知道，只是摇摇头，耸了耸肩。辛格走到外面的走廊上，把卡片递给遇到的每一个人。没人知道。一种巨大的恐惧自他心底而生，他开始打手语。最后他遇到一位穿白衣的实习医生。他扯了扯他的胳膊，把卡片给他看。实习医生仔细地看了一遍，然后领他走过几个大厅，他们来到了一个小房间。一个年轻女人坐在桌子边，前面是一堆文件。她看了卡片，随后便在抽屉里查找档案。

紧张和恐惧的泪水一下涌上了辛格的眼睛。年轻女人低头在便笺簿上认真地写着，他忍不住走上前，想看看都写了些什么。

安东尼帕罗斯先生他得了肾炎，被转到医务室了。我会叫人给你带路。

经过走廊时，他停了一下，拾起放在病房门口的东西。水果篮被偷走了，其他的东西还在。他跟着实习医生走出大楼，穿过一片草地到了医务室。

安东尼帕罗斯！他们到达病房时，他一眼就看到了他的伙伴。他的床在屋子中间，靠着枕头坐在床上。他穿着大红晨衣和绿绸睡裤，戴着绿松石戒指。他的肤色暗黄色，眼睛乌黑，目光迷离，太阳穴处的头发上沾了银粉。他在练习编织，他的胖手指笨拙地摆弄着两根长长的象牙针。一开始，他没有看见他的伙伴。辛格站到他面前时，他安然地笑了，慢慢伸出戴着宝石的手，没有丝毫的惊讶。

以前从未有过的羞涩和拘谨的感觉袭向辛格。他在床边坐下，十指交叉放在床罩边缘。他的视线不肯离开伙伴的脸，他的面色死一样的苍白。伙伴衣服的鲜丽令他吃惊。这些衣服都是他陆陆续续寄给他的，他从没想过把它们一起穿上身时是什么样。安东尼帕罗斯比他想象的胖些。丝绸睡裤下能看出肚子上肉乎乎的褶皱。白色枕头上，他的脑袋巨大无比。

他脸上的平静是那样深不可测，好像并没意识到辛格在他身边。

辛格胆怯地抬起手，开始说话。他熟练有力的手指饱含着爱意，精确地打出手语。他说起一个人度过的寒冷漫长的岁月。他说着过往，死去的猫、店铺，还有他住的地方。每个停顿处，安东尼帕罗斯都宽厚地点点头。他说到那四个人以及他们长时间的拜访。伙伴的眼睛湿润乌黑，他在里面看见了自己微小的长方形影子，这影子他已经看过不止千次。伙伴的脸又有了温暖的血色，他的手加快了速度。他详细地描绘那个黑人、长着一抖一抖的小胡子的人和那个天真的小女孩。他的手势越打越快。安东尼帕罗斯依然是慢吞吞地点头。辛格急切地靠近他，深长地呼吸，眼睛里含着闪亮的泪水。

突然，安东尼帕罗斯用胖胖的食指在空中缓慢地画了个圈。他向辛格画过来，戳戳伙伴的肚子。胖希腊人笑容满面，伸出粉红的胖舌头。辛格大笑，用疯狂的速度打着手语。他笑得肩膀颤抖，脑袋向后仰着。他为什么大笑，他不知道。安东尼帕罗斯转动着眼珠。辛格继续狂笑着，直到笑岔了气，手也在抖。他抓住伙伴的胳膊，拼命想让自己平静下来。渐渐地，他的笑声变得低而痛苦，像是打嗝。

安东尼帕罗斯先镇定下来。他粗胖的脚踢散了床上的罩单。他的笑容消失了，不屑地踢着毯子。辛格赶忙去整理，但安东尼帕罗斯皱了皱眉，向走过病房的护士庄严地竖起食指。她把床铺成他喜欢的样子后，胖希腊人刻意地低着头，那姿势更像做礼拜时的祝福，而不只是简单的点头致谢。然后他把脑袋庄重地转向他的伙伴。

辛格说话时，感觉不到时间的流逝。当护士给安东尼帕罗斯拿来放在托盘上的晚饭时，他才意识到天已晚了。病房里的灯亮了，窗外已经全黑了。其他病人面前也有晚饭的托盘。他们放下了手中的活（有的人编篮子，有的人做皮匠活或编织），他们无精打采地吃着饭。除了安东尼帕罗斯，其他人看上去都病恹恹的，面无血色。他们中的大多数人都需要理理发，他们穿着破破烂烂的灰睡衣，有的背部裂开了长长的口子。他们好奇地望着这两个哑巴。

安东尼帕罗斯仔细地检查饭菜。有鱼和蔬菜。他用手拿起鱼，把它举到灯光下，仔仔细细地检查了个遍，然后才有滋有味地吃了起来。他边吃边用手指着房间里各式各样的人。他指着病房角落里的一个男人，做了一个呕吐的鬼脸。那个男人立刻向他咆哮。他指着一个年轻男孩，向他微笑点头，挥挥他的胖手。辛格太高兴了，一点也没有感觉尴尬。他从地上拾起包裹，把它们放在床上，想转移伙伴的注意力。安东尼帕罗斯拆掉包装，却对那台机器没有一点兴趣。他低头接着吃晚饭。

辛格递给护士一张字条，解释这个电影机。她叫来了一名实习医生，又叫来了一名医生。他们三个一边商量，一边好奇地打量着辛格。病人们知道了电影机这件事，都兴奋地用胳膊肘支着下巴望向辛格。只有安东尼帕罗斯无动于衷。

辛格事先已经演练过如何操作这台机器。他把屏幕升高，这样其他的病人也能看到。然后他开始摆弄放映机和胶片。护士把晚饭托盘端出去，把病房里的灯也关上了。喜剧《米老鼠》闪现在屏幕上。

辛格看着他的伙伴。起初，安东尼帕罗斯很吃惊。为了能看清楚些，他把身子挺高，如果不是护士制止了他，他几乎要从床上站起来了。他的脸上绽放出开心的笑容。辛格看见其他病人互相喊叫和大笑。护士和护工也从大厅进来，病房里一片喧闹。《米老鼠》放完后，辛格换了《大力水手》。这个片子放完后，他觉得第一次的娱乐足够长了。他打开灯，病房里的人重新安静下来。实习医生把机器放到安东尼帕罗斯的床下时，他看见伙伴的目光狡猾地扫过病房，他要确信每个人都明白机器是他的。

辛格又开始打手语了。他知道他很快就得离开了，但他脑子里积蓄的想法实在太多，没法在短时间内说完。他用极快的速度说着。病房里有一个老人，因为中风，头一直抖个不停，手也在颤颤巍巍地拨弄眉毛。他很妒忌这个老人，因为他和安东尼帕罗斯能天天在一起。如果可能，辛格会开心地和他互换位置。

他的伙伴在胸前摸索着找东西。就是他总戴着的那个小小的铜十字架。脏兮兮的绳子换成了红丝带。辛格猛然想到了那个梦，他把它告诉了伙伴。匆忙中他的手势有时含糊不清，他不得不摆摆手，从头再来。安东尼帕罗斯瞪着那双呆滞无神的眼睛注视着他。他身着鲜艳华贵的睡衣，坐在那儿一动不动，看起来像传说中某个智慧的国王。

负责病房的实习医生准许辛格多待一个小时。时间很快到了，他伸出多毛的细手腕，给辛格看手表。其他病人们准备去睡觉了。辛格的手停了下来。他抓住伙伴的胳膊，深深地望进他的眼睛，正像过去每天早晨上班前分手时的目光。最后，辛格后退着走出了病房。站在门口，他打了伤心的再见手语，随即手攥成了拳头。

一月，在每一个有月光的夜晚，只要辛格有时间，他就继续在小镇街道上散步。关于他的流言越来越离奇。一个黑人老妇跟无数的人说他知道死人重生的方式。一个计件工人说他曾和哑巴在州里别处的一个工厂工作过——他讲的故事很神奇。富人们觉得他是富人，穷人们觉得他是和他们一样的穷人。因为谁也没有办法证明这些流言是假的，因此，这些谣言传来传去，最后变得非常精彩而且非常真实。每个人都把哑巴描述成他自己希望的样子。

8

为什么?

比夫的心里总是不知不觉地冒出这个问题，这个问题就像血管里的血。每当他想到一个人、一件事物或某种思想，问号就产生了。午夜，昏暗的早晨，中午。希特勒和关于战争的谣言。猪里脊肉的价格和啤酒税。这些会让他问“为什么”。他尤其痴迷于哑巴之谜。比如，为什么辛格会坐火车离开，当问他去了哪里时，他却假装听不懂这个问题。为什么每个人都坚持认为哑巴才是他们心中希望的那个人——而这极有可能完全是一个奇怪的误会。辛格每天三次来这里，坐在中间的桌子边。除了卷心菜和牡蛎，你放在他面前的是什么，他就吃什么。在喧闹嘈杂声中，只有他是沉默的。他最喜欢吃一种软烂的绿色小扁豆，他用叉子尖叉住豆子，然后将饼干浸在它们的卤汁里吃。

比夫也会思考死亡。发生了一件奇怪的事。一天，他在卫生间的储藏室翻找东西时，发现了一瓶花露水，他把艾丽丝的化妆品送去给露茜娅时，把它遗漏了。他沉思着把香水瓶握在手中。她已经死了四个月了，每天他都度日如年，无所事事，极少想到她。

比夫打开瓶塞。他赤着上身站在镜子前，往乌黑的腋窝处洒了一点香水。气味让他僵硬了。他用一种非常隐晦的目光注视镜中的自己，一动不动。他被香水唤起的一连串记忆击中了，不是因为记忆的清晰，而是因为昔日漫长岁月的回忆一起向他涌来。比夫搓搓鼻子，斜眼看着镜子中的自己。是死亡将他们分开。他在心里感觉着和她在一起的每时每刻。此刻，只有过去是完整的，他们在一起的生活就是完整的。想到此，比夫突然间转过脸去。

卧室都收拾干净了。现在完全属于他一个人了。此前，卧室里总是乱糟糟、死气沉沉的。总有袜子和有洞的粉红色人造丝短裤挂在横穿房间的晾衣绳上。铁床已经生了锈，铁皮剥落了，床上摆着脏兮兮的蕾丝枕头。还总有一只骨瘦如柴的猫从楼下蹿上，弓着背，哀怨地蹭着污水桶。

他改变了这里的一切。他把铁床换成了一张多用沙发。地板上铺了一块厚厚的红地毯，还买了一块漂亮的中国蓝布，挂在那面有裂缝的墙上。他重新开启了壁炉，在里面铺上松木。壁炉架上摆放着贝比的一张小照片和一个身着天鹅绒、手握着球的小男孩的彩色图片。角落上的玻璃柜里放着他多年的藏品，有蝴蝶标本、一支古箭头和一块人形奇石。多用沙发上铺着蓝丝绸垫子，他借了露茜娅的缝纫机，缝制了深红色的窗帘。他爱这个房间。它既舒适又沉稳。桌上摆放着一个日本小宝塔，一阵过堂风吹过，塔上的玻璃垂饰发出奇怪的音乐般的声音。

这间屋里再没有什么能让他想起她。但他经常打开花露水的瓶塞，用瓶塞碰触耳垂或是手腕。在香水的气味中，他慢慢地陷入沉思。过去的一切在他的内心滋长。记忆以建筑的秩序自我构造。在他存放纪念物的箱子里，他偶然发现了他们婚前的老照片。艾丽丝坐在一片雏菊地里。艾丽丝与他在河上泛舟。纪念物里还有一支骨制大发卡，是他母亲的。小时候，他喜欢看母亲梳头和盘起的长长黑发。他常想发卡的弧度像女人的体形，有时他会把它们当成洋娃娃来玩。那时他有一个雪茄盒，里面放着各种各样的小物件。他喜欢漂亮棉布的质感和颜色，他会坐在餐桌底下，和他的那些小物件玩上几小时。但他六岁时母亲把他们都拿走了。她是一个高大强壮的女人，像男人一样有责任感。她最爱的是他。即使是现在，他还会时常梦见她。他的手指上一直戴着她的磨旧了的金婚戒。

和花露水一起，他在储藏室里还发现了一瓶艾丽丝常用的柠檬洗发水。有一天他自己也用了用。柠檬令他夹杂着白发的深黑色头发变得蓬松和稠密。他喜欢。他把以前用的防秃油扔掉了，定期使用柠檬水。他嘲笑过的艾丽丝的一些古怪念头现在变成他自己的了。为什么？

每天早晨，楼下的那个黑男孩路易斯都会给他端来一杯咖啡，让他在床上喝。他经常靠着枕头坐一个小时，然后才慢腾腾地下床穿衣。他点上一支雪茄，观察阳光射在墙上的图案。他陷入了沉思，食指在他长而歪的脚指头间游走。他在回忆。

从中午到清晨五点，他一直在楼下工作。星期日一整天，生意一直在亏损。很多时候生意是萧条的。不过每天在吃饭的时间，这里通常坐满了人，他每天守在收银台后面，看见上百张熟悉的面孔。

“你总站着，在想什么？”杰克·布朗特问他，“你看起来像德国的犹太人。”

“我有八分之一的犹太血统，”比夫说，“我母亲的祖父是阿姆斯特丹的犹太人。但我其他的亲戚都是苏格兰人和爱尔兰人混合的后裔。”

这是星期日的早晨。顾客们懒洋洋地坐在桌旁，空气中烟味弥漫，报纸翻得哗哗响。一些男人坐在角落的隔间里掷骰子，这种游戏很安静。

“辛格去哪了？”比夫问，“今天你打算去找他吗？”

布朗特的脸色灰暗而阴郁。他把头向前探了探。他们吵架啦？——可一个哑巴怎么吵架？不，以前发生过这样的事。布朗特有时在这里待上一会儿，他的举止看上去像是在和自己争论什么。但很快他会离开，他总是这样——再过一会他们两个会一起进来，布朗特说着话。

“你日子过得真舒服。只要站在收银台后面，只要两手摊开站在那儿。”

比夫没介意他的话。他用胳膊肘支着身子，眯着眼睛问。“我们聊点实际的。你到底想要什么？”

布朗特把手砸向柜台。他的手巨大、温暖、粗糙。“啤酒。一小袋花生酱夹心奶酪饼干。”

“我指的不是这个意思，”比夫说，“我们回头再说吧。”

这个男人是个谜。他时刻在变。他仍然疯狂喝酒，但他并没像其他男人那样被酒精摧垮。他的眼圈总是红的，他有一个奇怪的习惯：总是惊慌失措地扭头向后看。他的脑袋在细长的脖子上显得巨大而沉重。他是像那种家伙——小孩子喜欢取笑他，狗也要咬上他两口。当他被人笑话时，就像被戳到了痛点——声调变得粗鲁和高亢，像个小丑。可怕的是，他时刻都怀疑别人在笑他。

比夫不解地摇摇头。“嘿，”他说，“你为什么一直待在那个游乐场？你完全可以找到更好的工作。我可以让你来我这里做兼职。”

“伟大的基督！即使你愿意把这该死的整个地方给我，我也不愿守在那个收银箱后面。”

他就是这样的人，总令人不快。他不可能交到朋友，甚至无法和人相处。

“别胡说八道，”比夫说，“认真点。”

一个顾客来到前台结账，比夫找给他零钱。店里依然很安静。布朗特躁动不安起来。比夫感觉到他要走，他想留住他。他从柜台后的架子上取下两支雪茄，递给布朗特一支。他小心翼翼地放弃了一个又一个问题，最终问道：

“如果你能选择你想生活的时代，你会选哪一个？”

布朗特用宽大的舌头舔舔胡子。“如果你必须选择是做一个呆板的人还是不再发问的人，你会选哪个？”

“这很清楚啊，”比夫坚持说，“你仔细想想。”

他把脑袋歪向一边，视线越过长鼻子向下看去。这是他喜欢听人谈论的一个话题。他选的是古希腊。脚穿着舒适的凉鞋，在蓝色爱琴海边散步，宽松的袍子束在腰间。孩子、大理石浴室和神庙里的冥思。

“也许和印加人在一起。秘鲁。”

比夫审视着他，像是要剥光他的衣服。他看见布朗特被太阳晒成了红褐色，他的脸上光滑洁净，前臂上戴着一只金子和宝石做成的手镯。他闭上眼睛时，这个男人是一个英俊的印卡人。但他睁眼看他时，这个画面消失了。因为与他的脸不相配的紧张的胡须，他肩膀猛然抽动的姿势，细脖子上突出的喉结，像口袋一样松松垮垮的裤子。而且不仅仅是因为这些。

“也许一七七五年左右吧。”

“那是一个美好时代。”比夫表示认同。

布朗特不自在地蹭着脚。他的脸阴沉着，一副很不开心的样子。他要走了。比夫机警地留住他。“告诉我——你到底为什么来到这里？”他立刻意识到这个问题问得不太明智，对自己感到失望。可这个男人为什么要在这个地方停留，真是非常奇怪。

“这是我所不知道的上帝的真理。”

他们两个人都倚在柜台上，静静地站了一会儿。角落的骰子游戏已经结束了。客人要的一份晚餐——特价菜长岛鸭，送到了那个 A & P 店经营者的桌上。收音机被调到教堂布道和摇摆乐的频道之间。

布朗特突然凑近了身子，闻了下比夫的脸。

“香水？”

“剃须液。”比夫镇定地说。

他没办法再留住布朗特了。这家伙真要走了。晚些时候，也许他会和辛格一起出现。总是如此。他想引导布朗特说出一切秘密，这样他就能弄清某些关于他的疑问。但布朗特几乎从不真正地说什么——除了对哑巴。这是最奇怪的一件事。

“谢谢你的雪茄，”布朗特说，“再见。”

“回见。”

比夫看着布朗特向门口走去，迈着摇摇晃晃的水手步。然后他开始忙起了自己的工作。他检查了橱窗里的食物样品。把一天的菜单贴在玻璃上，特价晚餐配上花色配菜摆在那里用来吸引客人。橱窗里的东西看上去真糟糕。令人恶心。鸭子上的卤汁流进了酸果调味汁里，一只苍蝇叮在甜点上。

“嘿，路易斯！”他嚷道，“赶紧把这东西从窗子里拿走。把那个红瓷碗和水果拿来。”

他根据水果的颜色和瓷碗的图案重新摆放了水果。最后的造型让他很高兴。他去了厨房，和厨师谈了谈。他揭开罐子的盖，嗅了嗅里面的食物，但是看得出他心不在焉。艾丽丝过去总是这样做。他很不喜欢。他一看见油腻的洗碗槽底下泛着剩饭菜的残渣，嗅觉就变得更灵敏。他写下第二天的菜单和订餐。他很高兴能离开厨房，重新站到他的收银台后。

露茜娅和贝比礼拜日过来吃午餐。小家伙没过去那么漂亮了。头上的绷带还没有拆掉，医生说要到下个月才可以。包扎的纱布占据了原来黄鬈发的位置，使她的脑袋看上去光秃秃的。

“向比夫姨父问好，亲爱的。”露茜娅提醒她。

贝比不耐烦地昂着头，不以为然。“向比夫姨父问好。”她无礼地说。

露茜娅想替她脱掉礼拜日外套，贝比开始闹了。“你要乖乖的，”露茜娅不停地说，“你要脱掉它，要不我们出门后你该得肺炎了。你给我乖点。”

比夫出来控制了局面。他用一只软糖球来安抚贝比，把她的外套从肩膀上脱了下来。在和露茜娅的对抗中，她的裙子已经走样了。他帮她整理好裙子，帮她重新系好腰带，用手指将蝴蝶结捏成最合适的形状。然后他拍了拍贝比娇小的后背。

“我们今天有草莓冰激凌。”他说。

“巴托罗谬，你会是很好的母亲。”

“谢谢，”比夫说，“这是表扬我。”

“我们刚才去了主日学校和教堂。贝比，给你比夫姨父念念刚学的《圣经》上的句子。”

这孩子很不情愿，她噘着嘴。“耶稣哭了。”她终于开口道。这几个词里带着孩子般嘲弄的语气，使它听起来挺可怕。

“想去找路易斯吗？”比夫问，“他在后面的厨房。”

“我想找威利。我想听威利吹口琴。”

“嘿，贝比，别总和自己过不去，”露茜娅不耐烦地说，“你很清楚威利被关进监狱了。”

“而路易斯在呢，”比夫说，“他也会吹口琴。叫他帮你准备好冰激凌，然后再给你吹首曲子。”

贝比拖着一只脚，向厨房走去。露茜娅把帽子放在柜台上。她的眼睛里含着泪水。“你知道我总这样说：如果一个小孩总是被打扮得干干净净和漂漂亮亮，被很好地照顾，这孩子就会很讨人喜欢，很聪明。如果一个孩子又脏又丑，你就不能期望太多了。我的意思是，贝比对自己的头发，对自己头上的绷带感到很羞耻，这就让她什么也不愿意做了。她的情绪糟透了，我简直管不了她。”

“如果你不再对她这么大惊小怪，她会一切正常。”

他终于把她们安顿到靠窗的一个隔间里。露茜娅的午餐是特价套餐，而贝比的午餐则是切得很细的鸡胸脯、小麦糊和胡萝卜。她边吃边玩，牛奶都溅到了童衣上。他一直坐在桌边陪她们，直到生意忙起来了，才不得不忙里忙外地照顾生意。

人们都在吃。大张着嘴巴，食物不断塞进去。为了什么呢？不久前他读到过这样一句话："生活只不过是摄取、补养和繁殖。"店里挤满了人。收音机里播放着摇摆乐。

不久，他等的两个人来了。辛格先进了门，他穿着考究的礼拜日西装，优雅挺拔。布朗特紧跟着他。他们走路的样子让他感觉到有些异样。他们坐在桌子边，布朗特一直说话，大口地吃东西，而辛格礼貌地看着。吃完饭后，他们在收银台前停了几分钟。他们出门时，他又一次注意到，他们一起走路的样子让他疑惑，他停下来问自己。到底是什么呢？埋藏在深处的记忆突然打开了，这让他吃惊。就是那个有些痴呆的胖胖的聋哑人，那时候，辛格和他总是一起走在上班的路上。他就是那个穿得邋里邋遢的希腊人，在查尔斯·帕克的店里做糖果。那个希腊人总走在前面，辛格跟在他后面。他们从不来这里，所以他很少注意过他们。可是，为什么他以前没有想到这些呢？他一直对哑巴好奇，却忽略了这一点。看见了风景的全部，却漏掉了三只跳华尔兹的大象。但是，这个发现到底重不重要呢？

比夫眯起眼睛。辛格的过去并不重要。重要的是布朗特和米克把他尊为自己的上帝。因为他是一个哑巴，他们能把希望他具有的品质都强加在他身上。是的，就是这样的。但这样奇怪的事是如何发生的呢？为什么？

一个独臂人走了进来，比夫请他喝了一杯免费威士忌。但他不想和任何人说话。礼拜日的午餐是家庭聚会。那些平时在晚上独自饮酒的男人，星期日带着他们的妻子和孩子来了。放在后面的高脚椅常常不够用。已经两点半了，桌子虽然都坐满了人，但午饭却差不多结束了。比夫累了，他已经站了四个小时。过去，他常常站上十四或十六个小时也毫无累的感觉。而现在，很大程度上是他在变老，这毋庸置疑。也许成熟这个词更合适。不是变老，当然不是。屋里的声浪在他的耳边涨起来又退下去。成熟。他的眼睛刺痛，仿佛体内的某种兴奋让眼前的每样东西都显得明亮刺眼。

他对一个女招待喊道：“我要出门。你来替我一下，好吗？”

星期日的街上空荡荡的。太阳清澈明亮，却没有热度。比夫收紧了衣领。一个人站在街道上，他感到有些不合时宜。河边吹来了阵阵冷风。他应该掉头回去，待在他应该待的餐馆里。他根本没什么理由去他正要去的地方。过去的四个星期日，他都是这样。他是到有可能看见米克的街区散步。而这样做好像有些不对头。是的，不太对。

他慢慢地走在米克家对面的人行道上。上个星期日，她坐在前面的台阶上读连环漫画。今天，他快速地向那房子扫了一眼，发现她不在。比夫向下拉了拉毡帽边，让它挡住眼睛。也许她过一会儿能来。星期日，她经常会在晚饭后来咖啡馆喝上一杯热可可，然后在辛格的桌边停留片刻。星期日，她穿的衣服和平时不一样，平时总穿着蓝裙子和毛衣。礼拜日她穿的是酒红色的绸布裙，配有暗黑的蕾丝衣领。还有一次她居然穿上了长袜，尽管上面有些脱丝了。他总想准备些什么，为她。不仅仅是圣代或甜点，而是真正的东西。这就是他自己想要的东西——给她点什么。比夫的嘴有些发麻。尽管他没做过什么错事，但在他内心深处有奇怪的罪恶感。为什么？是所有男人身上都有的黑暗的罪恶感，说不清道不明，无法定义。

回家的路上，比夫发现一枚一分币躺在街沟的垃圾里。他敏捷地拾起它，用手帕擦干净，然后放进他随身携带的黑钱包。他回到餐馆时，已经四点了。生意很冷清。餐馆里没有一个顾客。

五点左右，生意开始好起来了。他最近雇的一个做兼职的男孩早早地来了。他叫哈里·米诺维兹。他与米克和贝比住在同一个街区。有十一个应聘者回应，但哈里看来是最合适的人选。对他这个年龄的人来说，他很成熟，而且整洁。比夫在面试交谈时，注意到了他的牙齿。牙齿永远是一个人很好的标志。他的牙齿大，而且干净洁白。哈里戴眼镜，不过这并不妨碍工作。他的母亲在街上的一家裁缝店里工作，每星期挣十美元，哈里是独生子。

“嗯，”比夫说，“你和我在一起有一个星期了，哈里。你喜欢这工作吗？”

“当然，先生，我喜欢。”

比夫转动手上的戒指。“让我想想。你什么时间放学？”

“三点，先生。”

“好的，你还有几个小时学习和娱乐的时间。这里工作是从六点到十点。这样你的睡眠时间够吗？”

“足够了。我不需要那么多睡觉时间。”

“孩子，你这个年龄每天需要九个半小时的睡眠。而且是纯粹的有益健康的睡眠。”

他突然感到有些尴尬。也许哈里会觉得这不关他的事。确实，这些都不是他该关心的事。他转过脸，想到了另外一件事。

“你在上职业学校？”

哈里点点头，用衬衫袖子擦着眼镜。

“我认识不少在那上学的男孩和女孩。埃尔瓦·理查德，我认识他父亲。麦琪·亨利。还有一个叫米克·凯利的孩子……”他感到耳朵着了火。他知道自己是一个傻瓜。他很想快点转身走掉，结果他却只是站在那里，微笑，用大拇指按自己的鼻子。“你认识她吗？”他怯声问道。

“当然，我是她的邻居。但她是新生，我是三年级。”

比夫将这点可怜的信息牢牢地存在脑子里，以便独自一人时尽情回想。“这会儿顾客不会很多，”他仓促地说，“我把餐馆交给你打理。你现在已经知道如何做了。你只需要观察客人喝酒，记住他们喝了多少，这样你就不必问他们或依赖于他们自己报的数。找零钱时慢点来，随时看看周围的情况。”

比夫把自己关在楼下的房间里。这是他存放文件的地方。房间只有一个小窗户，窗外是一条小路，冷空气中飘着霉味。一沓沓报纸一直堆到了天花板上。他自制的文件柜遮住了一面墙。靠近门的地方有一把老式摇椅，一张小桌子，桌上放着一把大剪刀、一本字典和一个曼陀林。因为周围堆满了报纸，所以无论你向哪个方向走，都跨不出去两步。比夫坐在椅子里摇着，懒洋洋地拨弄着曼陀林的琴弦。他闭上眼睛，用悲哀的声音唱了起来：

我去了森林动物园。
那里有飞鸟和野兽，
月光下的一只老狒狒
正在梳金棕色的毛。

他以一个和弦结束了弹唱，乐声在冷空气中颤抖着归于沉默。

完全可以收养两个孩子。一个男孩，一个女孩。三四岁左右，这样他们就会感觉他就是真正的父亲。他们的爸爸。

我们的父亲。小女孩要像米克小时候（或者贝比）。圆脸蛋，灰眼珠，亚麻色的头发。他会给她做衣服——粉红的双绉连衣裙，裙腰上和袖口上有精致的刺绣。配上短丝袜和白色的鹿皮鞋。冬天时，会给她一件小小的红天鹅绒外套、帽子和皮手笼。男孩皮肤黝黑，头发黑亮。会跟在他身后模仿他的动作。夏天，他们三个人一起去海湾边的小房子，当然他会给孩子们穿上防晒服，小心地带着他们走入碧绿的浅波浪里。等他老了，他们则像鲜花一样盛开。我们的父亲。他们带着好多问题来找他，他一一回答。

为什么不呢?

比夫又拾起曼陀林。“镗—踢—踢姆—踢，踢—踢，彩妆洋娃娃的婚礼。”曼陀林模拟着叠句。他把歌词从头到尾唱了一遍，并用脚打着拍子。然后他弹了“凯—凯—凯—凯蒂”和“甜蜜的旧日情歌”。这些曲子就像那瓶花露水一样勾起了他的回忆，每一件事。第一年他很幸福，她好像也很幸福。那时，三个月内床塌了两次，他们一起掉在地上。他不知道她的脑子里总在想着怎样攒下五分或一角钱。他和芮欧或其他女孩躺在她的床上。还有基普、玛德琳和罗。然后突然没有了。他再也不能和任何女人躺在一起了。噢！就这样，初看上去，一切似乎都消失了。

露茜娅总能理解这一切。她了解艾丽丝这样的女人。也许她也了解他。露茜娅劝他们离婚。而他尽了所有努力让这一切继续。

比夫疼得抖了下。他的手从琴弦上松开，乐声停止了。他僵直地坐在椅子里。然后他突然轻轻地笑了笑。是什么让他突然想到这些？啊，天！那是他二十九岁的生日，露茜娅叫他看完牙后去她的公寓。他期待着他能得到一个小小的纪念品——一盘草莓馅饼或一件漂亮衬衫。她在门口迎接他，他刚进门就被蒙住了眼睛。她说她马上就来。在无声的房间里，他只能听到她的脚步声，等那声音到了厨房后，他放了一个屁。他居然站在房间里，眼睛蒙着，放屁。然后他突然恐慌地意识到房间里还有别人。房间里传来一阵窃笑，接着是刺耳的哄堂大笑。露茜娅回来了，把蒙眼布松开。她手中的浅盘上是焦糖蛋糕。房间里全是人。一群人，勒瑞奥，当然还有艾丽丝。他真想立刻躲出去。他站在那儿，无处藏身，满面通红。他们一直拿他开心，接下来那一个小时，他的那种感觉就像母亲去世时一样痛苦。那天晚上，他喝了一品脱的威士忌。后来又连喝了几星期——圣母玛利亚！

比夫暗自笑了。他在曼陀林上拨了几个弦，开始弹唱一曲欢快的牛仔歌。他的声音高亢圆润，边唱边闭上眼睛。房间黑了下来。潮湿的空气寒冷刺骨，两腿因为风湿而疼痛。

最后他放下曼陀林，坐在黑暗中慢慢地摇。关于死亡，有时他甚至感觉它就在屋子里，就在身边。他在椅子里来回地摇。他明白什么？什么也不明白。他会奔向哪里？哪里也不是。他想要什么？想要答案。什么答案？一个活着的意义。为什么？因为它是一个谜。

关于过去的破碎的画面像弄乱的拼板一样躺在他脑子里。艾丽丝在浴室里打着肥皂泡。墨索里尼的脸。拖着童车的米克。橱窗里的烤火鸡。布朗特的嘴。辛格脸上的微笑。他感觉自己在等待。房间完全黑了。厨房里隐约传来路易斯的歌声。

比夫站起身，轻轻地按住椅子的扶手，让它停止摇动。他打开门，外面的大厅温暖明亮。他想到米克也许会来。他整理了下衣服，把头发向后抹平。活力和希望重新回到他的体内。餐厅里一片喧闹。礼拜日晚餐开始了。他亲切地对年轻的哈里微笑，然后站到收银台后。他的目光敏锐地扫视着屋子。餐厅很拥挤，人们说话时嗡嗡作响。橱窗里展示的果盘看起来又高雅又艺术。他注视着门口，不时用训练有素的目光扫视房间。他警觉而专注地等待。辛格终于来了，他用银铅笔写下他只想要一份汤和一杯威士忌，因为他感冒了。但米克没有来。

9

米克兜里几乎连五分零花钱都没有。他们家现在就是这么穷。钱，在任何时候都是最主要的。生活始终是钱、钱、钱。他们为贝比 · 威尔森的单人间和私人护理付了很多钱。但这仅仅是其中的一项。付完一项另一项账单就接踵而来。他们欠了两百美元的账，要马上还。他们失去了房子。把它抵押给银行接着还贷，他们的爸爸从银行只拿到一百美元。然后他又从银行借了五十元，辛格先生也在借条上签了担保。后来他们不得不为每个月的房租发愁。他们和工厂的伙计一样穷了。只是没人看不起他们。

比尔在装瓶厂工作，一星期挣十美元。海泽尔在美容店当帮手，一星期挣八美元。埃塔在电影院卖票，一星期挣五美元。他们每个人都要交出工资的一半作伙食费。家里有六个房客，每人五美元的租金。辛格先生总是非常准时地交房租。

加上他们的父亲筹到的钱，一个月差不多能有二百美元。但这些钱他们必须用来喂好六个房客和整个家，还房子的贷款，支付家具的分期付款。

乔治和她不再有午饭钱了。她不得不停了音乐课。鲍迪娅把中午的剩饭留下来，让她和乔治放学后回家吃。他们总在厨房里吃饭。比尔、海泽尔或埃塔是和房客一起吃还是在厨房吃，取决于食物的多少。厨房里的早餐有粗燕麦粉、黄油、肋肉和咖啡。晚餐是同样的，还有餐厅里能剩下的任何食物。不得不在厨房吃饭时，大孩子们都很不高兴。有时她和乔治会整整饿上两三天。

但这都发生在“外屋”，与音乐、外国以及她的计划无关。冬天是冷的。窗玻璃结了霜。晚上起居室的火噼噼啪啪作响，暖洋洋的。家人和房客都坐在火边，这样她就可以独自待在中间的卧室里。她穿两件毛衣，还有比尔穿小了的灯芯绒裤。兴奋让她感到温暖。她拿出床底下的秘密盒子，坐在地上忙了起来。

盒子里有她在免费艺术课上画的画。她把它们从比尔房间里拿了出来。盒子里还有她爸爸送给她的三本侦探书、一个带镜子的小粉盒、一盒手表零件、一条水晶项链、一把锤子和几本笔记本。一个本子顶部用红蜡笔标着“私密。请勿入内。私密”，用线拴着。

整个冬天，她都在这个本子上作曲。晚上不用再做功课，这样她就有更多的时间花在音乐上。她通常只是写一些短的旋律，没有歌词的歌，甚至连低音符都没有。它们很短。但即使那曲子只有半页长，她也会给它取名，然后在下面写上她名字的缩写。这本子里没有一首是真正的乐曲或真正的作品。它们只是她脑子里记下来的歌。她依据这些曲子带给她的联想而给他们起名字——“非洲”“激战”和“暴风雪”。

她不能完整地把脑子里的曲子记下来，只能把它缩成一些音符。否则她的脑子就全乱了，进行不下去。关于谱曲，她知道得太少了。也许，等她学会如何快速记下这些简单的旋律时，她就能把脑子里的乐曲完全谱出。

一月，她开始写一首精彩的曲子，叫“我到底想要什么，我不知道”。它是一首美妙绝伦的歌，舒缓而温柔。然后她想为这首曲子写一首诗，却想不出能与之相配的主题。她也想不出与第三行中“什么”押韵的词。这首新歌让她既悲伤又激动又幸福。像这样美妙的乐曲是很难写出谱子来的。任何曲子都难写。她在两分钟内哼出的歌，有时会需要一个星期她才能在笔记本上谱写成形，她琢磨着乐曲的每个音阶、节拍和每个音符。

她必须集中注意力，反反复复地唱着它。她的声音总是嘶哑的，她爸爸说这是因为她小时候哭得太狠。她像拉尔夫那样大时，她爸爸每天夜里都得起来抱着她在屋里走啊走。他老是说，唯一能让她闭嘴的办法就是敲储煤室的气窗，唱“颂南方”。

她趴在冰冷的地上思考着。以后——当她二十岁时——她会成为世界上最伟大的作曲家。她会拥有一支完整的交响乐队，并亲自指挥自己所有的作品。她会站在舞台中间，面对一大群听众。指挥乐队时，她要穿真正的男式晚礼服或者饰有水晶的红裙子。舞台的幕布是红色的天鹅绒，上面烫着“M.K.”金字。辛格先生也会在那儿，演出结束之后他们一起到外面吃炸鸡。他会崇拜她，把她当成最好的朋友。乔治会在纽约或是国外的某个城市跑上舞台，给她献上大花环。卡罗尔·隆巴德、阿图罗·托斯卡尼尼和海军上将伯德等名人会嫉妒地对她指指点点。

她可以随时演奏贝多芬的交响乐。那首她去年秋天听到的曲子里有一种奇怪的东西。这首交响乐融进了她身体里，而且慢慢地生长。整个交响乐都在她头脑里，不可能不这样。她听见过每个音符，而且整首曲子完好无损地存留在她的记忆深处，和最初听到的一模一样。但她没法把它完全哼出来。她只能等待，等待新的片段突然涌现。等着它生长，就像春天的橡树叶在枝头上慢慢成长。

在“里屋”，除了音乐，还有辛格先生。每天下午她在体育馆弹完钢琴，就会沿着主街向他工作的店铺走去。从前面的窗户她看不见辛格先生。他在店铺的后面隔间工作，被帘子遮住。但是，只要她望着他每天工作的地方，就像看见了他想看见的人。然后每天晚上，她待在前廊等他回家。有时她跟着他上楼。她坐在床边，看着他放好帽子，解开上衣领扣，梳理头发。他们似乎共同守护着一个秘密。又像是在等待着告诉对方自己从未说出的话。

他是她“里屋”里唯一的人。很久以前还有别人。她回想辛格来之前的事情。她想起了六年级时一个叫辛莱斯特的女孩。这女孩有一头金色的直发，翘翘的鼻子和雀斑。她穿一件红色的羊毛连衫裤，外加白色的罩衫。走路是内八字。她每天带一个橘子在课间休息时吃，一个蓝色的锡盒装着午餐。其他孩子会在课间时把食物吃掉，中午时他们就饿了。而辛莱斯特从不。她把三明治的硬皮剥掉，只吃中间柔软的部分。她总带一只煮熟了的塞着馅的鸡蛋，把它捧在手中，用大拇指压蛋黄，蛋黄上留下她的指印。

辛莱斯特从不和她说话，她也从不和辛莱斯特说话。尽管这是她最想的。晚上，她躺在床上睡不着，一直想着辛莱斯特。她会想象她们是最好的朋友，设想辛莱斯特会和她一起回家、一起吃晚饭、一起过夜。但这些从未发生过。她对辛莱斯特的感觉让她无法鼓足勇气去和她交朋友，她无法像对别人那样对她。一年后辛莱斯特搬到了小镇的另一个区，她转学了。

接下来是一个叫巴克的男孩。他很强壮，脸上长着粉刺。八点半列队行军时她站在他旁边，他身上有很难闻的气味，像是他的裤子需要晒一晒。巴克有一次“俯冲”着用头撞向校长，被勒令停学。他大笑时会抬起上嘴唇，全身都在颤抖。她对他的感觉和对辛莱斯特是一样的。之后是为感恩节抽彩会卖票的一个女人。还有艾格琳小姐，她七年级的老师。还有电影中的卡罗尔·隆巴德。所有这些人。

但辛格先生完全不一样。她对他的感觉是慢慢产生的，她甚至回想不起来它是如何发生的。以前那些人都很平庸，但辛格先生不是。从见到他的第一天开始，他按响门铃询问房间，她盯着他看了他很久。她打开门，看了他递过来的卡片。然后她叫来了妈妈，她走进后面的厨房，把这件事告诉鲍迪娅和巴伯尔。她跟着他和妈妈上了楼，看着他把垫子放到床上，看着他卷起窗帘，检查它是不是坏的。他搬来的那天，她坐在前廊的扶手上，看他从便宜出租车里走出来，手里拎着手提箱和棋盘。后来她听他在屋里重重地走来走去，她想象着他。其他的感觉也渐渐地来了。所以现在他们之间有了这种秘密的情感。她对他说过的话比过去对其他任何人说的都多。如果他也能说的话，他肯定也会告诉她很多事。他就像是伟大的老师，只不过他是哑巴，他不能讲课。晚上躺在床上，她把自己设想成孤儿，和辛格先生住在一起——只有他们两个，住在国外的一所房子里，那里的冬天会下雪。也许那里是瑞士的一个小镇，四周是高高的冰川和山峦。所有的屋顶都是岩石，尖耸陡峭。或许是在法国，人们从商店里买了长面包，不用包裹就直接带回家。又或许是在挪威，紧挨着灰蒙蒙的北冰洋。

早晨，她第一个想到的就是他。还有音乐。穿衣服时，她想着今天有可能在哪儿见到他。她洒上埃塔的香水或一滴香草精，如果她在大厅里遇见他，她就会闻起来香喷喷的。她很晚才去学校，就是为了能看到他下楼去上班。下午和晚上，只要他在，她从不离开家。

每一件她新了解到的关于他的事都是重要的。他将牙刷和牙膏放在桌上的玻璃杯里。她也把牙刷放在玻璃杯里，原来她的牙刷是放在卫生间的架子上的。他不喜欢卷心菜，这是为布莱农先生打工的哈里告诉她的。现在她也变得不喜欢吃卷心菜了。了解到他的一些新东西时，或者是当她对他说话，他用银铅笔写了几个词时，她都会一个人长久地琢磨。和他在一起时，她主要的想法就是存下一切，这样，她以后就可以重新回味，永远记住。

但在“里屋”，音乐和辛格先生并不是一切。很多事情发生在“外屋”。她不小心从楼梯上摔下来，摔坏了一颗门牙。蒙娜小姐的英语课给了她两次很低的分。她在一块空地上丢失了二角五分钱，她和乔治找了三天也没找到。

事情是这样发生的：

一天下午，她正坐在后面的台阶上复习，准备英语考试。哈里在篱笆的另一边砍柴，她喊他。他走了过来，蹲下来给她讲了几个英语句子。牛角框眼镜后面，他的眼睛闪着智慧的光芒。他给她讲完英语后，站起身，手在短夹克衫口袋里伸进伸出。哈里总是浑身充满活力，看起来有点神经质，每时每刻他都必须要说点什么或做点什么。

“你看，如今世界上只有两件事。”他说。

他喜欢让人吃惊，有时她不知如何回答他。

“这是真理，现在，只有两件事情摆在我们眼前。”

“哪两件事？”

“好战的民主党或法西斯主义。”

“你不喜欢共和党吗？”

“呸，”哈里说，“我说的可不是那意思。”

一个下午，他给她详细地解释了什么是法西斯分子。他说纳粹如何让犹太小男孩趴在地上啃草。他说自己是计划如何暗杀希特勒的。他已经周密地计划好了一切。他说法西斯主义没有任何正义和自由可言。他说报纸上说的都是蓄意的谎言，人们根本不知道世界上正在发生的事。他和她一起研究如何杀死希特勒。如果有四五个人合谋会更好，如果一个人失手，剩下的人依然可以把他除掉。就算他们都死了，也都会成为英雄。成为一个英雄和做一个伟大的音乐家一样重要。

“要么成功，要么失败。尽管我不相信战争，但我愿意为正义而战。”

“我也是，”她说，“我愿意与法西斯分子战斗。我完全可以剪短头发，穿成男孩那样，没人能看出来，等等。”

那是冬日一个阳光明媚的下午。天空蓝得发绿，相比之下，后院光秃秃的橡树枝显得黑乎乎的。太阳是温暖的。这样的好天气让她精力充沛。音乐在她的头脑里奏鸣。为了让自己干点什么，她捡起一枚大钉子，用锤子把它重重地敲进台阶里。他们的爸爸听到重重的锤子的声音，穿着浴袍跑出来站了一会儿。树下有两个锯木架，小拉尔夫正忙着把小石头从一个架子上挪到另一个上面，来来回回。他张着双手保持着平衡。他弓着腿，尿布拖到了膝盖。乔治在打弹子。他的头发该剪了，脸显得瘦长。他已经长出了几颗小小的恒齿，它们又小又蓝，像刚吃了黑莓。他为弹子画了一条基线，趴在地上向第一个洞瞄准。他们的爸爸抱着小拉尔夫回到了自己的工作台边。过了一会儿，乔治一个人跑进那条小路。自从他射中了贝比，他就不再和任何人玩了。

“我必须走了，”哈里说，“我六点前要工作。”

“你在咖啡馆还好吗？有没有免费吃的好东西？”

“当然。各种各样的家伙去那里。比我以前所有的工作都要好。薪水也多。”

“我恨布莱农先生。”米克说。这是真的，尽管他没对她说过什么难听的话，但他总是用一种粗鲁可笑的方式说话。他肯定早知道她和乔治偷过一盒口香糖。为什么他会问她过得怎么样，上次他在楼上辛格的房间这样问过她。肯定他以为他们经常偷东西。但他们并没有。他们当然没有。他们只有一次从一角钱店偷过一小套水彩，还有一把五分钱的铅笔刀。

“我受不了布莱农先生。”

“他挺好的，”哈里说，“他是很奇怪的人。但当你了解他以后，他脾气并不坏。”

“我思考过一件事，”米克说，“男孩在找工作方面比女孩有优势。男孩通常能找到不需要退学的兼职工作，还有时间干别的。女孩就不可以。如果女孩想工作，就得退学。我希望能像你一样找到每星期挣几块的工作，但根本不可能。”

哈里坐在台阶上松开鞋，来回扯着鞋带，不小心拽断了一根。“咖啡馆有位客人叫布朗特先生。杰克·布朗特先生。我喜欢听他说话。他喝酒时说的话让我学到很多。他带给我一些新思想。”

“我知道他。他每个星期日都来我家。”

哈里把断了的鞋带拽成两边一样长，重新打了个结。“记住，”他在短夹克上紧张地擦了擦眼镜，“你不要对他说起我刚才的话。他可能不记得我。他不和我说话。他只对辛格先生说话。他可能认为这很可笑，如果你——你明白我的意思。”

“好。”她明白他的意思，他崇拜布朗特先生，她知道他的感觉，“我不会说。”

黑暗降临。奶白的月光挂在蓝色的天空，空气冷冷清清的。她可以听见拉尔夫、乔治和鲍迪娅在厨房里。炉火染黄了厨房的窗子，从窗口飘出烟和晚餐的气味。

“你知道有一件事我从没告诉过任何人，”他说，“我自己也不愿意面对它。”

“什么？”

“你还记得你第一次看报纸并学会思考的时间吗？”

“当然。”

“我过去是一个法西斯分子。我认为我是。是这样。你知道那些图片，在欧洲，我们这个年龄的人都行军、唱歌，步调一致。我过去以为这很棒。所有的人都互相宣誓，忠诚于一个领袖。他们都有同样的理想，步调一致地行军。我没怎么想过正发生在犹太民族身上的事，因为那时我不愿意像一个犹太人那样去思考。你看，我并不知道。我只是看到照片，读了照片下面的话，我并不真正理解。我从不知道它是一件可怕的事。我想我是法西斯分子。当然，后来我发现不是那样的。”

他批评自己时，声音很痛苦，不断地从男人变成男孩的嗓音。

“嗯，当时你没意识到——”她说。

“这是可怕的犯罪，是道德错误。”

这就是他的思考方式。每件事都非白即黑，没有中间道路。在他看来，二十岁以下的人不能碰啤酒或白酒，也不能抽烟。考试作弊是犯罪，抄作业却不是。女孩涂口红或穿露背装是道德错误。购买德国或日本的商品是重罪，哪怕你购买的东西只值五分钱。

她想起了小时候的哈里。有一次他得了斗鸡眼，对眼对了一年。他呆坐在前面的台阶上，双手放在膝盖中间，观察周围的一切。他非常安静，目光斜视。他非常聪明，在语法学校他跳了两级，十一岁时就准备上职业学校了。但在职业学校时，他们在《艾凡赫》中读到犹太人时，其他的孩子就都转过脸去看他。他跑回家，哭了。他母亲让他退学。他整整一年没有上学。他长高了，变得很胖。每次她爬上篱笆，都会看见他在厨房给自己弄东西吃。他们俩都经常去街上玩耍，有时他们摔跤。她小时候喜欢和男孩玩打架的游戏。她会用柔道和拳击的混合术。有时他把她撂倒，有时是她。哈里对任何人都很有友好。小孩子弄坏玩具后都来找他，他总是会耐心地修理。任何东西他都能修。街区的女士们请他来修坏的电灯或缝纫机。十三岁时，他重新回到职业学校，开始努力学习。他送报纸，星期六工作，阅读。很长时间她极少看见他，直到那次她的派对之后。他变化很大。

“是这样，”哈里说，“过去我的野心一直很大。一个伟大的工程师、伟大的医生或律师。但现在，我不那么想了。我想的是现在世界上发生的事。关于法西斯主义和发生在欧洲的可怕的事——另一方面是民主。我想我无法把精力花在我理想的生活上，因为我对别的东西想得太多。每天晚上，我都梦想着杀掉希特勒。我在夜里醒来时口干舌燥，很害怕什么，但我不知道那是什么。”

她看着哈里的脸，一种深沉严肃的情感令她悲伤。他的头发搭在额头，嘴唇又薄又紧，但下嘴唇是厚的，颤抖着。哈里看上去不到十五岁。冷风从黑暗处吹来，在街区的橡树丛里放声歌唱，将百叶窗掀到墙面。在马路的一头，韦尔斯太太在叫萨克回家。天色已晚，浓重的夜色加重了她内心深处的悲哀。我想有一架钢琴，我想上音乐课，她对自己说。她看着哈里，他把细长的手指头绞成各种形状。他身上有一股男孩子温暖的气息。

不知是什么让她突然有了那样的举动，也许是因为对小时候的回忆。也许是因为悲伤让她激动。总之，她突然间推了哈里一下，差点把他撞下台阶。“你奶奶是婊子养的。”她对他大叫。然后她跑了。这是街区孩子们想挑起战争时常说的话。哈里站直身子，满脸惊讶的表情。他扶了扶鼻子上的眼镜，盯着她的身影，然后就跑到后面的小巷里去了。

冷空气使她像大力士参孙一样强壮。她大笑时产生了短而急促的回音。她用肩膀撞哈里，他一下子捉住了她。他们激烈地扭打在一起，大声地笑着。她是最高的，但他的双手很有劲。他打得不是很卖力，被她弄翻在地上。他突然停止了挣扎，她也停止了。他的呼吸温热地停留在她的脖子上，他静静躺着。她坐在他身上，感觉到自己的膝盖抵着他的肋骨，他的呼吸很重。他们俩都站起来，不再笑了。小路异常安静。他们穿过黑暗的后院，不知为什么她觉得好笑。没有什么可笑的，但突然间就这样了。她轻轻地推了他一下，他也推了她一下。随后她又笑了，感觉一切正常了。

“再见。”哈里说。他长大了，不能再去爬篱笆了，所以他从旁边的小路跑过去，到了他家的门口。

“天哪，真热！”她说，“我要闷死了。”

鲍迪娅在炉子上给她热晚饭。拉尔夫在他的高脚椅托盘上敲着勺子。乔治的脏手上拿着一片面包，在搅和粗燕麦粥，他的眼睛斜睨着，给人一种遥远的神情。她拿了些鸡胸肉、卤汁、粗燕麦粥和葡萄干，混在一起放到碟子上。她大口大口地吃着。粗燕麦粥全吃光了，她还觉得肚子很饿。

她每天都想着辛格先生，一吃完晚饭她就跑上了楼。她走到三楼时，看见他的门是开着的，屋子里黑乎乎的。这让她感到失落。

在楼下，她没法安心地复习英语考试。仿佛她太强壮了，没办法和别人一样安坐在椅子里。仿佛她能撞倒房子里所有的墙，然后像巨人一样，大步走过大街。

最后，她从床底下拖出她的秘盒。她趴在地上翻看笔记本。上面大概有二十首歌了，但她并不是十分满意。如果她能写一首交响乐就好了！为一个乐队写——可是该怎么写呢？有时几种乐器奏的是同一个音符，所以这谱子将会非常大。她在一张大的试卷纸上画了五条线，每条线之间间隔一英寸。她在音符下写上乐器的名字，比如这是小提琴、大提琴或笛子的音符。如果它们是共同的一个音符，她就在这些乐器外面画一个圈。她在纸的上面用大字写着：交响乐。大字下又写上大写字母“M.K.”。然后，她就无法继续下去了。

要是她能上音乐课多好！

要是她能有一架真正的钢琴多好！

她想了很久，才开始工作。旋律在她脑子里回响，但她不知该如何记下它们。这简直是世界上最难的游戏。她一直不停地琢磨，直到埃塔和海泽尔进屋上床。她们说已经十一点了，关灯。

10

已经六个星期了，鲍迪娅还没有等来威廉姆的信。每天晚上，她都去找考普兰德医生，问他同样的问题：“你收到过威利的信吗？”每天晚上他都遗憾地告诉她，他没有任何威利的消息。

最后，她不再问了。她走进大厅，只是看着他，不说话。她开始喝酒。她的罩衫随意地半敞着，鞋带也已经松了。

二月来了。天气开始变暖，随后就热了。温暖的阳光照耀着大地。鸟儿在光秃秃的树上歌唱，孩子们赤着上身，光着脚在室外玩耍。夜晚像初夏一样热乎乎的。而过了些天，冬天又重新光顾了小镇。温和的天空变得昏暗阴沉。寒冷的雨飘落着，空气变得阴湿，寒冷刺骨。小镇上的黑人受尽了折磨。燃料已经用没了，每个人都在为取暖而发愁。流行性肺炎在潮湿寒冷的小镇上蔓延开来，一个星期以来，考普兰德医生忙得连睡觉的时间都没有，只能时不时地穿着衣服打个盹。威廉姆依然没有消息。鲍迪娅写过四封信，考普兰德医生也写了两封信。

他没有时间多想。一天中的大多数时间他都在看病，只偶尔在家里休息一会儿。他会在厨房的火炉边喝一壶咖啡，极度的不安折磨着他。他的五个病人死了。其中之一就是那个聋哑小孩——奥古斯特斯·班尼迪克特·马迪·路易斯。他被邀请去这孩子的葬礼发言，他没有接受邀请。五个病人的死亡并不是因为他的疏忽，而是死于物质匮乏与贫困。长年的玉米面包、腌猪肉和糖汁，四五个人挤在一个屋子里。他不断思考着这些问题，不得不借着咖啡提神。他常用手撑住下巴，因为当他感到疲劳时，他脖子上神经震颤会令他不规则地点头。

二月的最后一个星期日，刚刚清晨六点，他正坐在厨房的炉火边，热一锅牛奶作早餐。鲍迪娅来了，她醉得一塌糊涂。他闻见杜松子酒刺鼻的气味，鼻孔因为恶心而大张。他没有看她，接着弄早餐。他把面包弄弯后放进碗里，在上面倒入热牛奶。他准备咖啡，摆好饭桌。

他在早餐桌前坐下，他严厉地看着鲍迪娅。“吃过早饭了吗？”

“我不想吃。”她说。

“早饭你得吃，如果你今天去工作。”

“我不工作。”

他感到一阵恐惧，不想再问她什么了。他盯着盛牛奶的碗，用勺子喝奶，拿勺的手在抖。吃完饭，他抬头看着天花板。“你哑巴了？”

“我会告诉你的。等我能说出来时，我就告诉你。”

鲍迪娅一动不动地坐在椅子里，眼珠缓慢地从一个墙角移到另一个墙角。她的双臂无力地垂着，双腿无力地绞在一起。当他不看她时，他突然有一种危险的轻松和自由感，他知道这种感觉很快就会被震碎，因此他更加强烈了。他拨了一下炉火，暖暖手。然后卷了一支烟。整齐的厨房一尘不染。墙上的长柄平底锅在炉火的映照下发出亮光，每个平底锅后都有一个圆圆的阴影。

“是威利。”

“我知道。”他小心地搓着烟卷。他茫然地环顾了下四周，目光里有对刚才的轻松感觉的留恋。

“我和你说过巴斯特·约翰逊，他和威利一起坐牢。我们以前都认识他的。他昨天被送回家了。”

“是吗？”

“巴斯特一辈子残疾了。”

他的头在抖动。他用手压住下巴，但一意孤行的颤抖很难控制。

“昨天晚上，有几个朋友来我家，告诉我巴斯特回来了，要和我说威利的事。我马上跑过去，他把事情的经过都跟我说了。”

“嗯。”

“他们是三个人。威利、巴斯特和另一个男孩。他们是朋友。然后就出事了。”鲍迪娅停顿了一下，她用舔湿的手指润了润干燥的嘴唇，“事情和那个白人看守有关，他总是欺负他们。一天他们在公路劳动时，巴斯特跟看守顶嘴，另一个男孩见状试图逃跑。他们三个被带到营地，关进冰窟。”

他又说了一遍“嗯”。但他的头还在抖动，这个字听起来像喉咙里发出的呻吟。

“大约六星期前，”鲍迪娅说，“还记得前段时间的寒潮吧。他们把威利和男孩们关进了冰冷的屋子。”

鲍迪娅的声音低沉，话语间没有停顿，脸上的悲痛也没有丝毫的减弱。她的话就像一首低沉的歌。她说话，他听不进去。传到他耳朵里的声音很清晰，却没有形状和意义。仿佛他的脑袋是船头，声音是迎面撞来的水花，四溅而去。他需要向后看，为了找到已经被说出的话。

“……他们的脚肿得厉害，他们躺在那儿翻滚号叫。没有人来。他们喊了三天三夜，还是没有人来。”

“我聋了，”考普兰德医生说，“我听不明白。”

“他们把我们家威利和其他男孩扔进冰窟。从天花板上垂下一根绳子。把他们光脚绑在绳子上。威利和男孩们躺在地上，脚在空中。他们的脚肿得老高，在地上滚，大喊大叫。他们的脚冻成了冰。他们喊了三天三夜。没有人来。”

考普兰德医生用手抵住头，持续的颤抖依旧无法停下来。

“我听不见你的话。”

“最后，他们终于来找男孩们。他们把威利和男孩们送到医院，他们的腿肿了，冻坏了。坏疽。他们锯掉了威利的双脚。巴斯特·约翰逊失去了一只脚，另一个男孩没什么事。但我们家威利——终身残废了。两只脚都被锯掉了。”

话说完了，鲍迪娅俯下身子，用头撞桌面。没有哭，也没有哀号，只是将头不断地向结实的桌面撞去。桌上的碗和勺子叮当作响，他把它们拿到洗碗池。她的话支离破碎，但他不想组合它们。他烫了烫碗勺，洗干净碗布。他从地板拾起一样东西，又放在了另外一个地方。

“残废了？”他问，“威廉姆？”

鲍迪娅用头撞着桌面，撞击声像慢鼓点的节奏，他的心跳也变成了同样的节奏。她的话在慢慢地复活，有了意义，他明白了。

“他们什么时候送他回家？”

鲍迪娅把脑袋歪在胳膊上。“巴斯特不知道。他们很快地把他们分送到三个地方。他们把巴斯特送到另一个营地。威利的刑期只剩几个月，他想威利可能也快回家了。”

他们喝咖啡，静坐了很久，偶尔凝视一下对方的眼睛。杯子和他的牙齿不断地打架。她把咖啡倒入浅碟，溅出的咖啡流到了腿上。

“威廉姆——”考普兰德医生说。他叫这名字时，牙齿深深地咬进了舌头，下巴费劲地运动。他们坐了很长时间。

鲍迪娅握着他的手。微弱的晨光将窗子染成灰白。外面还在下雨。

“要是我打算去上班的话，最好现在就走。”鲍迪娅说。

他跟着她走过大厅，在衣帽架旁站住，穿上外套，戴好围巾。他打开门，迎面灌进一股湿冷的风。赫保埃坐在马路牙子上，头顶上盖着湿报纸。人行道边有一排篱笆，鲍迪娅倚着篱笆向前走着。考普兰德医生跟在她后面，有几步远，他也用手扶着篱笆平衡身体。赫保埃则紧跟在他后面。

他等待着黑暗的可怕的愤怒，像等待走出暗夜的野兽。但是并没有愤怒。他的腿像灌了铅，走起来很慢，一路靠在篱笆和房屋湿冷的墙壁上。他的心向最深处下沉，直到下面再也没有深渊。他触到了绝望的坚实底层，在那里安下心来。

在这里，有他熟悉的某种强烈而神圣的快乐。被压迫的笑声，鞭子下黑奴愤怒的灵魂歌唱。此时，这歌声就在他的体内——它并不是音乐，只是一种歌唱的感觉。安宁的重量，被水浸透了的重量，使他的四肢万分沉重，唯有强大的真正的使命推着他前行。为什么他要前行？为什么他不在最深的耻辱尽头休憩，来换取片刻的满足？

但他毅然向前走去。

“叔叔，”米克说，“您觉得喝点热咖啡会让你好受点吗？”

考普兰德医生望着她的脸，没有任何反应。他们穿过小镇，最后来到凯利家。他跟着鲍迪娅走了进去，赫保埃待在外面的台阶上。米克和她的两个弟弟已经在厨房里了。鲍迪娅讲了威廉姆的事。考普兰德医生并不在听，但她的声音有节奏地传来——开始、中间、结束。她说了一遍又一遍。别人也进来听。

考普兰德医生坐在角落里的凳子上。他的围巾和外套在火炉边的椅背上冒着热气。他把帽子放在膝盖上，黑长的手指紧张地摸索着帽檐。黄色的手心渗出了很多汗，他不时地用手帕去擦。他的头在颤抖，所有的肌肉都因为想阻止颤抖而变得僵硬。

辛格先生进来了。考普兰德医生仰起头看着他。“听说了吗？”他问。辛格先生点头。他的眼里没有恐惧、怜悯或仇恨。在所有知道这事的人当中，只有他的眼里没有这些表情。唯有他理解这件事。

米克低声问鲍迪娅：“你父亲叫什么？”

“班尼迪克特 · 马迪 · 考普兰德。”

米克凑到考普兰德医生身边，对着他大喊，好像他是聋子。“班尼迪克特，你不觉得喝点热咖啡会好受点吗？”

考普兰德医生吓了一跳。

“别对着他大叫，”鲍迪娅说，“他的听力和你一样好。”

“哦。”米克说。她倒掉壶里的咖啡渣，重新加入咖啡放到炉子上煮。

哑巴还待在门道里。考普兰德医生还盯着他的脸。

“那些监狱的看守会受到什么处罚？”米克问。

“我不知道，亲爱的，”鲍迪娅说，“我不知道。”

“我要做点什么。我肯定要做点什么。”

“我们做什么都没用。我们最好闭嘴。”

“对他们就应该更坏，就像他们对威利和其他男孩一样。我真想集合一些人，杀掉他们。”

“这不应该是基督徒说的话。”鲍迪娅说，“我们只需要安心地等待，我们知道他们会被撒旦用草杈剁成碎片，然后在油锅里没完没了地煎。”

“反正威利还可以吹口琴。”

“双脚锯了，这可是他唯一能干的。”

房子里满是噪声和骚动。厨房上面的房间有人在移动家具。餐厅里挤满了房客。凯利太太在餐厅和厨房间来来回回地穿梭。凯利先生穿着宽大的裤子和浴袍在房间里晃来晃去。凯利家的孩子们在厨房里贪婪地吃着喝着。门砰砰响，房子里处处都是说话声。

米克递给考普兰德医生一杯掺了牛奶的咖啡。牛奶在咖啡上泛着淡蓝的光泽。咖啡溅到托盘上，他先用手帕擦干托盘和杯沿。他一点也不想喝咖啡。

“真希望我能杀掉他们。”米克说。

房子一下子静了。餐厅里的人上班去了。米克和乔治上学了，婴儿被关在前面的一个屋子里。凯利太太在头上包了一块头巾，拿着扫把上了楼。

哑巴还站在门道。考普兰德医生抬头凝视他的脸。“你听说了？”他又问了一遍。但他没能发出声音——它们窒息在喉咙里——他的眼睛说出了这句话。哑巴离开了。只剩下考普兰德医生和鲍迪娅。他在角落的凳子上又坐了一会儿，最后他站起身来。

“你坐回去，父亲。今天上午我们待在一起吧。我给你煎条鱼，做个蛋糕，还有土豆，你在这里吃午饭。你待在这儿，我想给你好好做顿热饭。”

“你知道，我要出诊。”

“就今天一次。求你了，父亲。我觉得自己要崩溃了。再说，我不想你一个人在街上奔走。”

他犹豫了，摸了摸衣领，很潮湿。“对不起，女儿。你知道我要出诊。”

鲍迪娅把他的围巾放在火炉上烘烤，直到围巾干了。她帮他系好外套，将衣领翻好。他清清喉咙，把痰吐到随身装着的一张纸片里，然后在炉子里烧掉纸片。他在门口停住，和台阶上的赫保埃说话。他让赫保埃陪陪鲍迪娅，如果他能请天假。

空气冷得刺骨。蒙蒙细雨从低暗的天空坠落。雨渗进垃圾桶，小路上散发着垃圾难闻的气味。他一边走，一边靠在篱笆上平衡身体，乌黑的眼睛始终盯着地面。

他去看了所有必须要看的病人。然后他回到自己的门诊，从中午十二点一直工作到下午两点。随后他坐到书桌边，双拳紧握。没必要在那个事上纠缠。

他希望永远都不要再看见一张人的脸。而同时，他也无法一个人坐在空荡荡的房间里。他穿好外套，又走进湿冷的街道。他口袋里装着几张要送到药房的处方。但他不想和马歇尔·尼克斯说话。他走进药房，直接把处方放在柜台上。药剂师放下手中正在称的药粉，向他伸出两只手。他的厚嘴唇无声地嚅动了片刻才开口。

“医生，”他很正式地说，“你知道，我和我的同事们以及我的社团和教会成员——我们都深知你的悲哀，我们向你表示最深切的同情。”

考普兰德医生一句话也没说，仓促地转身离去。这太不值一提了，他需要更多的东西。强烈的真正的使命感，还有对正义的追求。他僵硬地走上主街，两臂紧紧地贴在身体两侧。他在沉思，却一无所获。他想不出一个在小镇上既勇敢又公正又有权的白人。他想到了他熟悉的每一个律师、法官、政府官员——想到这些白人，他的内心感到非常痛苦。最终他决定去找高等法院的法官。到法院时，他毫不犹豫地走了进去，决心要和法官谈谈。

法院宽大的前厅空空荡荡，只有几个闲人在通向两侧办公室的走廊上走动。他不知道法官的办公室在哪里，他在大楼里来回走着，查看门上的牌子，最后他拐到一处狭窄的通道。走廊中间站着三个正在聊天的白人，挡住了他的路。他贴着墙根，想挤过去，但一个白人转身拦住他。

“你有事吗？”

“麻烦你告诉我法官的办公室在哪。”

这个白人耸了耸大拇指，指向通道的尽头。考普兰德医生认出他是副警长。他们曾经见过几次，但副警长并不记得他。对黑人来说，所有白人都长得差不多，但黑人会用心辨认他们的脸。对白人来说，所有黑人都长得差不多，但白人通常不会费心记一张黑人的脸。因此这个白人说："你有事吗，尊敬的牧师先生？"

这个奚落的称呼激怒了他。"我不是牧师，"他说，"我是外科医生，一名医师。我叫班尼迪克特·马迪·考普兰德，我有急事要马上见到法官。"

副警长像别的白人一样，因为他一字一顿的话让他发狂。"是吗？"他嘲笑着问，然后对他的朋友眨眼，"那我就是副警长。我叫威尔森先生，法官很忙。你以后再来吧。"

"我一定要见法官，"考普兰德医生说，"我等他。"

通道的入口处有一个长凳，他坐了下来。那三个白人接着聊天，但他知道副警长在观察他。他决心不走。半个多小时过去了，几个白人在走廊上随意地转来转去。他知道副警长在看他，他拘谨地坐着，双手插在膝盖间。感觉告诉他应该离开，等副警长不在时再回来。和他们打交道时，他一直都非常谨慎，但现在，内心的某种力量让他不能退缩。

"过来，你！"副警长终于说话了。

他的头颤抖了一下，起身时没站太稳。"嗯？"

"你说见法官干什么来着？"

"我没说，"考普兰德医生说，"我只说找他有急事。"

"你站都站不直。你喝酒了吧？我闻到酒气了。"

"不，"考普兰德医生慢慢地说，"我没有——"

副警长朝他脸上打了一拳。他跌向墙边。两个白人抓住他的胳膊，把他一直拖到一楼。他没有反抗。

"他们真是国家的麻烦，"副警长说，"像他这样该死的自负的黑鬼。"

他没有说话，任他们摆布。他等待着那可怕的愤怒，他感觉到它在体内升起。愤怒让他极度虚弱，他绊倒了。他们把他推进囚车，两个看守跟着他。他们把他带到警察局，然后又送到了拘留所。一走进拘留所，他愤怒的力量才降临。他突然挣脱了他们。他被围在墙角。他们用棒子打他的脑袋和肩膀。光荣的力量在他体内迸发，搏斗时他能听见自己大笑的声音。他又哭又笑。他疯狂地踢，不断挥舞拳头，甚至用头撞他们。他很快就被摁住了，不能动弹。他们沿着大厅拖他前行。牢房的大门开了。后面有人踢他的屁股，他一下跪在了地上。

逼仄的囚房里已有五个犯人——三个黑人，两个白人。其中的一个白人上了年纪，喝醉了。他坐在地上挠痒。另一个白人是个男孩，不到十五岁。三个黑人都是年轻人。考普兰德医生躺在铺位上，看他们的脸，他认出了其中的一个人。

"你怎么会在这儿？"这个年轻人问，"你不是考普兰德医生吗？"

他回答是。

“我叫戴瑞·怀特。去年你帮我姐姐割了扁桃体。”

冰冷的牢房有一股腐烂的气味。装满尿的桶在角落里。蟑螂在墙上爬。他闭上眼睛，似乎立刻就睡过去了，等他再次抬起头时，牢房上小小的铁窗黑了，大厅里明亮的火在燃烧。四个空的锡盘放在地上。晚餐放在他的身边——卷心菜和玉米面包。

他在铺位上坐起身，剧烈地打了几个喷嚏。呼吸时，痰在喉咙里呼噜噜响。过了一会儿，那个年轻的白人男孩也开始打喷嚏。考普兰德医生没有纸片了，不得不用口袋里的笔记本。白人男孩靠近角落里的尿桶，但他只是任由鼻涕流到衬衫前面。他的眼睛张大了，脸颊红了。他蜷缩在铺位边呻吟。

不久，他们被带到外面的盥洗室，回来后准备睡觉。六个犯人，四个铺位。那个老人躺在地上打呼噜。戴瑞和另一个男孩睡一个铺位。

时间漫长。大厅里的火光灼痛了他的眼睛，牢房里的气味令他窒息。他感觉冷，牙齿冷得打架，巨大的寒冷让他颤抖。他坐着来回摇摆，用肮脏的毯子裹紧全身。有两次他去给那个白人男孩盖被子，男孩说着梦话，胳膊伸在外面。他摇晃身子，用手捧着脑袋，从喉咙处发出唱歌般的悲鸣。他不敢去想威廉姆。他也无法思考强烈的真正的使命，并从中获得力量。他只能感觉到自身的悲惨。

然后热浪回来了。暖意在体内蔓延开来。他躺下，似乎沉入了一个温暖的红色的地方，充满了舒适的感觉。

第二天早晨太阳出来了。南方的冬天走到了尽头。考普兰德医生被释放了。一小群人等在拘留所外面。辛格先生来了，鲍迪娅、赫保埃和马歇尔·尼克斯也来了。他们的脸庞非常模糊，他无法看清它们，太阳很耀眼。

“父亲，你不知道这对我们家威利毫无帮助吗？在白人的法院那儿晃悠？我们最好的办法是闭嘴和等待。”

她响亮的声音在他的耳边疲倦地回响。他们钻进廉价出租车。到家后，他把脸贴在清新的白枕头上。

11

米克整夜都睡不好。埃塔病了，她不得不睡在起居室。对她来说沙发又窄又短。她做了个噩梦，是关于威利的。她是一个月以前听到这件事的——但她还忘不掉。夜里她做过两次这样的噩梦，醒来时她在地上。额头上摔了一个包。早晨六点她听见比尔去厨房给自己弄早餐。天亮了，但窗帘拉着，屋子是半黑的。在起居室里醒过来，她有些不习惯，她也不喜欢。被单在身上扭作一团，一半在沙发上，一半在地上。枕头则在屋子的中央。她爬起来，打开对着大厅的门。楼梯上没有人。她穿着睡衣跑到后面的房间。

“挪过去一点，乔治。”

乔治躺在床的正中。夜晚是温暖的，他像小鸟一样赤条条的。两手拳头紧握，即使是在睡梦中他的眼睛也斜眯着，像在思考一件很难弄明白的事。他的嘴巴张开着，枕头上湿了一小块。她往边上推他。

“等等——”他在梦中说。

“往你那边挪一点。”

“等等——先让我做完这个梦——这个——”

她把他硬推到边上，紧贴着他躺下。她睁开眼时天已大亮，阳光从后窗射了进来。乔治已经不在了。她听见院子里孩子们的说话声以及水流的声音。埃塔和海泽尔在中间的屋子说话。她穿上衣服，贴着门仔细听，但听不清她们在说什么。突然她有了一个主意。她猛地把门打开，想吓她们一跳。

她们在看一本电影杂志。埃塔还在床上。她的手半捂着一个演员的照片。“从这里看，你不觉得他像那个男孩？那个过去和——”

“今天早晨过得好吗，埃塔？”米克问。她朝床底下看了看，她的秘盒好好地躺在原来的位置。

“你操心的事可真多。”埃塔说。

“你没必要挑事吧。”

埃塔的脸消瘦了。她的胃痛得厉害，卵巢也有病变。这和身体虚弱有关。医生说必须马上切除她的卵巢。他们的父亲说他们得等等再说。他没钱了。

“你到底希望我怎么做才好？”米克说，“我礼貌地和你说话，你却对我不耐烦。我为你难过，因为你病了，但你却不允许我表现得礼貌些。我当然生气啦。”

她向后捋着刘海儿，仔细地照镜子。“天！看看我头上的大包！我打赌我的头破了。昨晚我摔下来两次，我可能是撞到了沙发边的桌子。我没法在起居室睡觉。沙发把我挤死了，我真的没法躺在上面。”

“别大声喊了，行吗？”海泽尔说。

米克跪在地上，拽出那只大盒子。她仔细地检查绑在盒子上的绳子。“说，你们俩有没有谁动过它？”

“见鬼！”埃塔说，“我们动你的那些垃圾做什么！”

“你最好别动。要是谁敢动我的东西，我会杀了他。”

“你听好了，”海泽尔说，“米克·凯利，你是我见过的最自私的人。你对任何人都不关心，除了——”

“哼，胡说！”她砰地关上门。她恨她们俩。这是很可怕的，但这是事实。

她爸爸和鲍迪娅在厨房。他穿着浴袍，正在喝咖啡。他的眼里充满血丝，咖啡杯碰到托盘发出声响。他绕着餐桌不停地来回走。

“几点了？辛格先生走了吗？”

“他走了，亲爱的，”鲍迪娅说，“都快十点了。”

“十点！天啊！我从没起过这么晚。”

“你搬来搬去的那个大帽盒里装的什么？”

米克把手伸进炉子，拿出半打饼干。“你不问我，我就不会说谎。一个四处打探别人隐私的人会遭报应。”

“要是还有点牛奶的话，我想用它来泡碎面包，”她爸爸说，“万圣鬼汤。这对我的胃有好处。”

米克把饼干切开，在里面夹了几块炸鸡胸肉。她坐到后面的台阶上吃早餐。早晨的阳光温暖明亮。斯伯尔瑞布斯和萨克正和乔治在后院玩耍。萨克穿着防晒服，另外两个孩子赤着上身，只穿着短裤。他们正用水管喷着对方。水流在阳光下闪闪发亮。风吹起细小的水花，像雾一样，那雾中的色彩，像彩虹一样。一排衣服在风中飘动——白被单、拉尔夫的蓝衣服、红罩衫和睡衣——湿漉漉的、干净，飘扬出不同的形状。天气热得像夏天。毛茸茸的小黄蜂绕着小路篱笆上的忍冬嗡嗡叫。

“看我把它举到头顶！”乔治大喊，“看看水是怎么流下来的。”

她感觉浑身都是劲，令她坐立不安。乔治在面粉袋里装了些土，把它吊在树杈上当拳击沙袋。她开始击打它。砰！砰！她随着音乐的节奏击打它，音乐是她醒来时脑子里的歌。乔治在土里混进了一块尖利的石子，弄伤了她的指关节。

“啊！你把水喷到我耳朵里啦。我的耳朵聋了，我听不见啦。”

“给我。让我来射击。”

水花飘落在她的脸上，有一次孩子们把水管对着她的腿喷射。她担心盒子被弄湿，于是抱着它穿过小路来到前廊。哈里正坐在他家的台阶上读报。她打开盒子，取出笔记本，但很难集中精力思索她想写下来的歌。哈里朝她的方向看过来，她无法思考。

最近，她和哈里差不多每天都一起从学校走回家。他们聊了很多事。他们谈论上帝。有时她半夜醒来，为他们谈论过的话题而害怕。哈里是泛神论者。这是一种信仰，和浸礼会、天主教或犹太教一样。哈里相信人死了以后会变成植物、火、土、云和水。在你最后成为世界的一部分之前，需要上千年的时间。他说这比单单成为一个天使强。再说，它总比什么都不是要好。

哈里把报纸扔到他家的大厅，向她走过来了。“热得像夏天，”他说，“现在还只是三月。”

“是啊，我希望能去游泳。”

“如果有地方游，我们可以去。”

“哪有地方？除了乡村俱乐部的游泳池。”

“我真想干点什么——离开，去哪个地方。”

“我也是，”她说，“等等！我知道一个地方。它在郊区，十五英里以外。树林里有一条又深又宽的小河。夏天的时候，女童子军在这里扎营。去年威尔斯太太带我、乔治、派特和萨克去那儿游过一次。”

“如果你想去，我找两辆自行车，我们明天就去。一个月中有一个星期日我放假。”

“我们骑车去，在那儿野餐。”米克说。

“好。我借自行车。”

他上班的时间到了。她看着他沿街走远。街道中间有一棵月桂树，树枝低垂。他甩着胳膊，小跑着跳起来，抓住树枝引体向上。一种幸福的感觉袭过她的全身，因为真的，他们是真正的好朋友。而且他很英俊。明天她要借海泽尔的蓝项链，穿上丝绸裙。午餐他们会带果冻三明治和奈哈苏打水。也许哈里会带稀奇古怪的东西，因为他们家吃的是地道的犹太食品。她一直看着他，直到他拐了弯。真的，他已经长成了一个非常英俊的家伙。

野外的哈里和坐在台阶上读报、思考希特勒的哈里完全是两个人。他借的是男式自行车——前面有横梁。他们把午餐和游泳衣捆在挡泥板上，九点前就出发了。早晨的天气很热，今天肯定是个大太阳天。不到一个小时他们就远远地出了镇子，骑上了一条红泥路。田野泛着绿油油的光亮，松树清香的气息飘浮在空气中。哈里激动地不停地说话。暖风吹到他们的脸上。她感觉口干舌燥，肚子也开始饿了。

“看见那边山上的房子吗？我们停下来弄点水喝吧？”

“不，最好等等。井水会让你得伤寒的。”

“我已经得过伤寒了。我得过肺炎，摔断过腿，脚还感染过。”

“我知道。”

“是啊，”米克说，“我和比尔得伤寒热时，只能待在前屋，派特·威尔斯跑过人行道，捏着鼻子向窗里看。比尔可尴尬极了。我的头发都掉光了，我当时是秃头。”

“我打赌我们至少走出小镇十英里了。我们骑了一个半小时，而且骑得很快。”

“我快渴死了，”米克说，“也饿死了。你午餐袋里有什么吃的？”

“冷猪肝布丁、鸡肉沙拉三明治和馅饼。”

“很棒的野餐。”她对自己带的野餐感到尴尬，“我带了两只煮得很老的酿鸡蛋，加上两小袋盐和胡椒。三明治是黑莓果冻加黄油的那种。每样都用油纸包着。还有纸巾。”

“我根本没打算让你带东西的，”哈里说，“我母亲准备了两个人的午饭，因为是我请你出来的啊。我们现在就去商店买点冷饮。”

他们又骑了半个小时，才找到了加油站的商店。哈里支起自行车，她先进了商店。猛地从明亮的户外走进去，商店显得很暗。货架上堆着鸡胸肉片、油桶、面粉袋。柜台上的罐子里盛着黏糊糊的没有包装的糖，苍蝇在上面嗡嗡飞。

“都有什么饮料？”哈里问。

店员开始念名字。米克打开冰柜，向里面看看。手在冰水里的感觉很不错。“我想要巧克力奈哈苏打水。你们有吗？”

“我和她一样，”哈里说，“要两份。”

“不，等一下。这儿有冰啤酒。我想要一瓶啤酒，如果你请得起的话。”

哈里给自己也要了一瓶。他一直认为二十岁以下的人喝啤酒是有罪的，但也许他突然想跟着尝试下。刚喝了第一口，他就做了一个痛苦的鬼脸。他们坐在商店前面的台阶上。米克的腿累坏了，腿上的肌肉一直在跳。她用手擦了擦瓶颈，喝下冰凉的一大口。马路对面是一块空旷的大草坪，越过草坪是一排松树林。松树泛着各种各样的绿色，从明亮的黄绿色到发乌的墨绿色。天空是明朗热烈的蓝色。

“我喜欢啤酒，”她说，“以前，我常常把面包泡在爸爸剩的酒里。喝酒时，我喜欢舔手上的盐。这是我喝过的第二瓶属于我自己的酒。”

“第一口感觉很酸。后来味道就好了。”

店员说那个游泳的地方离小镇有十二英里。他们还要再走四英里多的路。哈里付了钱，他们又走到了烈日下。哈里一直大声说话，无缘无故地大笑。

“啤酒和阳光让我头晕。但我感觉可真好。”他说。

“我都等不及了，我想马上游泳。”

路面上有很多沙子，他们必须使足力气踩脚踏板，否则自行车就会停下来。哈里的衬衫被汗水打湿了，贴在后背上。沙地被甩在后面，路面变成了红泥土。她心里有一首缓慢的黑人歌曲——一首鲍迪娅的哥哥用口琴吹过的歌。她跟着歌曲的节拍踩脚踏板。

他们终于到了她要找的地方。“看，就是这儿！看那个标志写着‘私人领地’，我们得翻过那个倒刺铁丝网，然后走那条路！”

树林很安静。地面上覆盖着光滑的松针。只用了几分钟他们就到了小河边。湍急的河水是褐色的，感觉阵阵凉爽。

周围只有静静的水声和松林上面微风的长吟。仿佛幽深寂静的树林让他们胆怯了，他们轻轻地沿着河岸行走。

“是不是很美？”

哈里笑了。“为什么要小声说话？听我的！”他用手捂住嘴，发出长长的印第安式的呐喊，回声在他们耳边回响，“来吧。跳进水里，凉快凉快。”

“你饿吗？”

“好吧。我们先吃东西。先吃一半，等我们上岸后再吃一半。”

她拆开果冻三明治的包装吃了起来。吃完后，哈里细心地把废纸卷成球塞进树洞。然后他脱掉短裤，穿着游泳裤走到小径上。她在树丛后脱掉衣服，费劲地套上海泽尔的泳衣。泳衣实在太小了，勒疼了她的大腿根。

“你好了吗？”哈里喊道。

她听到水花溅起的声音，走到岸边时，哈里已经在游了。“先别跳，我看看水里有没有树桩或水浅的地方。”他说。她呆呆地望着他的脑袋在水中一起一伏。她从没想过要跳水，她甚至都不太会游泳呢。从小到大，她只游过几次，多是带着泳圈或者远离没过头顶的地方。但如果告诉哈里这些，显得自己太女人气。她感到尴尬，就编了一个谎话：

“我再也不跳水了。我过去总跳，从很高的地方跳。但有一次撞破我的头，所以我再也不能跳水了。”她想了一分钟，“我跳的是前屈体两周。我浮上来时水里都是血。

但我没注意这些，接着做各种花样动作。直到其他人朝我喊叫。我这才知道水里的血是从哪里来的。后来我再也游不好了。”

哈里爬上岸。“天！我没听说过这件事。”

她本想再多说些，让这故事听起来更可信些，可她只是直愣愣地看着哈里。他的皮肤是浅褐色的，水花在他的皮肤上闪闪发亮。他的胸部和腿部长着依稀可见的毛发。他身上只有一条紧绷绷的游泳裤，看起来赤条条的。摘掉了眼镜，他的脸显得更加宽阔和英俊了。他的眼睛又湿又蓝。他望着她，突然间好像两人都不好意思了。

“水有十英尺深，除了河对岸，那儿水比较浅。”

“我们游吧。我打赌冷水感觉应该不错。”

她不害怕。这种感觉就像是被困在高高的树顶，除了拼命地往下爬，没有别的办法。带着一种豁出去的平静，她沿着河岸蹭下去，到了冰冷的水中。她抓紧树根，直到伤了手，她才鼓起勇气游起来。她沉下去，呛了一口水，但她没有停止，没有给自己丢脸。她游到了对岸，脚可以触到水底。现在她感觉好了。她用拳头啪啪地击水，大声地叫喊，为了发出回声。

“看这儿！”

哈里摇晃着攀上一棵细高的小树。树干柔软，他爬到顶部时，小树被他拽弯了腰。他掉进水里。

“我也来！看我的！”

“那是棵小树苗。”

她和街区其他的孩子一样，是爬树的好手。她学他的动作，啪的一声跌进水里。她也能游泳了。现在她游得不错。

他们玩的游戏是"你叫我做什么，我就做什么"，沿着河岸奔跑，跳进冰冷褐色的水里。他们叫喊、奔跑、爬树。他们玩了差不多两个小时。现在他们站在岸上，互相望着对方，实在没什么新鲜的花样了。她突然说：

"你裸泳过吗？"

树林一片寂静，他一时间没有回答。他冷，他的乳头变硬变紫了。他的嘴唇发乌，牙齿打架。"我——我没有。"

她一下子兴奋了，顺口说了一句。"我们裸泳，你敢不敢？"

哈里把棕黑潮湿的头发顺到后面。"行。"

他们脱掉了身上的泳衣。哈里后背对着她，动作笨拙，耳根发红。随后他们转过身面向对方。也许他们站了有半个小时，也许不超过一分钟。

哈里从树上扯下一片树叶，揉碎了。"我们还是穿上衣服吧。"

整个野餐他们谁都不说一句话。他们把中饭摆在地上。哈里把每样东西都分成两份。夏季的午后热得令人昏昏欲睡。除了潺潺的流水声和鸟鸣，幽深的树林里一片寂静。哈里拿起带馅的酿鸡蛋，用大拇指压压蛋黄。这个动作让她想起了什么？她听见自己的呼吸声。

他从她的肩膀往上看。"听我说，米克。我觉得你很美。

我以前从没这样想过。我不是说过去我认为你丑——我只是想说——”

她向水中扔了一个松果。“如果想天黑前到家，也许我们该出发了。”

“不，”他说，“我们躺下吧。就一分钟。”

他拿了几捧松针、树叶和灰苔藓。她一边吮吸膝盖，一边观察他。她的拳头攥得紧紧的，好像浑身都绷紧了。

“我们睡觉吧，回家的路上才有精神。”

他们躺在松软的“床”上，望着天空下暗绿的松林。一只小鸟唱着一首清澈而哀伤的歌飞过，那是她以前从未听过的。一个像双簧管吹出的高音，接着降了五度后又扬了上去。这首歌是哀伤的，像无言的问题。

“我爱那只小鸟，”哈里说，“我觉得它是燕雀。”

“我希望我们是在海边，躺在海滩上，看远处的轮船。有一年夏天你去过海滩，它到底是怎么样的？”

他的声音粗而低沉。“嗯——有海浪。有时是蓝的，有时是绿的，灿烂的阳光下，波浪像镜子。沙滩上，你可以捡到各种各样的小贝壳。就像我们装在雪茄盒里带回去的那种。水面上有白色的海鸥。我们在墨西哥湾，凉爽的海风一直在吹，根本不像这儿能把人烤焦。总是——”

“雪，”米克说，“我想看雪。像电影里洁白清冷的雪。暴风雪。整个冬天，清冷的雪片轻柔地飘落，一直飘啊飘。像阿拉斯加的雪。”

他们同时转过身。他们贴得很近。她感到他在颤抖，她的拳头攥得很紧，像要裂开一样。“噢，上帝。”他重复着这一句话。她的头似乎离开了他的身体，飘到了远处。她直勾勾地瞪着刺目的阳光，心跳个不停。接着，一切就这样发生了。

就是这样发生了。

他们慢慢地推车前行。哈里低着头、勾着肩。天近黄昏，尘土飞扬的路面映着他们又长又黑的影子。

“听我说。”他说。

“嗯。”

“我们得把这事说清楚。必须说清楚——你知道吗？”

“不。我想我不知道。”

“听我说。我们得做点什么。我们坐下说。”

他们放下自行车，坐在路边的沟渠旁。他们离得很远。黄昏的太阳照在他们的头顶上，周围布满了褐色易碎的蚂蚁窝。

“我们得把这事搞清楚。”哈里说。

他哭了。他呆呆地坐着，眼泪从白皙的脸上落下。她不敢去想让他哭的那件事。一只蚂蚁咬她的脚踝，她用指头捏住它，盯着它看。

“是这样，”他说，“我还从没吻过女孩呢。”

“我也是。从没吻过男孩，除了我的家人。”

“我过去一直这么想的。吻一个特定的女孩。过去我在学校里曾暗暗计划过，晚上也做这样的梦。梦中她和我约会。我能看出她想让我吻她。在黑暗中我只是看着她，却不能吻她。我一直想吻她，可是机会来的时候我却不能。”

她用手指在地上挖了个洞，把死蚂蚁埋葬。

“全是我的错。不管如何通奸都是重罪。而且你比我小，还只是个孩子。”

“不，我不是。我不是孩子了。但现在我真希望我是。”

“听我说。如果你觉得我们应该结婚，那我们就结。可以秘密地或者用别的方式。”

米克摇摇头。“我不喜欢。我不会和任何男孩结婚。”

“我也不会。我知道你的感受。我不是说说而已，我心里就是这么想的。”

她被他的脸色吓着了。他的鼻翼在颤动，下嘴唇咬得发紫。他的眼睛闪着泪光、泛着忧愁。他的脸比她印象中的任何一张脸都要苍白。她转过脸去不再看他。要是他闭上嘴，事情就会好得多。她慢慢地环顾四周，沟壑里红白条状的黏土，破碎的威士忌酒瓶和对面松树上一个招聘县警的告示。她只想静静地坐下去，什么也不想，什么也不说。

“我要离开小镇。我是个好技工，可以去别的地方找工作。如果我待在家里，母亲肯定能在我眼里看到这一切。”

“你看着我，告诉我，能看出有什么不同吗？”

哈里盯着她的脸看了很久，点头表示能看出不同。他接着说：

“还有一件事。一两个月后，我会把地址告诉你，你一定要写信给我，告诉我你没事。”

“你什么意思？”她慢吞吞地问。

他解释说：“你只需要写两个字‘没事’，我就明白了。”

他们接着推车往回走。他们的影子在地上拖得很长，如同巨人一般。哈里的身子弯得像个乞丐，他不停地用袖子擦鼻子。太阳落下去之前，天地万物都蒙上了金黄的亮光；紧接着，太阳落了下去，身前的影子在路面上消失了。她感觉很苍老，仿佛身体里有什么东西沉甸甸的。不管他愿不愿意，现在她都是个成年人了。

他们走了十六英里，终于走回到家里黑暗的小路边。她看见了家里厨房黄色的灯光。哈里家里是黑的，他的母亲还没有回到家。她在一条小街上的裁缝铺工作。有时星期日也上班。透过窗户，你可以看到她在后面的缝纫机边埋头干活，或者把长长的针穿进厚重的布料。你看她时，她从不抬头。晚上，她就会为哈里和她自己做些地道的饭菜。“听我说——”他说。

她在黑暗中等待，但他并没有把话说完。他们握握手，哈里沿着他们两家房子之间的漆黑小路走了。走到人行道的拐弯处，他回头望望。灯光照着他的脸，苍白而严厉。然后他不见了。

“我给你出一个谜语。”乔治说。

“我在听。”

“两个印第安人走在山路上。前面那个人是后面那个人的儿子，但后面那个人却不是他的父亲。他们是什么关系？”

“我想想。他的继父。”

乔治朝鲍迪娅咧嘴乐，露出方形的蓝色小牙。

“那是他的叔叔。”

“你猜不到吧。那是他的母亲。猜不出来的原因是你没把印第安人往女人上面想。”

她站在屋外看着他们。透过厨房上门框看，里面是温馨整洁的家的图景。厨房干净整洁，只有水池边的灯亮着，屋内人影晃动。比尔和海泽尔在桌边玩二十一点纸牌游戏，用火柴代替钱币。海泽尔胖胖的粉指头摆弄着辫子。比尔吸着脸颊，非常认真地发纸牌。鲍迪娅在水池边，用一块干净的格子巾擦碗。她看上去很瘦，皮肤是金黄色的，抹了发油的黑发梳得整齐光滑。拉尔夫一个人安静地坐在地上，乔治正在试穿一件小铠甲，是圣诞节用过的金银箔做的。

“再来一个谜语，鲍迪娅。如果时钟的指针指在两点半上——”

她进了屋子。她本想他们看见她时，会后退站成一圈围观她。但他们只是瞟了她一眼。她在桌边坐下，等着吃晚饭。

“总是等到大家都吃完饭后，你才野回来。我简直忙得没有喘口气的时间。”

没人注意她。她吃了一大盘卷心菜和鲑鱼，又吃了些乳冻甜食。她在想她妈妈。门开了，她妈妈走进来告诉鲍迪娅，布朗小姐说她在自己房间里发现了臭虫。倒点汽油熏熏。

“别那样皱眉头，米克。你这个年龄的女孩应该学会打扮啦，尽量把自己弄得好看些。不要这样，我和你说话时别老那么插嘴。在拉尔夫睡觉前，你用海绵帮他好好擦擦身子。好好洗洗他的鼻子和耳朵。”

拉尔夫松软的头发沾了些燕麦粥。她用洗碗布把它擦掉，在水池里给拉尔夫洗手和脸。比尔和海泽尔玩完了游戏。比尔收拾火柴时长指甲刮到了桌面。乔治也把拉尔夫抱上了床。厨房里只剩下她和鲍迪娅两人。

“嘿！看看我。有没有什么不一样的地方？”

“我当然看见了，亲爱的。”

鲍迪娅戴上她的红帽子，换上她的浅口鞋。

“哦——”

“你需要弄点牛油抹在脸上。你的鼻子晒得脱皮了。他们说牛油治晒伤最棒。”

她一个人站在黑暗的后院，用指甲一片片地剥掉橡树皮。她的心情更糟了。如果他们看看她，发现了什么，也许她会感觉好一些。

她爸爸从后面的台阶叫她。“米克！噢，米克！”

“什么事？”

“有你电话。”

乔治凑过来，想一起听，但她把他推开了。米诺维兹太太的声音很大，很激动。

“哈里现在不在家啊。你知道他去哪啦？”

“不知道，夫人。”

“他说你们俩要骑自行车出去。他现在能去哪儿呢？你知道他在哪儿吗？”

“不知道，夫人。”米克又说了一遍。

12

天又热起来了，阳光南方游乐场总是挤满了人。三月的风停了下来。树上长出密密麻麻的褐绿叶子。碧蓝的天空没有一丝白云，太阳的射线越来越强。空气十分闷热。杰克·布朗特最恨这种鬼天气。一想到近在眼前的酷热的长夏，他就晕晕乎乎的，感觉整个人都不舒服。最近他经常头痛。他长胖了，长出一个小小的啤酒肚。他不得不松开裤子最上面的扣子。他知道这是喝酒导致的发胖，但他依然喝酒。酒精能缓解他的头痛。他只要喝一小杯，他的头痛就减轻一些。现在，一杯酒和一夸脱对他来说都是一样的。并不是当时喝下的这些酒带给他快感，而是这些酒调动了这几个月渗透在他血管里的所有酒精。一杯啤酒就能缓和他头部的悸动，而一夸脱的威士忌也不能让他醉倒。

他彻底戒酒了。一连几天他只喝水和橘子汁。阵阵头痛像脑里有蠕虫在爬。在漫长的下午和晚上，他都在疲乏地工作。他失眠了，强迫自己看书也是极大的痛苦。房间里潮湿酸臭的气味令他发狂。他躺在床上翻来覆去，等他入睡时天已亮了。

有个梦一直纠缠着他。四个月前，他第一次做这个梦。他在恐惧中醒来，但奇怪的是他并不记得梦到什么。他睁开眼睛时，只有梦的感觉。每次醒来时都是同样的恐惧，他毫不怀疑这些梦是相同的。他习惯了做梦，酒后怪诞的噩梦让他陷入疯狂混乱的境地，但早晨的光线总能驱逐他的噩梦，他也把那些梦忘得一干二净。

这个空白鬼祟的梦境却很不同。他惊醒，什么都想不起来。醒来之后，被惊吓的感觉还久久不散。后来有一天早晨，他带着熟悉的恐惧醒来，却隐隐约约地记起了他身后的黑暗。他正在一群人中行走，他的怀里抱着一件东西。这是他唯一能确定的。难道他偷东西了？或者是他想保住什么财产？这些人是在追捕他？他觉得不是。他越研究，这个奇怪的梦就越难以理解。再后来，这个梦有一阵子没有出现了。

他见到了那个去年十一月用粉笔在墙上写字的人。他们见面的第一天，那个老人就像一个邪恶的天才一样纠缠着他。他叫西姆斯，经常在人行道上讲道。冬天寒冷，他缩在屋里。春天来了，他便整天都在外面的大街上穿梭。松软的白发乱蓬蓬地耷在脖子上，他总提着一个女式丝质的大手袋，里面装满粉笔和耶稣的布告。他的眼睛很亮，闪着疯狂的光。西姆斯试图让他改变信仰。

“不幸的孩子，我闻到了你的呼吸里啤酒罪恶的臭气。你还抽烟。假如主允许我们抽烟，便会写在《圣经》里。你的额头上有撒旦的印记。我看见它了。忏悔吧，让我指给你那光。”

杰克翻着白眼，在空中缓慢地做了一个虔诚的动作。然后他张开油迹斑斑的手。“我只让你一个人看。”他用表演式的声调说。西姆斯低头看他手掌上的伤疤。杰克凑过去，对他轻声说：“还有一个印记。就是你知道的那个。都是天生的。”

西姆斯退到篱笆边。像个女人一样撩起额头上一绺银发，把它捋到后面。他的舌头紧张地舔着嘴角。杰克大笑。

“亵渎！”西姆斯尖叫着，“上帝会惩罚你和你的那伙人。上帝会记住渎神者。上帝眷顾我。上帝会眷顾所有的人，但他最眷顾的人是我，就像他眷顾摩西一样。上帝会在夜里对我说话。他会抓住你的。”

他带西姆斯到附近的便利店，要了可口可乐和花生黄油薄脆饼干。西姆斯又开始对他说教。他出发去游乐场上班，西姆斯一路小跑着跟在他后面。

“今晚七点到这个街角来。耶稣有消息给你。”

四月最初的几天，起风了，却很暖和。瓦蓝的天上飘着白云。风里飘过河水的气味和小镇远处田野清新的气息。每天从下午四点起一直到午夜。游乐场总是人多拥挤，这些人很粗野。新的春天来了，他嗅到了即将到来的麻烦。

一天晚上，他正在修理秋千的机械设备，突然一阵愤怒的说话声传来。他立刻挤过人群，看见旋转木马售票处旁一个白人女孩和一个黑人女孩正在打架。他使劲把她们扯开，但她们还是不肯罢休地扑向对方。人群分成两派，乱哄哄的。白人女孩是个驼背。她手上紧紧攥着一个东西。

“我可看见你啦，”黑人女孩嚷道，“还有，我能打直你的驼背。”

“闭嘴，你这个黑鬼！”

“不要脸的下等人。我付了钱，我有权骑。白人，让她把票还给我。”

“黑母狗！”

杰克看着她们两个。人群围得更紧了。乱七八糟地各种意见都有。

“我看见卢瑞把票掉到地上，我看到这个白人小姐把票捡起来。事实就是这样。”一个黑人男孩说。

“不许碰白人女孩，可恶的黑鬼——”

“你别再推我。就算你是白人，我也会还手的。”

杰克粗暴地挤进密集的人群。“好啦！”他大喊道，“都走吧，别吵啦！该死的。”看到他的大拳头，人们心有不甘地散去。杰克转向两个女孩。

“是这样的，”黑人女孩说，“我保证没几个人能像我这样，我从每周一工作到周五晚上，攒下五角钱。这星期我多熨了两倍的衣服。我付了整整五分钱买了她手上的那张票。现在我要骑木马。”

杰克很快就解决了纠纷。他让那个驼背女孩留着手上有争议的票，又给了黑人女孩一张票。那天晚上没有再发生别的争吵。但杰克警惕地在人群里逡巡。他感到忧虑和不安。

除了他，游乐场还有另外五名雇工，两个男人负责秋千和收票，三个女孩在售票处。这当然不包括帕特森。他大多数时间都在拖车里，一个人玩纸牌。他的目光涣散，瞳孔萎缩，颈部的皮肤松松垮垮地垂成褶子。过去的这几个月里，杰克涨了两次薪水。午夜，他要向帕特森汇报工作，并把晚上的收入一起交给他。有时他走进拖车好几分钟后，帕特森才注意到他；他盯着扑克牌隐入恍惚之中。拖车里散发着食物和大麻浓重的臭味。帕特森把手放在肚子上，好像在保护它。他查账总是非常仔细。

杰克和另外两个技工有过一次口角。这两个人原来都是一家工厂的络纱工。一开始，他试图和他们交谈，帮助他们发现真理。有一次，他邀请他们去台球厅喝酒。但他们太愚钝了，根本没法理解他。不久之后，他无意中听到了他们的谈话，他们便吵了起来。那是星期日的凌晨，大概两点钟，他正和帕特森对账。等他走出拖车，游乐场内空空荡荡的。月亮清亮。他正想着辛格，还有这一天的假。他经过秋千时，听到有人在说他的名字。两个技工干完了活，正一起抽烟。杰克听着。

“如果说我有比黑鬼更讨厌的人，那就是赤色分子。”

“他太有意思了。我才不在意他。看他趾高气扬的样子。我从没见过这么矮的矮冬瓜。你知道他有多高？”

“大概五英尺吧。他总是觉得能给所有的人带来真理。其实他该待在监狱里。那是他的地方。”

“我看着他，就会忍不住要乐。”

“他没必要那样高傲自大。”

杰克看着他们向韦弗斯小巷走去。他的第一反应是冲过去挡住他们，但他忍住了。他默默地生了几天气。一天晚上下班后，他跟着那两个技工走过几条马路，在他们转弯时，他横在他们面前。

“你们的话我听见了。”他喘着粗气说，“我碰巧听到你们上星期六晚上说的每句话。是的，我就是有信仰的人。至少我认为我是。但你们是什么？”他们站在街灯下。那两个男人向后退去。这个街区很荒凉。“你们两个苍白的、麻木的、懦弱的小老鼠！我伸出手就能掐住你们的细脖子，一只手一个。不管我是不是矮冬瓜，我能把你们打倒在人行道上，然后让人用铁锹把你们铲起来。”

这两个男人被吓住了，他们互相看了看，想往前走。但杰克挡在前面。他倒着走，挡着他们，脸上是愤怒的嘲讽。

“记住，以后你们只要想对我的身高、体重、口音、举止或信仰做出评价时，我建议你们随时来找我。任何问题我都不会找借口回避，万一你们不知道，我们可以一起讨论。”

以后的日子，杰克就用愤怒的蔑视对待这两个男人。他们只能在背后讥笑他。一天下午，他发现秋千器械被故意毁坏了，他不得不加班三个小时来修理它。他总觉得有人在嘲笑他。每次他听到女孩们周喊喊喳喳，他都挺直身子，毫不顾忌地对着自己大笑，好像想到了什么笑话。

温暖的西南风从墨西哥湾吹来，带来了浓郁的春天的气息。白天变长了，太阳更耀眼了。懒洋洋的暖风让他压抑。他又开始喝酒了。一下班，他就回家躺倒在床上。有时衣服也不脱，死一般地在床上一待就是十几个小时。几个月前的恐惧感仿佛消失了，这种不安曾让他咬自己的指甲低泣。但这种情绪让杰克感觉到了熟悉的紧张。在他所有去过的地方当中，小镇是最孤独的。或者说，如果没有辛格先生，它就是最孤独的。只有他和辛格知道真理。他知道，但不能让不知道的人看出这一点。他像是与黑暗、炎热和空气中的臭味作战。他忧郁地望向窗外。角落上被烟熏黑了的矮树长出了胆汁绿的新叶。天空总是悠远的蓝色。流过小镇的恶臭的河水，滋养了蚊子，它们在房间里嗡鸣。

他被叮起了包。每天早晨，他把硫黄和猪油混到一起，抹在身体上。他把自己挠疼了，瘙痒好像永远也止不住。一天晚上他终于爆发了。他独坐了很久，喝了杜松子酒和威士忌，醉得厉害。差不多天快亮的时候。他把身子探出窗口，看着漆黑沉默的街道。他想到了周围所有的人，睡眠中的以及不知道的人。突然他高声地叫喊起来：“这就是真理！你们这些一无所知的杂种。你们不知道。你们不知道！”

整条街愤怒地醒来。灯都亮了，睡意蒙眬的诅咒扑向他。房子里的男人疯狂地摇撼他的门。对面街上的妓女从窗口探出脑袋。

“你们这些愚蠢、愚蠢的杂种。你们这些愚蠢——”

“闭嘴！闭嘴！”

大厅里的人撞他的门。“你这个醉鬼！看我们怎么把你修理掉，你会死得很难看的。”

“外面有几个人？”杰克咆哮，他砰地将一个空酒瓶砸到窗槛上，“来啊，所有的人。所有的人都来啊。我一次可以打倒你们三个人。”

“没错，亲爱的。”一个妓女叫道。

门被撞开了。杰克从窗口跳下去，顺着小路跑了。“咿噢！咿噢！”他醉醺醺地喊。他光着脚，赤着上身。一个小时后，他跌跌撞撞地闯进辛格的房间。他仰面躺在地上，大笑着睡去。

四月的一个早晨，他发现了一个被谋杀的男人尸体。一个年轻的黑人。杰克在离游乐场不远的阴沟里发现了他。黑人的喉咙被割开了，脑袋向后滚动成一个古怪的角度。热辣辣的太阳照在他圆睁空洞的眼睛上，苍蝇在胸口的干血上面盘旋。死者握着一根红缨棒，像在游乐场汉堡摊里卖的那种。杰克郁闷地低头看了一会儿尸体。随后他叫了警察。警察没有发现任何线索。两天后死者的家人认领了尸体。

阳光南方游乐场时常有打架和争吵。有时两个朋友手挽手，笑着、唱着来到游乐场，而在他们离开之前却气呼呼地扭打成一团。杰克总是警觉的。在游乐场绚丽的热闹、明亮的灯光和懒洋洋的笑声深处，他触到了某种压抑和危险的气息。

在这些茫然混乱的日子里，西姆斯不停地走。他总是带着临时讲坛和一本《圣经》，站在一群人中间布道。他谈到基督的第二次降临。他说末日审判将在一九五一年十月二日。他会指着一些酒鬼，用嘶哑的声音对着他们尖叫。他讲得满嘴是口水，他的话都带着汩汩的水声。一旦他站在人群中，搭起他的讲坛，就没有什么人可以动摇他。他送了杰克一本基甸国际所赠的《圣经》作为礼物，告诉他每天晚上跪着祷告一个小时，把递给他的每一杯啤酒或每支香烟都拒之门外。

杰克也开始在口袋里装上了粉笔，他们为了墙壁或篱笆争吵。他写简短的句子，他尽量修饰它们的用词，为了让路人驻足，深思它们的意义。因此有路人会好奇。因此有路人会思考。他也写了小册子，在街上散发。

如果没有辛格，杰克知道他会离开这个小镇。只有星期日和辛格在一起时，他才感到安宁。有时他们一起出去散步或者下棋，但更多的时候他们一天都静静地待在辛格的房间里。他想说话时，辛格总是很专心。他忧郁地坐上一天时，哑巴理解他的感觉，不会吃惊。对他来说，似乎只有辛格可以帮助他。

一个星期日，他上楼时看见辛格的门开着。房间是空的。他一个人坐了两个多小时。最后他终于听到辛格上楼的脚步声。

“我正想你去哪了。”

辛格笑了。他用手帕掸掸帽子上的灰，把它放到一边。然后他从口袋里掏出银铅笔，俯在壁炉架上写便条。

“发生了什么？”杰克读了哑巴的字后问，“谁的腿被锯掉了？”

辛格拿回便条，添了几句话。

“哈！”杰克说，“这不奇怪。”

他思考着这个便条，然后把它揉在手里。过去一个月的无力感消失了，他感到紧张和不安。“哈！”他又说了一遍。

辛格装了一壶咖啡，取出棋盘。杰克把便条撕成碎片，用两只汗津津的手掌搓着。

“但我们可以做点什么，”过了半晌他说，“你知道吗？”

辛格不确定地点点头。

“我想去看那个男孩，听听他全部的故事。你什么时候能带我去？”

辛格思索，然后在纸上写下“今晚”。

杰克用手捂着嘴，在屋子里焦躁地走动。“我们可以做点事。”

13

杰克和辛格站在前门廊等候。他们按了门铃，黑暗的房子里却没有铃声。杰克不耐烦地敲门，把鼻子抵在纱门上向里望。辛格站在他身旁微笑着，脸颊泛着红晕，他们刚一起喝过一瓶杜松子酒。夜晚静悄悄的，周围一片漆黑。杰克望见大厅里射出一道柔和的灯光。鲍迪娅来给他们开门。

“但愿你们没有等得太久。来了好多人，我们觉得应该把门铃关掉。先生，把帽子给我，我父亲病得很重。”

杰克跟在辛格后面，笨重地走过狭窄的大厅。他们在厨房门口停下来。屋里又热又挤。火苗在小柴炉里燃烧，窗子关得紧紧的。烟味里混着黑人特有的气味。火焰是屋里唯一的光。刚才在大厅里人们的低语声静了下来。

“有两个白人先生来探望父亲。”鲍迪娅说，“也许他能见你们，但我最好先进去看看，帮他准备一下。”

杰克摸摸厚厚的下嘴唇。鼻尖处有网状的印记，那是他刚才贴在纱门上留下的。“不，”他说，“我是来找你哥哥的。”

屋里的黑人站了起来。辛格示意他们坐下。两个花白头发的老人坐在火炉边的长凳上。一个四肢松弛的混血儿懒散地靠在窗边。角上的行军床上有一个无腿的男孩，裤腿被卷起，别在粗短的大腿根下。

“晚上好，”杰克笨拙地说，“你是考普兰德？”

男孩把手放在残肢上，缩到墙边。“请我叫威利，先生。”

“亲爱的，别担心，”鲍迪娅说，“这是辛格先生，你听父亲说起过的。另一个白人是布朗特先生，辛格先生的好朋友。他们是好心的，来问问我们的麻烦。”

她转向杰克，指指屋子里另外三个人。“靠在窗边的那个男孩也是我的哥哥，叫巴迪。靠近炉边的是我父亲的两个好友。马歇尔 · 尼克斯先生和约翰 · 罗伯茨先生。我觉得让你们知道屋子里的人都是谁是个好主意。”

“谢谢。”杰克说，他又转向威利，“我只想让你对我说说这个事，我好把它弄清楚。”

“事情是这样的。”威利说，“我觉得脚还在痛，我脚趾痛死了。如果我的脚还在我的腿上，那疼痛就应该在我的脚本来该在的地方。但现在我没有脚，他不在我的身上。这很难理解。我的脚一直在痛。我不知道它们在哪里。他们没把我的脚还给我。它们在一百多英里外的什么地方。”

“我想知道事情的经过是怎样的。”杰克说。

威利不情愿地抬头看着他的妹妹。“我记不太清楚了。”

“没关系，亲爱的。你当然记得清，你和我们说过很多次了。”

“嗯——”男孩的声音胆怯而沉闷，“我们都在路上，不知道巴斯特对看守说了什么。那白人看守拿出棍子对着他。另一个男孩想跑，我跟着他跑。事情发生得太快了，我记不清是怎么回事。后来他们就把我们带回到营地，然后——”

“我知道后来的事，”杰克说，“把另外两个男孩的名字和地址告诉我。告诉我看守的名字。”

“听我说，先生。我感觉你想给我找麻烦。”

“麻烦！”杰克粗鲁地说，“你觉得你自己现在没有麻烦吗？”

“都冷静些，”鲍迪娅紧张地说，“是这样的，布朗特先生。他们提前释放了威利。但他们也暗示他不要——我相信你明白我们的意思。威利吓坏了。我们自然要小心——因为我们最好这样。我们的麻烦已经有太多了。”

“那看守怎么样了？”

“那白人看守被开除了。他们这样告诉我的。”

“你的朋友现在在哪里？”

“什么朋友？”

“另外那两个男孩。”

“他们不是我的朋友，”威利说，“我们闹翻了。”

“怎么回事？”

鲍迪娅拽着耳坠，她的耳垂被拉长了。“威利是说那三天他们痛得要命，就开始吵架。威利再也不想见到他们。这也是父亲和威利争吵过的事。这个巴斯特——”

“巴斯特装了木腿。”窗边的男孩说，“今天在街上我看见他了。”

“巴斯特没有亲人，父亲想让他搬来和我们一起住。他想把这些男孩都集中在一起。我真不知道，他怎么会觉得我们能养得起他们。”

“这个主意不好。再说我们从来不是好的朋友。”威利用他健壮的黑手抚摸残肢，“我只想知道我的脚在哪里。这是我最着急的事。医生从没把它们还给我。我想知道它们在哪里。”

杰克醉眼迷茫。他环顾四周，每样东西看起来都模糊不清。厨房里的热气让他眩晕，声音在耳朵里嗡鸣。烟雾让他透不过气。天花板上的灯亮着，但为了减弱亮度，灯泡用报纸包着，所以屋子里的光主要来自炉子里的火焰。旁边所有黑面孔上都闪着红光。他感到不安和孤单。辛格离开了屋子去看鲍迪娅的父亲。杰克希望他快些回来，然后他们一起离开。他笨拙地坐在了对面的长凳上，在马歇尔·尼克斯和约翰·罗伯茨之间。

“鲍迪娅的父亲在哪？”他问。

“考普兰德医生在前屋，先生。”罗伯茨说。

“他是医生？”

“是的，先生。他是医师。”

外面的台阶传来脚步声，后门开了。一股新鲜的暖风令混浊的空气轻快多了。先走进来一个穿亚麻西装和镀金鞋的高个子男孩，抱着一个纸袋。跟在后面的是一个十七岁左右的男孩。

“嘿，赫保埃。嘿，兰斯，”威利说，“你们给我带了什么？”

赫保埃夸张地对杰克鞠了个躬，把两罐用果酱罐装的酒放在桌上。兰斯在果酱罐旁边摆上一只碟子，上面盖了干净的白餐巾。

“酒是社团送的。”赫保埃说，“桃松饼是兰斯的母亲送的。”

“鲍迪娅小姐，医生怎么样了？”兰斯问。

“这些日子他病得厉害，但他身体却很强壮，这让我担心。一个像他这样的病人变得很强壮不是好兆头。”鲍迪娅转向杰克说，“你不觉得是坏兆头吗，布朗特先生？”

杰克迷茫地盯着她。“我不知道。”

兰斯阴郁地扫了杰克一眼，拉了下穿小了的衬衫的袖口。“请转告医生我们全家的问候。”

“非常感谢，”鲍迪娅说，“前几天我父亲还说到你呢。他有一本书想给你。等会我把书拿给你，再把碟子洗干净还给你母亲。她真是太客气了。”

马歇尔·尼克斯靠近杰克，像是想和他交谈。这个老人穿着细条纹裤子，上身穿着晨礼服，扣眼中插着一朵花。他清清嗓子说："很抱歉先生，我们无意中听到了你和威廉姆谈话，关于他现在的麻烦。我们已经考虑了怎么做才是最好的办法。"

"你是他的亲戚，还是教堂的牧师？"

"不，我是药剂师。你左边的约翰·罗伯茨在政府的邮局工作。"

"邮差。"约翰·罗伯茨重复道。

"很抱歉——"马歇尔·尼克斯从口袋里掏出黄丝绸手帕，小心翼翼地擤鼻涕，"我们自然全面地讨论了这个问题。作为美国这个自由国家的黑人，我们愿意尽最大的努力来发展和睦的关系。"

"我们希望能做正确的事。"约翰·罗伯茨说。

"我们应该谨慎，不要损害已经建立的这种和睦关系。如果能通过循序渐进的方式，也许会出现更好的状况 。"

杰克望望这个，看看那个。"你的话我不能理解。"热气令他窒息。仿佛有一层薄雾沾在他的眼球上，周围所有的面孔都是模糊的。他想离开。

威利吹着口琴。巴迪和赫保埃在听。曲子阴郁而哀伤。乐曲吹完后，威利在衬衫上蹭了蹭他的口琴。"我又饿又渴，口水把琴都弄湿了，吹不好曲调了。我很想试试一些低音连奏的爵士乐。喝点好酒，是唯一能使、使我忘记痛苦的办法。如果我能知道我的脚、脚在哪里，能每天晚上喝上一杯杜松子，我就不会这么难受了。"

“别抱怨了，亲爱的。你会有的，”鲍迪娅说，“布朗特先生，用点桃松饼和酒吗？”

“好的，”杰克说，“谢谢。”

鲍迪娅铺上桌布，放好碟和叉。她倒了满满一大杯酒。“请随意，先生。如果你不介意，我要招呼别人了。”

其他人轮流拿着果酱罐对着嘴喝。赫保埃把罐子递给威利之前，借了鲍迪娅的口红，在罐上画了一条红线，那是规定他喝酒的界线。屋里子有咯咯的喝酒声和说笑声。杰克吃完了松饼，拿着酒杯坐回到两个老人中间。自制的酒像白兰地一样醇厚浓烈。威利开始吹一支低而忧郁的曲子。鲍迪娅把手指捏得啪啪响，在屋里不停地转。

杰克转向马歇尔·尼克斯。“鲍迪娅的父亲是医生？”

“是的，先生。他确实是一位优秀的医生。”

“他怎么了？”

那两个黑人警惕地互相看了看。

“他出了点事情，”约翰·罗伯茨说。

“什么事？”

“很悲惨的事情。”

马歇尔·尼克斯叠上又展开他的黄丝绸手帕。“我们刚才说过，我们重要的不是要损害这些和睦关系，而是尽量用真诚的办法来促进它。我们作为黑人种族的一员，必须尽可能地努力来提升我们的社会地位。为此那位医生尽了一切努力。但有时候，他没有完全认识到不同种族和处境的某些现状。”

杰克不耐烦地吞下最后一口酒。“别绕弯子了伙计，我根本听不懂你的话。”

马歇尔·尼克斯和约翰·罗伯茨交换了一下受伤的眼神。威利仍在吹着口琴。他的嘴唇在口琴的方孔上嚅动，像肥胖收拢的毛毛虫。他的肩膀宽阔强壮。大腿的残肢随着音乐晃动。赫保埃随着乐曲跳舞，巴迪和鲍迪娅用手打着节拍。

杰克站起来，他马上就意识到自己醉了。他踉踉跄跄，装作没醉的样子扫视四周，但好像没人注意他。“辛格在哪？”他问鲍迪娅。

音乐声停了。“布朗特先生，我以为你知道他走了。你吃桃松饼时，辛格先生到了门口，向你示意他要走了。你直直地看着他，摇摇头。我以为你知道。”

“也许我在想别的事。”他转向威利，生气地说，“我还没告诉你我来这里的目的。我来这儿可不是要你做什么。我来这里只有一个目的——你和另外两个男孩来为发生的事作证，我来解释这是为什么。为什么是唯一重要的，而发生了什么则无关紧要。我想用手推车带你四处走，你说出你的故事，然后我说说为什么。也许这么做会有点意义。也许它——”

他感觉他们在笑他。困惑和不解使他忘了他想说的话。屋子里都是陌生的黑面孔，空气压抑得令他无法呼吸。他看见对面的门，踉跄地向它走过去。他到了一个黑暗的充满药味的储藏室。然后他的手拧开了另一只门把手。

他站在了一间白屋的门外，里面只有一张铁床，一个橱柜和两把椅子。床上躺着的是那个可怕的黑人，正是他在辛格家楼梯上撞到过的。在白色的枕头上，他的脸显得非常黑。黑眼睛因仇恨而发光，泛青的厚嘴唇却是镇静的。他的脸像黑面具一样，没有任何表情，除了每次呼吸时鼻翼缓慢地颤动。

“请你出去。”黑人说。

“等等——”杰克无助地说，“为什么这样说？”

“这是我的家。”

杰克的视线无法从黑人可怕的脸上移开。“但是为什么？”

“你是白人和陌生人。”

杰克没有离开。他小心地走向一把白色的直背椅边坐下。黑人的手在床罩上挪动。他的黑眼睛闪着强烈的光芒。杰克注视着他。他们僵持着。房间里有一种阴谋的紧张感，也像爆发前的死寂。

午夜过去很久了。黑暗中，春天早晨的暖空气搅动了房间里层层的蓝色烟雾。地上有皱巴巴的纸团和一瓶半空的杜松子酒瓶。考普兰德医生的头紧紧地压在枕头上。他脱掉了睡袍，白棉睡衣的袖口卷到了胳膊肘。杰克坐在椅子里，身子向前探着。他的领带松了，衬衫领子被汗水浸湿不再挺直。这几个小时中，他们进行了深入的长谈。此刻暂停下来。

“所以是时候了——”杰克开口。

但考普兰德医生打断了他。“我们现在也许必须——”

他沙哑地低语。他们都停住了，凝视着对方，等待着。

“请原谅。”考普兰德医生说。

“对不起，”杰克说，“您继续。”

“不，你接着说。”

“嗯——”杰克说，“现在，我不想说刚才要说的话了。关于南方总会有一个最终的结论，被束缚的南方，被破坏的南方，被奴役的南方。”

“还有黑人。”

为了使自己镇定，杰克俯身拿起地上的酒瓶，喝了一大口灼热的酒。然后，他小心地走向橱柜，拿起一个微型世界地球仪，廉价的用来镇纸的。他把它放在手里慢慢地转动。“我只能说这个世界充满了卑鄙和邪恶。在这个地球上，有四分之三的地方处在战争或压迫中。骗子和恶魔狼狈为奸，而真正知道的人却是孤立的，毫无反抗之力。但是！但是，如果你让我指出这个地球仪上最不开化的地区，我会指这里——”

“看仔细些，”考普兰德医生说，“你指到海洋了。”

杰克又转动地球仪，把短粗的脏拇指按在精心选择的一处。“这里。这十三个州。我知道我在说什么。我读了很多书，走了好多地方。这十三个州我都去过。我在每个州都工作过。我为什么有这样的想法？我们生活在世界上最富有的国家。物产丰富，却不能匀出一点给贫困的人们。除此之外，我们的国家建立在伟大和真正的原则之上——那就是每个人都是自由的、平等的，享有人权。理想是好的，可结果呢？有上亿资产的公司，却有成千上万的人没饭吃。在这十三个州里，对人类的剥削到了令人无法忍受的地步，你真应该亲眼去看看。我一生中见到的很多让人发疯的事。至少有三分之一的南方人，他们的生活绝不比欧洲任何一个法西斯国家最贫困的农民强。农场里佃农的年平均工资只有七十三美元。请注意，这是平均工资！用谷物交租的佃农每人从三十五元到九十元不等。而一年三十五元意味着一整天的工作只值一角钱。到处都有糙皮病、钩虫病和贫血症，还有可怕的饥荒。然而！”杰克用肮脏的拳头蹭着嘴唇。额头上立着汗珠。“然而！”他重复道，“这还只是你能看得见摸得着的邪恶。还有更糟糕的东西。我指的是他们向人们隐瞒真理的方式。人们所获知的那些都是无关紧要的有毒的谎言，他们根本不允许人们知道真相。”

“还有黑人，”考普兰德医生说，“要了解我们的遭遇你必须——”

杰克粗野地打断他。“谁真正拥有南方？北方的企业拥有整个南方的四分之三。他们说老奶牛在南方、西部、北方和东部四处吃草。但她只在一个地方挤奶。她在各处吃草，在纽约挤奶。他们夺走我们的棉纺厂、纸浆厂、马具厂，还有我们的床垫厂。北方拥有它们。而这是为什么？”杰克气愤得胡子不停地抖动，“这有一个例子。那是根据美国工业伟大的父权体系建立的一个工厂村。产权遥领制。村里有一个巨型砖厂和四五百个贫民窟。那些房子简直不是人住的。

而且那些房子就是当作贫民窟来造的，只有两个或三个房间加上一个厕所。造贫民窟远远没有造牲口棚时花的心思多。因为在这种制度下，猪比人有价值。从骨瘦如柴的小工人身上，你可做不成猪排或香肠。如今，人不能买卖。可是猪——”

“等等！”考普兰德医生说，“你跑题了。你根本没注意到黑人这个独立的问题。我都插不上嘴。这些我们都经历过，不把黑人的权益考虑进去，你不可能看清全局。”

“回到我们的工厂村，”杰克说，“能找到工作的时候，一个年轻的棉纺工刚开始工作时，一周挣八元或十元的体面收入。他结了婚。生了第一个小孩后，女人也必须在工厂上班。他们加在一起的工资是一周十八元。但他们不得不拿出四分之一来租工厂提供的棚屋，在公司的商店买食品和衣服。每一样东西商店都多收了钱。有了四五个小孩后，他们被牵制住了，就好像套上了枷锁。这就是奴隶制的全部原理。然而在这里，我们说自己是自由的。可笑的是，这种自由的概念被牢牢地灌进了佃农、棉纺工等所有人的头脑里，他们真的相信啦。为了不让他们知道真相，它充斥着一大堆该死的谎言。”

“只有一个出路——”考普兰德医生说。

“只有两条。曾有一段时期，这个国家在扩张。每个人都认为自己有大好的机会。但是，它已经过去了，永远地过去了。不到一百家企业吞吃了一切，只留下点残羹剩饭。这些企业吸干了人们的血，熬干了人们的骨髓。扩张的时代已经过去了。资本主义民主的整套机制都在腐烂和腐败。现在只剩下两条路。一是法西斯主义。二是最具革命性和最永恒的改革。”

“还有黑人问题。别忘了黑人。对于我和我的同胞来说，南方现在实行的就是法西斯主义，而且一直都是。”

“是的。”

“纳粹剥夺了犹太人的法律、经济和文化生活。这里，他们也从黑人身上剥夺了这些权利。虽然德国发生的对钱物的大量抢劫并没有发生在这里，那不过是因为黑人从一开始就没有致富的机会。”

“这就是那个机制。”杰克说。

“犹太人和黑人，”考普兰德医生痛苦地说，“我们同胞的历史将和犹太人的历史一样，只会更血腥、更野蛮。就像一种海鸥。如果你捉住一只，在它的腿上缠住一根红绳，剩下的海鸥会把它啄死。”

考普兰德医生取下眼镜，在断裂的铰链处重新绑了绑金属丝。然后把镜片在睡衣上擦了擦。他的手因为焦虑而颤抖。“辛格先生是犹太人。”

“不，这说错了。”

“我相信他是的。辛格本来就是一个犹太人的名字。第一眼看见他，我就从他的眼睛认出了他的种族。而且，他这样对我说过。”

“他不可能说过，”杰克坚持道，“他是纯正的盎格鲁－

撒克逊人。具有爱尔兰和盎格鲁－撒克逊的血统。”

“看是——”

“我确定。不会错。”

“好吧，”考普兰德医生说，“我们别吵了。”

外面还是黑乎乎的，但空气凉下来了，屋里有了点凉意。快到黎明了。天空是丝绸般的深蓝色，月亮由银白变成了纯白。天地间一片寂静，只有一只春鸟清澈孤独地鸣叫。尽管从窗外吹进了微风，屋里的空气还是难闻和憋闷的。屋内有一种既令人紧张又筋疲力尽的感觉。考普兰德医生从枕头上探起身子。他双手揪住床罩，眼睛充满血丝。睡衣的领口滑到了瘦骨嶙峋的肩膀。杰克的脚后跟搭在椅子的横杠上，一双大手交叉着放在膝盖间，一种等待和孩子气的姿态。他的眼下有深深的黑眼圈，头发乱七八糟。他们对视着，等待着。沉默拉得越长，他们之间紧张的气氛就越严重。

终于，考普兰德医生清清嗓子说：“你来这里不会没有目的。我确信我们整个晚上讨论的这些话题，不是毫无目的的。我们谈了一切，除了最关键的话题，那就是出路。我们要做些什么。”

他们仍然看着对方。两个人的脸上都露出期待的表情。考普兰德医生靠着枕头坐得笔直。杰克一只手撑着下巴，身体前倾。沉默在继续。然后他们同时开了口。

“对不起，”杰克说，“你说。”

“不，你先说。”

“说吧。”

“哼！”考普兰德医生说，“你接着说。”

杰克盯着他，目光迷蒙神秘。“这是我的看法。让人们知道真理是唯一的出路。一旦他们知道了真相，他们就不会再被压迫。只要有一半的人知道真相，整个战斗就胜利了。”

“是的，只要他们明白了社会运作的机制。可是你打算如何让他们知道？”

“听我说，”杰克说，“想想连环信。如果一个人把信寄给十个人，这十个人中的每一个都再寄给十个人，明白了？”他有些结巴了。“不是说我来写信，但道理是那样的。我四处宣讲真理。如果在一个小镇，我能把真相告诉给十个不知道的人，我就做了一件好事。懂吗？”

考普兰德医生惊讶地看着杰克。然后他哼着鼻子说：“别天真了！你不可能到四处宣讲。连环信！知道的人和不知道的人！”

杰克的嘴唇颤抖了，立刻愤怒地皱着眉说：“那好吧。你有什么主意呢？”

“我首先要说，过去，在这个问题上我的态度像你一样。可我明白了这种态度是天大的错误。半个世纪以来，我都认为保持耐心是明智的。”

“我没说要耐心。”

“在野蛮面前，我是谨慎的。在不公正面前，我保持平静。为了虚设的整体，我牺牲了眼前的事物。我相信舌头战胜不了拳头。我告诉人们，耐心和对人类灵魂的信仰，是抵抗压迫的盔甲。现在，我知道我错得多么离谱。我曾是我自己和我的同胞的叛徒，那一切都是胡说。现在是行动，该是立刻行动的时候了。以牙还牙，以眼还眼。”

“可是怎么做？”杰克问，“如何做？”

“通过行动。集合群众，让他们示威。”

“哈！‘让他们示威’这一句话出卖了你，让他们对自己不知道的事情示威，有什么用？你这是在从屁股里给猪喂东西。”

“我讨厌粗俗的用词。”考普兰德医生一本正经地说。

“天！我不在乎你讨不讨厌。”

考普兰德医生举起手。“我们都别激动，”他说，“我们应该试着达成共识。”

“我同意。我不是来和你打架的。”

他们又陷入了沉默。考普兰德医生的目光在从天花板上来回移动。他润了好几次嘴唇想说话，但每次话都只想好了一半，在嘴巴里说不出声来。最后他说道：“我给你的建议是别试图单打独斗。”

“但是——”

“但是，别但是，”考普兰德医生教训道，“单打独斗，是一个人能做出的最致命的蠢事。”

“我明白你的意思。”

考普兰德医生将睡衣领拉到肩膀上面，在喉咙处收紧。“你是否相信我的同胞为自己的人权所进行的斗争？”

见医生这么激动，还有这么温和的问题，杰克不由得眼含热泪。他的心中突然涌起一股爱的冲动，他一把抓住床罩上那干瘦的黑手，使劲地握住它。“当然。”他说。

“我们极度窘困？”

“是的。”

“公正的缺乏？痛苦的不平等？”

考普兰德医生咳嗽一声，将痰吐到枕头下的纸片里。“我有一个计划。非常重要，很明确的计划。我打算专注实现一个目标。今年八月，我打算带领我们县一千多名黑人去游行，去华盛顿游行。我们大家凝结成一个坚固的身体。你看看那边的橱柜，里面有一叠我这星期写的信，我会亲自送信。”考普兰德医生的手在窄床的边上紧张地上下滑动，“你还记得我刚才说的话吗？你要记住我给你的唯一的建议是：不要单打独斗。”

“我明白。”杰克说。

“一旦开始这个事业，你必须全力以赴。这是首要的。你必须终身致力于这项事业，毫不吝惜地奉献你的全部，不指望个人的回报，别指望有休息的时间。”

“为了南方黑人的权利。”

“为了南方和我们这个县。必须付出全部。否则远离。”

考普兰德医生靠到枕头上。只有他的眼睛是活的。他的脸上像红木炭一样燃烧。他的颧骨因为发烧呈现出可怖的紫色。杰克沉着脸，把拳头节压在柔软、宽大和颤抖的嘴唇上。他的脸涨红了。早晨第一缕微弱的光射了进来。吊在天花板下的电灯在黎明时分显得丑陋刺目。

杰克站起来，僵硬地站在床腿边。他平静地说："不。这绝对不是正确的方法。我肯定它不是。首先，你们根本出不了这个小镇。他们会驱散你们，找理由说游行对公共健康是一个威胁，或者以某个莫须有的理由逮捕你们，你们会受到很大折磨。即使奇迹发生，你们到了华盛顿，也是于事无补。这个想法整个是疯狂的。"

痰声在考普兰德医生喉咙里尖厉地作响。他的声音嘶哑。"既然你这么快就嘲笑和谴责，那你自己有什么好的提议呢？"

"我没嘲笑，"杰克说，"我只是认为这个计划太疯狂了。今晚我到这里来，带来了一个比这好得多的主意。我希望你的儿子威利和另外两个男孩坐在手推车里，让我推着四处宣讲。他们将告诉人们发生的事，然后我来说为什么。换句话说，我要发表关于资本主义辩证法的演讲——揭示它所有的谎言。我会解释，每个人都会明白为什么这些男孩的腿被锯掉了。使每个看见他们的人都知道真理。"

"呸！呸呸！"考普兰德医生暴怒了，"我觉得你根本没脑子。它都不值得我嘲笑。我还第一次听到这样的胡说八道。"

他们盯着对方，感觉痛苦和失望。外面的街道传来手推车的吱嘎声。杰克咽咽口水，咬咬嘴唇。“哈！”他终于发出了声音，“你才是唯一疯了的人。你做的每件事都是倒退。在资本主义制度下解决黑人问题的唯一办法就是阉割每一个黑人，这些州一千五百万的黑人。”

“这就是掩藏在你公正的豪言壮语下面的好主意。”

“我并不是说应该这样做。我的意思是你只看见事物的局部，不是整体。”杰克斟酌着每句话，“工作要从根部开始。打破旧的，创造新的。为这个世界创造一套全新的模式。要把人变成社会动物，让他们生活在有序和可控的社会里，不再被迫为了生存而变得不公正。在一个社会传统中——”

考普兰德医生讽刺地鼓掌。“你说得好极了，”他说，“但是，织布前你总得摘棉花吧。你和你那疯狂的不作为理论一点也不能——”

“闭嘴！你和你的那一千个黑人同胞是不是去了华盛顿的臭阴沟里，有谁会在乎吗？这么做能带来什么变化？当整个社会建立在黑暗的谎言之上时，你这一千个人——黑人、白人、好人或坏人，到底有多大的重要性呢？

“一切！”考普兰德医生喘息着说，“一切的一切！”

“什么都不是！”

“从公正的角度来说，我们中最卑鄙最邪恶的灵魂是更值钱的，相比那些——”

“不，见鬼去吧！”杰克说，“愚蠢！”

“亵渎！”考普兰德医生大叫着，“卑鄙的亵渎！”

杰克激动地摇动着床的铁栅栏。额头上的青筋都鼓了出来，他气得脸色发黑。“守旧佬，目光短浅。”

“白人——”考普兰德医生费力地说。他挣扎着，但喉咙里发不出声。最终，他用尽浑身力量挤出了一句：“魔鬼。”

窗外迎来了第一缕金黄灿烂的晨光。考普兰德医生的脖子像断了一样，头无力地靠在枕头上。他的嘴角留有带血的唾液。杰克又绝望地看了医生一眼，然后哭泣着冲出了房间。

14

现在，米克无法安静地待在“里屋”了。无论什么时候，她都需要身边有一个人陪。每时每刻都要找点事做。一个人的时候，她就默默地数数。她数了起居室墙纸上的所有玫瑰。她估算了整个房子的占地面积 。她数了后院的每株草片和灌木丛上的每片树叶。她的脑子如果不被无聊的数字占据的话，那么，可怕的恐惧感就会占据她。五月的每个午后，在她从学校走回家的路上，突然间她必须马上想一些事情。一件好事，非常好的事。她可能会想到一个节奏明快的爵士乐乐句。或者是冰箱里有一碗美味的果冻在等着她。或者她能躲在储煤室的后面抽一支烟。她还会设想她将来去北方看雪的日子，或者去国外哪个地方旅行。但她脑子里想的这些好事都不会持续太久。乐曲会在头脑里一闪而过，果冻五分钟就能吃完，一支烟也很快就抽完了。后面还能想象什么呢？各种数字在她的头脑里纠缠在一起。飘落的白雪和神秘的外国是那么遥远，但眼前有什么呢？

只有辛格先生。无论他走到哪里，她都想跟到哪里。每天早晨，她看着他走下门前的台阶去上班，然后她默默地跟在他后面，隔着半条马路。每天放学后，她就在他工作的店铺附近的拐角处徘徊。四点时，他会出门去买可口可乐。她盯着他走到街对面的杂货店，然后又走出来。她跟着他从店铺走回家，甚至有时跟着他散步。她总是跟在她后面远远的地方，所以他并不知道。

她依然会去他的房间。去之前，她会先把脸和手擦洗干净，然后在裙子上洒些香草精。现在，她每个星期只去看他两次，只是因为不想让他对自己感到厌烦。她开门时，他多数时候是坐在那个古怪漂亮的棋盘前。然后她就和他在一起了。

"辛格先生，你在冬天下雪的地方住过吗？"

他把椅子靠在墙边，点点头。

"是在国外吗？"

他又点点头，然后用银铅笔在便笺簿上写下经历。他曾去过加拿大的安大略，与底特律一河之隔。加拿大在很靠北的地方，皑皑白雪会一直堆到屋顶。世界著名的五胞胎女孩就诞生在那里，也是圣劳伦斯河的所在地。人们在街上跑来跑去，相互用法语打招呼。在非常靠北的地方，有大片浓密的森林和白色的圆顶冰屋。北极地区还有绚丽迷人的北极光。

"你在加拿大时，有没有用外面新鲜的雪花混着奶油和糖一起吃？我在书上看到过，那样吃很棒。”

他把头扭向一边，可能是他没有听明白。她不想再说一遍了，因为她突然觉得自己这样问很愚蠢。她就看着他，期待着。他的头在身后的墙壁上映出大大的影子。混浊的热空气被电扇冷却了。房间内静悄悄的。他们仿佛都在等着告诉对方自己以前从没说过的事。她要说的事非常糟糕，令人害怕。而他要告诉他的事却非常真诚，可以让一切都有圆满的结局。也许他不能用说或写的方式，而是用其他不同方式让她明白这一点。这是她对他的感觉。

“我只是想问些关于加拿大的事，但它并没什么意思，辛格先生。”

楼下房间里，家里的人们也都有太多的烦心事。埃塔病得仍然很重，这让她不能和另外两个人挤在一起睡。窗帘拉下来后，漆黑的屋子里散发着病人的怪味。埃塔不能工作了，这意味着家里一个星期少了八美元的收入，当然这还没把看病的钱算上。有一天，拉尔夫在厨房里东奔西跑，不小心碰到了热火炉，手被烧伤了。手上的水泡令皮肤发痒，整天都需要有人看着他，以防他抓破水泡。乔治过生日时，家里人分期付款给他买了一辆红色的小自行车，自行车上带着铃铛和一只小筐。家里每个人都为它出了钱。埃塔没了工作后，大家付不起钱了，拖欠了两个账期之后，商店来人取走了自行车。乔治看着那人推车经过他身边时，便朝自行车后挡板踹了一脚，然后跑进储煤室，关上门不再出来。

钱，钱，永远都是因为钱。他们欠杂货店的买商品的钱，他们欠家具的分期款。现在，他们在银行抵押了这所房子，又欠着银行另外借的钱。这所房子里的六个房间一般都有房客，但很少有人按时交过房租，除了辛格。

有一段时间，他们的爸爸每天不得不出去找另一份工作。他做不了木匠活了，只要高出地面十英尺，他就会非常紧张。他试着应聘了很多工作，但没人雇他。最后他想出了一个办法。

“我们需要打广告，米克。”他说，“现在，我的钟表修理生意好坏的关键是广告。我得推销自己。我得让人们知道我会修表，而且质优价廉。你记住我的话。我要把这个生意做大，我要用我的下半生让你们过上好日子。”

他把一些锡纸和红颜料拿回家。接下来的一个星期他忙个不停。在她爸爸眼里，真是没有比这更好的主意了。前屋的地上摆满了广告。他趴在地上认真地写着每个字母。他一边写一边晃着脑袋吹口哨。几个月以来，他从没像现在这样开心和高兴过。偶尔，他会穿上自己那套体面点的西装去咖啡馆喝杯啤酒，只是为了让自己平静下来。刚开始的广告是这样的：

威尔伯·凯利

钟表修理

质优价廉

“米克，我要这广告一下子就能吸引客人眼球。不管在哪里看到它都会很显眼。”

她给他帮忙，他给了她三个五分币。开始的时候，广告效果还不错。但后来他过于用心，效果反而不好了。他想表达的太多——在角上、顶部和底端。广告上充满了各种诱导的话，比如“价格便宜”“立刻过来”和“给我任何一块表，我能让它完好如初”。

“广告里的东西太多了，人家就什么也看不见了。”她告诉他。

他又拿回家一些锡纸，让米克来设计。她弄得很简洁，广告上面只有巨大的印刷体字母和一只钟。很快他有了一堆广告。朋友开车将他送到野外，他把它们钉在树上和篱笆桩上。在街道的两头，他各钉了一个标识：一只黑手指向他们家。然后她在前门钉上了另一个标识。

做完广告后的那天，他穿上干净的衬衫，打上领带，坐在前屋里等待。可是什么效果也没有。只有那个珠宝商送来了几只钟，那是他自己商店里多出来的活，父亲的价格是他的一半。这就是一切。他不得不接受了现实。从那之后，他再也没有出去找过工作，但在家里，他一分钟也停不下来。他拆下门，给铰链上油，根本不管它需不需要。他帮鲍迪娅配人造黄油，擦楼上的地板。他设计了一个神奇的装置，能把冰箱里的水通过厨房的窗子排出去。他为拉尔夫刻了一些美丽的字母玩具，还发明了一个小小的穿针器。他认认真真地修理着那几块有限的手表。

米克仍然跟着辛格先生。其实她不愿意这样做。她觉得在他不知情的情况下跟踪他是不对的。有两三天，她居然逃学了。在他上班的路上，她默默地跟在他后面，在他工作的店铺附近的拐角里待上一整天。他去布莱农餐馆吃午饭时，她也跟着进去，花五分钱买了一袋花生。晚上，他在漆黑的夜里开始漫长的散步。她在街道的另一边跟着他，离他一条马路那么远。他停下来时，她也停下来。他走得很快时，她就紧走几步跟上他。只要能看见他，在他附近，她就会开心不已。但有时她知道那种奇怪的感觉是错误的。所以，她就努力让自己在家里忙个不停。

她和她爸爸很相似，手上总得有事做才行。她时刻关注着房子里和街区发生的事。斯伯尔瑞布斯的姐姐在电影院夜晚抽彩活动中，赢了五十美元。贝比·威尔森头上的绷带取下来了，头发被剪得像男孩一样短。她不能在晚会上跳舞，她母亲带她去看，别人表演期间，贝比开始大喊大叫，他们不得不把她拖出剧院。在人行道上，为了让她听话，威尔森太太不得不揍她。威尔森太太自己也哭了。乔治恨贝比。只要她经过他家的房子时，乔治会捏着鼻子，塞住耳朵。派特·威尔斯失踪了三个星期。他回来时打着赤脚，饥肠辘辘。他还跟他们吹牛，说他去了新奥尔良。

因为埃塔的病，米克依旧睡在起居室。短沙发令她睡不好，她就在学校的自习室补觉。比尔每隔一个晚上和她换地方睡，她和乔治挤在一起。后来楼上一个房客搬走了，他们终于可以舒服地喘口气了。一个星期过去了，没人来租房。他们的妈妈告诉比尔可以搬到楼上的空房间。比尔很高兴有一个完全属于自己的地方。她则搬进去和乔治住在一起。乔治睡觉时像一只温柔的小猫，呼吸很轻。

夏天， 夜晚的时光又回来了，但情况和去年的夏天有所不同，那时她独自一人在黑暗里散步，听音乐，想计划。现在的夜晚，她瞪着眼躺在床上。一股奇怪的恐惧感袭来，就像是天花板正缓慢地向她压下来。如果房子塌掉了会怎么样？有一次，他们的爸爸说整个房子都不应该再居住了。他难道是说不定某个晚上他们睡着时，墙壁会裂开，房子会坍塌？他们被埋在水泥、碎玻璃和破烂的家具里？他们根本不能动，也不能呼吸？她清醒地躺着，肌肉僵硬。夜里，总会传来吱吱嘎嘎的声响。是有人在走路吗？还是还有人像她一样醒着？会不会是辛格先生？

她从来不会想到哈里。她决心忘记他，也真把他给忘了。哈里写信说他在伯明翰找到了一份汽车修理的工作。她回了一张写有“没事”的明信片，正如他们原来计划的那样。他每星期给他母亲寄三美元。他们一起去树林的日子，好像已经是十分遥远的事情了。

白天，她在“外屋”忙个不停。但是到了晚上，她一个人在黑暗中数数已经不管用了。她需要有人陪。她想尽各种办法不让乔治睡觉。“我们别睡，在夜里聊天多有趣啊。我们说一会儿话吧。”

他蒙蒙眬眬地应了一句。

“看窗外的星星。真想不到每一颗小星星都像地球这么大。”

“他们是怎么知道的？”

“他们就是知道。他们有办法测量。那是科学。”

“我不信。”

她想跟他进行一场辩论，这样他就会一直清醒。但他只是安静听着，好像没什么反应。过了一会儿他说：

“快看，米克！你看见那个树枝了吗？它是不是像最早移民到美国的清教徒，躺在地上，手里握着枪？”

“很像。几乎一模一样。看看那边写字台上的那只瓶子。像不像一个戴着帽子的可笑的人？”

“不，”乔治说，“它根本就不像。”

她拿起地上的水杯喝了一口。“我们玩个名字游戏吧。如果你愿意，你可以当‘捉人者’。当然你愿意当什么就当什么。可以任你选。”

他把小拳头放到脸上，均匀地呼吸，他睡着了。

“等等，乔治！”她说，“这很好玩的。我是一个以M字母开头的人，你猜猜我是谁。”

乔治叹了口气，声音带着疲惫。“你是哈波·马克斯？”

“不，我不是电影演员。”

“我猜不到。”

“以M字母开头，住在意大利。你应该能猜到。”

乔治向自己那边翻了个身，身子缩成一个球。他没有回答。

“我的名字以M开头，但有时别人会叫我以D开头的另一个名字。在意大利。你能猜到的。”

房间漆黑安静，乔治睡着了。她推他，揪他的耳朵。他模模糊糊地哼了两声，却没有醒。她贴近他，把脸贴在他热乎乎的小肩膀上。他会睡上一整夜，而她则无聊地做着十进位算术。

辛格先生是不是也醒着呢？天花板的吱嘎声是不是他在楼上悄悄地走动而发出的？难道他在喝着冰橘子汁，研究着桌上的象棋子？他会不会也有她这般的恐惧感呢？不，他不会做错任何一件事。他也从不做坏事，所以他的心在夜晚时分肯定是安宁的。但他会理解她。

她要是能把这些告诉他，她的心会好受多的。她想过如何开口。辛格先生，我认识一个和我年纪差不多的女孩。辛格先生，我不知道你能不能理解这样一件事。她一遍遍默念着他的名字。她爱他，胜过爱其他任何人，甚至胜过爱乔治和她爸爸。这是一种不同的爱。过去她从未有过这种情感。

早晨，她和乔治一起穿衣说话。她有时非常想靠近乔治。他长高了，瘦瘦的，脸色苍白。他柔软的棕色头发趴在小耳朵上。他总是斜睨，眼光锐利，脸上总是一副怪乖的表情。他长恒齿了，蓝色的，稀稀拉拉的，他长乳牙时就是这样。

他的下巴看起来是歪的，因为他总舔疼痛的新牙。

“听着，乔治，”她说，“你爱我吗？”

“当然。我爱你。”

放假前最后一星期的早晨，阳光灿烂，天气非常炎热。乔治坐在地上做算术题。他的小脏手紧紧地攥着铅笔，铅笔头不停地被他弄断。他做完功课后，米克搂着他的肩膀，深深地看着他的眼睛。“是很多爱。很多很多。”

“放了我吧。你是我的姐姐，我当然爱你！”

“我知道。但假设我不是你的姐姐。你还会这么爱我吗？”

乔治向后退了几步，躲开她。他已经没有衬衫穿了，身上是一件脏兮兮的毛线衫。他的手腕很细，能看见上面青色的血管。毛线衫松垮的袖子被拽得很长，这使他的手看起来非常小。

“如果你不是我姐姐，我就不可能认识你。所以也不可能爱你。”

“假如你认识我，而我不是你姐姐。”

“你无法证明我会认识你啊。”

“好吧，只是假装这样。”

“我想我会喜欢你吧。但我还是想说你无法——”

“证明！它长在你脑子里了。证明和骗术的把戏。每样事要么是骗术，要么就需要被证明。我受不了你了，乔治·凯利。我恨你。”

“好吧。那我也不喜欢你了。”

他爬到床底下乱摸着什么。

“你在那儿找什么？最好别碰我的东西。如果我发现你乱翻我的秘盒，我会揪着你的脑袋往墙上撞。直到撞破你的头。我会的。”

乔治从床底下爬出来，手里拿着一本拼写课本。没什么能惊动这孩子。他的小脏手伸到床垫的破洞里，那里有他藏着的弹子球。他不慌不忙地挑了三颗褐色的玛瑙球放到身边。“呸，米克。”他回敬她。乔治太小，也不好对付。不应该去爱他。相对她来说，他懂得的太少了。

学校终于放假了，她通过了每门课。有的是A＋，有的只是勉强及格。白天漫长而炎热。她终于又有时间研究音乐了。她开始写小提琴曲和钢琴曲。她也尝试写歌。她脑子里永远是音乐。她依旧听辛格先生的收音机，然后在房子里来回走，脑子里想着刚才听过的节目。

“米克这是怎么了？”鲍迪娅问，“难道是猫把她的舌头叼走了？她转来转去，不说一句话。这到底是为什么？她甚至不像以前那么贪吃了。她变成了正常的女士。”

她似乎在等待什么，但她并不知道自己到底在等什么。太阳灼烧着街面，天热得刺眼，白花花的。白天，她躲在“里屋”研究音乐或者和孩子们一起混，当然还有等待。有时她会快速地扫视四周，那种刚刚消失的恐慌又来了。六月下旬，发生了一件很突然的事，它如此重要，以至于一切都被改变了。

那天晚上，他们都待在外面的门廊上。黄昏的光线柔和、温暖。晚饭快准备好了，卷心菜的气味从大厅飘了出来。所有的人都在，除了海泽尔和埃塔，海泽尔还没下班，埃塔病在床上。他们的爸爸靠在椅子里，脚搭在扶手上。比尔和孩子们一起坐在台阶上。他们的妈妈则坐在秋千上，用报纸扇着风。街对面，街区一个新来的女孩脚上穿着四轮冰鞋，在沿着人行道溜冰。路灯亮了起来，不远处一个男人在喊谁的名字。

海泽尔回来了。她的高跟鞋踩在台阶上，发出咔咔声，她有气无力地靠在扶手上。暮色中，她用手摸着背后的辫子，胖而松软的手显得非常苍白。“要是埃塔能工作该多好，”她说，“今天我发现了一份好工作。”

“什么工作？”他们的爸爸问，“我能做的吗，还是只是女孩的工作？”

“只是女孩的工作。乌尔沃斯的一个员工下星期结婚。”

“廉价商店——”米克说。

“你想去吗？”

这个问题让她吃惊。她正想着前天她在那里买的一袋冬青糖。她感到燥热和紧张。她往后捋了捋刘海儿，数着天上刚冒出来的几颗星星。

他们的爸爸往人行道上弹了弹烟灰。“不，”他说，“在米克这样的年龄，我们不希望她负担太多。让她快乐自由地长大吧。不管怎么说，让她好好长大。”

“我同意，”海泽尔说，“我觉得让米克专职工作是错误的。不应该这样。”

比尔把拉尔夫从他腿上放了下来，在台阶上蹭着脚。“在十六岁前，任何人都不应该工作。米克还有两年，如果我们能负担起的话，她应该读完职业学校。”

“即使我们被迫放弃这所房子，搬到工厂区去，”他们的妈妈说，“我也宁愿让米克暂时留在家里。”

刚刚，她还害怕他们会逼她去做这份工作。如果那样，她就会说她要离家出走。但家人的态度让她很感动。她感到高兴。他们都在谈论她，而且是用一种关爱的方式。她为起初的担心而羞愧。突然间，她爱所有的家人。她感动得喉咙紧涩。

“多少工资？”她问。

“十元。”

“一星期十元？”

“是的，”海泽尔说，“你不会以为一个月才十元吧？”

“鲍迪娅挣得还没这么多呢。”

“哦，黑人——”海泽尔说。

米克用拳头摩擦额头。“这可是一大笔钱。很合算。”

“没必要羡慕，”比尔说，“我也挣这么多。”

米克口干舌燥。她把舌头在嘴里来回嚅动了几下，有了唾液才能说话。“一星期十元，那意味着我们可以买十五只炸鸡。五双鞋或五件裙子。或者还可以分期付款买收音机。”她还想到了钢琴，但没有说出来。

“它会帮我们渡过难关，”他们的妈妈说，“但我宁愿让米克留在家里一段时间。唉，要是埃塔——”

“不，等等！”一股暖流穿过她的全身，她不顾一切地说，“我想要这份工作。我能做好它。我知道我能。”

“听听小米克的想法。”比尔说。

他们的爸爸用劈开的火柴棍剔牙，脚从扶手上抽下来。“不，别急着作决定。我希望米克认真想想。她不工作的话，我们无论如何也能应付。我想马上把修表的业务增加百分之六十——”

“我还忘说了一点，”海泽尔说，“那儿每年还有圣诞节的红包。”

米克皱了皱眉。“但我不想那时还工作。我想上学。我只想在假期上班。”

“当然。”海泽尔马上说。

“明天我和你一起去，如果他们接受我，我就上班。”

一时间，一家人似乎远离了巨大的忧虑和紧张。黑暗中他们聊天，大笑。他们的爸爸用手帕和火柴棍给乔治变了一个魔术。然后又给了他五角钱，让他去便利店买晚饭后喝的可乐。卷心菜的味道不断从大厅里传过来，猪排正煎着。鲍迪娅叫大家吃饭了。房客们早已经等在桌前了。米克在餐厅吃饭。她盘子里的卷心菜叶黄黄的，她不想吃。她伸手去拿面包，却不小心碰翻了桌上的一大罐冰茶。

后来，米克一个人待在前廊，她在等辛格回家。她感到绝望，想立刻见到他。一个小时前的那种兴奋退去了，她厌烦到了极点。她就要去廉价商店工作了，但她实在不想去。她好像掉进了巨大陷阱里。这份工作不会仅仅是暑期的事——一定会是很长时间，长到她可以想象得到。一旦家里人习惯了这笔收入，就无法再回到原来的状态。事情总是这样的。她在黑暗中站着，双手紧紧地抓着扶手。很久，辛格先生仍没回来。十一点钟时，她走出家门，到外面去找他。但是，突然间她感到黑夜有些害怕，于是她跑回了家。

早晨，她认真地梳洗打扮。海泽尔和埃塔把她们的衣服借给她穿，帮她打扮。海泽尔的绿丝绸裙、绿色的帽子、高跟鞋和长丝袜都给她穿上了。她们给她拔了眉毛，涂上胭脂，抹了口红。打扮完之后，她看起来至少有十六岁。

现在她已经没有退路了。她确实是长大了，是自己赚钱养活自己的时候了。但如果她去找她爸爸，告诉他自己的想法，他会让她再等一年的。而他们的妈妈、海泽尔、埃塔和比尔，也还是会说她可以不去。可她不能这样做。她不能给自己丢脸。她上楼去找辛格先生。话脱口而出：

“听我说——我想我得到了这份工作。你觉得怎么样？你觉得现在退学工作好吗？这是好主意吗？”

起初他没听明白。他站在那里，灰色的眼睛半闭着，双手深深地插入口袋。还是那种熟悉的感觉——他们在等待对方说出过去从未说过的话。现在她要说的事其实并不重要。但他要告诉她的将是对的——如果他说这个工作不错，她会感觉好一点。她慢慢地对他重复了一遍，然后等待。

“你觉得它好吗？”

辛格先生考虑了下。然后他点了点头。

她得到了那份工作。廉价商店经理把她和海泽尔带到后面一个小办公室谈了一会儿。后来，经理的样子或者说过的话她一点也想不起来。她被雇用了，回家路上她买了一角钱的巧克力，还给乔治买了一小盒橡皮泥。六月五日，她要开始上班了。她在辛格的珠宝店窗前站了很久，然后就在那附近的街角徘徊。

15

又到了去看安东尼帕罗斯的时间了。对辛格来说，这是一次漫长的旅行。尽管两地相距不到两百英里，但火车行驶的路线绕了很大的弯，而且夜里在某些车站，火车还会停几个小时。辛格下午离开小镇，在火车上要整整过一夜，第二天早晨才能到。和以前一样，他提前准备了很长时间。他计划这次要和他的伙伴一起度过满满一周时间。他把衣服送去了洗衣店，帽子用模具定了形，行李袋也收拾好了。他带去的礼物包在彩色薄砂纸里。还有一个奢华的水果篮，装着用玻璃纸包裹起来的水果。另外还有一篓刚运来的草莓。早晨出发前，辛格认真打扫了房间。他发现冰箱里有一点儿剩鹅肝，就把它拿到街上喂路过的猫。他在门上贴的便条和上次一样，说他要出差几天。他悠闲地做着这些准备工作，脸上有两块明显的红晕。他脸上的神气很严肃。

终于，动身的时刻就要到了。他等在站台上，拎着行李包和礼物，注视着火车驶来的方向。他在硬座车厢找到了自己的座位，把行李放在头顶的行李架上。车厢非常拥挤，大多是母亲和孩子。车上绿色的绒座位散发着刺鼻的气味。车窗很脏，撒到一对新婚夫妇身上的米粒散落在地上。辛格对周围的旅伴礼貌地微笑，然后靠回到座位上。他闭上眼睛。睫毛在他深陷的下眼睑弯出一道黑色弧线。他的右手在口袋里不时地移动着。

有那么一会儿，他的思绪回到那渐行渐远的小镇上。米克、考普兰德医生、杰克·布朗特和比夫·布莱农的面孔从黑暗中跳出来，一起涌进他的脑海，让他感到透不过气来。他想到了布朗特和那个黑人之间的争吵。他实在弄不清楚他们争吵的实质。他们几次在背后激烈地谴责另一个人。他分别同意了他们两个人。虽然他并不知道他们想要他同意什么。而米克，她满脸热切，说了很多他根本不能理解的话。此外还有纽约咖啡馆的比夫·布莱农。他的下巴乌青，目光中满是警惕。还有那些在街上跟着他的陌生人，莫名其妙地非要拉着他说话。亚麻店里有个土耳其人，突然在他眼前挥手，说个不停，舌头发音的口形是辛格过去想象不到的。某个工头和一个黑人老太太、主街上的一个商人，以及一个为河边的妓院拉皮条小流氓。辛格不由地扭动了一下肩膀。火车继续震颤前行。他的头低垂着睡了一小会儿。

他再次睁开眼睛时，小镇已经远去。小镇被遗忘了。肮脏的窗外是一块灿烂的田野。古铜色的强光斜射在长着新棉的绿色田地里。路上还有大块大块的烟草地，这些密密麻麻的绿色植物，像恐怖的丛林杂草。桃园里厚厚的果实压弯了树枝。有绵延的牧场和大片的荒地，只生长着生命力更顽强的野草。火车穿过墨绿的松林，地面满是光滑的褐色松针，树尖伸向天空，圣洁高大。再向前，在小镇以南很远的地方，是一处柏树沼泽地，多节的树根延伸进恶臭的水里，树枝蔓生出烂糟糟的灰苔藓，热带花草盛开在黑暗和阴郁中。火车驶入了旷野中，重新回到了明媚的太阳和深蓝的天空下。

辛格紧张不安地坐着，脸完全扭向了窗外。空旷的视野和强烈的自然之色令他眼花缭乱。这多彩的风景，这丰富的生机和色彩，似乎以某种方式和他的伙伴联系在一起了。他每时每刻都想着安东尼帕罗斯。即将到来的团聚的狂喜令他眩晕。他的鼻子塞住了，他微微张开嘴，呼吸短而急促。

安东尼帕罗斯见到他一定十分开心。他会喜欢他带去的礼物和新鲜的水果。现在他应该离开病房了，那样他们就可以出去看电影，然后再去第一次的那家酒店吃晚餐。辛格给安东尼帕罗斯写了很多信，但一封也没有寄出。他脑子里想的全是他的伙伴。

距他们上次相见，已有半年了。时间既不是太长，也不是太短。每一个醒着的时刻，总有伙伴的存在。随着时间的流逝，他和安东尼帕罗斯这种隐秘的交流在长大，在变化，仿佛他们已经血肉相连。有时他怀着敬畏与谦卑想着安东尼帕罗斯，有时则带着骄傲。但始终怀着不挑剔的爱，不受意志所控制。夜里做梦时，伙伴的脸总浮现在他眼前，笨拙而温柔。他醒着的时候，他们永远都是在一起的。

夏天的晚上总是来得很迟。远处，太阳落在参差不齐的树丛后，黄昏来了。暮色慵懒柔和。紫色的低云匍匐在地平线上。天上明月皎洁。大地、树木、原始的乡村住所，全都慢慢暗了下去。夏天的闪电不时地划过天空。辛格贪婪地注视着这一切，直到夜幕降临，他依稀可以看见车窗里自己的脸。

孩子们在车厢过道上走来走去，手里拿着盛水的纸杯，水溅出来淋湿了水杯。一个穿工装裤的老人，坐在辛格的对面，不时地喝几口装在可乐瓶里的威士忌。每喝完一口，他都小心地用纸卷塞住瓶口。他右手边有一个小女孩正用黏手的红色棒棒糖梳头。车厢连接处的门开了，餐车开始送晚饭了。辛格不想吃。他靠在座位上，随意地观察着车厢内的人与事。终于，车厢安静下来。孩子们在宽大的绒座里睡着了，男人们和女人们靠着枕头，蜷缩着身子，以尽可能舒服的姿势休息。

辛格睡不着。他把脸紧贴在窗玻璃上，观察着外面的夜色。浓重的夜色连绵一片。偶尔会现出一小块月光，有时路边窗子里摇曳着灯笼光。根据月亮的方位，他判断出火车由南转向东。他的渴望如此强烈，他的鼻子塞得无法呼吸，脸颊绯红。漫长的夜行中，他多数时间都坐着，脸紧紧地贴在冰凉漆黑的窗玻璃上。

火车晚了一个多小时。当他们到达时，已经是夏天生机勃勃的早晨了。辛格直接去了他已订好的一家酒店，非常好的酒店。他打开行李袋，把要带给安东尼帕罗斯的礼物放在床上。他在服务生给他的菜单上点了一顿丰富的早餐——烤蓝鳕鱼、玉米粥、法式吐司和热黑咖啡。吃完后，他穿着内衣在电扇前休息。中午，他洗了个澡，刮了胡子，然后开始穿衣。他拿出崭新的亚麻衬衫和他最好的绉纹薄西装。医院的探视时间是三点钟。这天是七月十八日，星期二。

他先去了疯人院的病房，也就是安东尼帕罗斯上次生病时住的地方。刚到病房门口，他就发现伙伴不在那里。他沿着走廊找到了上次被带到的办公室，卡片上写好了他急切想问的问题。医生办公桌后面的人也不是上次他见到的那个人。那是一个年轻人，好像还是个孩子，长着一张没有发育成熟的脸。辛格把那张卡片递给他，然后静静地站在那里，胳膊上挎着各种东西，全身的重量都落在了脚跟上。

年轻人轻轻摇摇头。他伏在桌子上，在纸簿上草草地写了几个字。辛格读完后，顿时面无血色。他愣在那里，垂着头盯着字条看了很久。纸上写着安东尼帕罗斯死了。

回酒店的路上，他走得很小心，怕给安东尼帕罗斯带去的水果压坏了。他上楼放下行李，然后晃悠到楼下的大堂。他往一个老虎机里塞了一个五分币，想拉动摇杆却发现机器坏了。他立刻小题大做，为难服务生，并怒气冲 + 冲地演示发生的事。他的脸死一样苍白，泪珠顺着鼻梁滚落。他疯狂地挥舞双手，甚至还用脚跺了一次绒地毯。他的五分币被还回来后，他依然不满意，坚持要立刻退房。他把所有东西装进行李袋，用很大的力气才能把它合上。因为除了他带来的东西外，他还拿走了三块毛巾、两块肥皂、一支笔、一瓶墨水、一卷卫生纸和一本《圣经》。付完账，他来到火车站，把行李存在寄存处。火车要到晚上九点才出发，他有一下午的空闲时间。

这个地方比他住的小镇还要小。商业街成十字交叉。商店很简陋，橱窗上的商品一多半是马具和饲料袋。辛格无精打采地走在人行道上。他的喉咙肿胀，不能吞咽。为了减轻这种感觉，他去一家杂货店买了杯饮料。他在理发店待了一会儿，又去廉价店买了点零碎。他没有正眼看过一个人，脑袋向一边耷拉着，像一只病入膏肓的动物。

下午眼看着就要过去，但一件奇怪的事发生了。辛格正沿着人行道漫无目的地慢慢走着。天上突然乌云密布，空气潮湿起来。辛格低着头走路，他经过小镇的台球室时，瞥见了一个场景，那场景令他心烦意乱。他走过台球室，但他突然停住了。他木然地掉头顺原路走回，站到台球室敞开的门口。里面有三个哑巴，他们正打着手语聊天。他们都没穿外套，戴着圆顶硬礼帽和鲜艳的领带。每个人的左手都端着一杯啤酒。他们长得像三兄弟。

辛格走进去。费了好长时间才把手从口袋里抽出来，笨拙地做了一个打招呼的手势。有人拍了下他的肩膀。他叫了一杯冷饮。他们围在他旁边，向他问话时，他们的手指快得就像手枪射击一样。

他告诉他们自己的名字，还有居住的小镇名称，然后再也想不出自己还有什么别的事情可说了。他问他们认不认识斯皮罗思·安东尼帕罗斯。他们不认识他。辛格直直地站着，双手松垮地下垂着。他的脑袋又歪向一边，目光斜视。他浑身发冷，毫无气力，三个哑巴都用一种奇怪的眼光看着他。过了一会儿，他们自己聊起天来，不再理他了。他们付完酒钱准备离开时，也没有暗示他是否一起离开。

尽管辛格时间充裕，但他几乎错过了火车。他不知道这是怎么回事，也不知道这段时间他是如何过的。火车开走两分钟前，他才匆匆赶到车站。这时间刚够他把行李拖上车，找个座位。他的这节车厢几乎是空的。安顿好以后，他打开草莓篓，小心地挑拣着它们。草莓个头很大，有胡桃那么大，熟透了。红红果实顶部的绿叶，像一簇簇小小的花束。辛格拿起一颗草莓放进嘴里，果汁有着怡人的香甜，但隐隐有一丝腐败的气味。他一直吃到味觉麻木才把草莓篓重新包起来，放到行李架上。午夜时分，他放下窗帘，躺在座位里缩成一团，并用外套蒙住脸和头。他就这样躺了十二个小时，半梦半醒地陷入恍惚之中。车到站时，列车员不得不把他摇醒。

辛格把行李放在了车站的大厅中间。然后他向自己工作的店铺走去。他无力地扭头，和他的珠宝店老板打了个招呼。他走出店铺时，口袋里多了件沉甸甸的东西。他低着头，在大街上游荡了一会儿。烈日的直射，潮湿的闷热，都令他窒息。他两眼肿胀，头痛得厉害，回到了自己的房间休息，而后，他喝了杯冰咖啡，抽了一支烟。洗完杯子和烟灰缸，他从口袋里掏出一把枪，朝自己的胸膛开了一枪。

Part Three 第三章

1

一九三九年八月二十一日

早晨

“别再催我了，”考普兰德医生说，“行行好，随便我吧，让我安静地坐一会儿。”

“父亲，我们不想催你。但现在我们该走了。”

考普兰德医生固执地坐在椅子里摇着，灰披肩紧紧地裹在肩上。早晨的空气温暖而清新，但炉子里仍燃着微弱的柴火。厨房里几乎什么也没有了，只剩下他和他坐的椅子。其他房间也空了。东西差不多都被搬到了鲍迪娅那里，剩下的也被绑在了外面的汽车上。一切都准备好了，除了他那颗心。在这样的时刻离开？他怎么能这样离开？在他的头脑里，既没有开始也没有结束，既没有真理也没有使命。他用手撑住不断颤动的脑袋，继续摇晃着那吱嘎作响的椅子。

他听见紧闭的门外的声音：

“我想了一切办法。可他就是决心坐在那儿，直到他自己情愿离开。”

“巴迪和我包好了瓷碟子和——”

“我们最好在露水蒸发以前出发，”老人说，“要不然，天黑时我们可能还在路上。”

他们的声音静了下来。脚步声在空荡的大厅里回响，他再也听不见他们的声音了。他身边的地上有个托盘和一只杯子。他从炉子上的咖啡壶里倒了杯咖啡。他一边摇，一边喝，同时用热气暖手。这绝不是结束。一些沉默的声音在他的内心响起。耶稣和约翰·布朗的声音。伟大的斯宾诺莎的声音。卡尔·马克思的声音。所有那些斗争过的人们的召唤，召唤继承者完成他们的事业与使命。还有死者的声音。一个正直的有同情心的白人——哑巴辛格的声音。弱者和强者的声音。他的同胞绵长的声音，在力量和能力方面他们始终在成长。强烈的真正的使命的声音。他的回答是震颤的——这些话一定是人类一切痛苦的根源——以至于他几乎大声地叫了出来：“万能的主！宇宙最大的力量！我做了那些我本不应该做的事，而我应该做的事情却没有做。因此，这绝不可能是结束。”

最初，他是和他的爱人一起搬进这房子的。戴茜穿着婚纱，戴着白色蕾丝面纱。她的皮肤是美丽的深蜜色，她的笑声很甜美。晚上，他把自己关在明亮的房间里独自读书。他曾试图认真思考，强迫自己学习。但有戴茜在身边，他体内总会有一个强烈的欲望不会随着读书而消逝。有时他不能不向这些情感屈服，而后又咬紧牙关，整夜读书思考。接下来有了汉密尔顿、卡尔·马克思、威廉姆和鲍迪娅。但最后什么都失去了。一个也不剩。

还有马迪本和班尼·迈。还有班尼迪恩·迈戴恩和马迪·考普兰德。那些按着他名字取名的人。还有那些他曾诫勉过的人。在这许许多多的他们当中，有谁可以让自己放心地把使命交给他？

他一直明白自己的使命。他知道他自己工作的目的，在他的内心深处，对这个目的非常确信，因为他知道每一天等着他的是什么。他拎着包走家串户，和他们谈论一切。晚上到了，他会因此而高兴，因为他知道这一天没有白过。即使没有戴茜、汉密尔顿、卡尔·马克思、威廉姆和鲍迪娅在身边，他依然可以一个人坐在火炉边，享受着这种喜悦。他会喝上一罐芜菁叶汁，吃一块烤玉米面包。一种深深的满足感从他心底涌起，因为这天是美好的一天。

这样满足的时刻有许许多多。可是它们的意义何在？所有的这些年里，他实在想不出一样工作有永恒的价值。

过了一会儿，大厅的门开了，鲍迪娅走了进来。“我想，我不得不像帮孩子一样帮你穿衣服，”她说，“这是你的鞋子和袜子。让我帮你换上它们。我们得马上离开。”

“不，你为什么要这样对我？”他痛苦地问。

“哦，我怎么对你了？”

“你很清楚我不想走。你在我身体不好，不能作决定时强迫我。我就想待在这里，你知道的。”

“你继续愚蠢地胡闹吧！”鲍迪娅生气地说，“你发了这么多牢骚，我烦透了。你满身怒火，不依不饶，我为你感到害臊。”

“哼！想说什么就说吧。你就像一只蚊子飞到我的面前。我知道我想要什么，我不想被你烦扰着做错事。”

鲍迪娅把他的拖鞋脱掉，展开干净的黑棉袜。“父亲，我们别争了。我们做了我们认为是最好的事。离开这里，搬去和外公、汉密尔顿、巴迪住在一起，对你来说，这绝对是最好的计划。他们会照顾好你的，你很快会好起来的。”

“不，不，”考普兰德医生说，“我在这里也能好。我知道。”

“谁来给你付房费？你觉得我们能养活你？谁能在这儿照顾你？”

“我自己一直能应付，现在也能。”

“你只是想想而已。”

“哼！你像一只蚊子飞到我的面前。我才不会理你。”

“我帮你穿鞋子和袜子，你却这样说话，你真过分啊。”

“对不起。原谅我吧，女儿。”

“当然是你对不起，”她说，“我们都对不起。我们再也受不了争吵。如果你在农场安顿下来，你会喜欢它的。那里有最漂亮的蔬菜园。想到它我就要流口水。还有鸡、两头母猪和十八棵桃树。你会爱上那里的。我真希望我自己能有机会去那里。”

“我也希望你能。”

“你为什么这么难过？”

“我觉得自己失败了。”他说。

“失败？怎么说？”

“我不知道。别管我，女儿。就让我安静地坐一会儿。”

“好吧。但我们马上就得离开了。”

他不想多说话。他只想静静地坐在椅子里摇，直到秩序感重新回到身上。他的头在颤抖，后背很痛。

“我真希望，”鲍迪娅说，“我真希望我死的时候也能有很多人为我悲伤，就像辛格先生那样。我想知道我会不会有像他那样悲伤的葬礼，会不会有很多人——”

“住嘴！”考普兰德医生粗暴地说，“你说得太多了。”

但那个白人的死的确在他的内心投下了悲伤的阴影。除他之外，他没有那样对其他白人谈过话，他信任他。而他的自杀让他困惑和无助。这种悲哀既没有开始也没有终结，也不能让人理解。他的思绪总是回到这个白人身上——他既不傲慢也不轻蔑，他是公正的。当逝者依然活在生者的心中时，那死去的人难道真的死了吗？但他不能再思考这些了。他现在必须把这些想法从心底推开。

因为他需要的是克制。在过去一个月里，那种黑暗的可怕的情绪又来和他的灵魂搏斗。有一种仇恨，让他沉入死亡之境。在和布朗特吵架后，他心里聚集了黑暗的杀气。但现在，他无法回忆起那些争吵的起因。而当他再次看到威利的残肢时，另一种愤怒又在心里升起。爱恨的交织——对同胞的爱和对同胞的压迫者的恨，这些让他筋疲力尽，心烦意乱。

“女儿，”他说，“把手表和外套拿给我。我要走了。”

他撑着椅子扶手站起身。他的脸距离地板似乎很远很远，长期卧床令他的双腿绵软无力。有一刻他甚至觉得自己要摔倒了。他晕乎乎地穿过空无一物的房间，靠在门道的一侧。他咳嗽，然后从口袋里掏出一张纸片捂住嘴。

“给你外套，”鲍迪娅说，“外面热得要死，你根本不需要它。”

他最后一次走过这空荡荡的房子。百叶窗合上了，黑暗的房间里弥漫着灰尘的气味。他靠在门厅的墙上休息了一会儿，然后走到外面。早晨的阳光明亮暖和。昨天晚上到今天清晨，很多朋友过来道别，而此时只有家人聚在前廊。马车和汽车都在外面的街道上停着。

“噢，班尼迪克特·马迪，”老人说，“开始几天你会有点想家的。但很快会好的。”

“我没有家了。还想什么家？”

鲍迪娅紧张地润润嘴唇，说：“只要他身体好了，随时都可以回来。巴迪会很乐意开车带他进城。巴迪喜欢开车。”

汽车上装满了东西。踏脚板上绑着一箱箱书。后座塞了两把椅子和档案柜，他的办公桌被四脚朝天地绑在汽车顶上。汽车超载，而马车几乎是空的。那头骡子耐心地站在一边，缰绳头上拴着一块砖头。

“卡尔·马克思，”考普兰德医生说，“好好检查一下房子，看看有没有落下什么东西。你帮我把放在地上的杯子和摇椅拿来。”

“我们赶紧出发吧。晚饭前我要赶到家。”汉密尔顿说。

他们终于要出发了。赫保埃发动了汽车，卡尔·马克思坐在方向盘前，鲍迪娅、赫保埃和威廉姆挤在汽车后座上。

“父亲，你最好坐在赫保埃的腿上。总比和我们还有家具挤在一起要舒服些。”

“不，那太挤了。我宁愿坐马车。”

“你坐不习惯马车，”卡尔·马克思说，“一路很颠簸，路上要整整一天呢。”

“没关系。以前我坐过很多次马车。”

“那让汉密尔顿坐过来。我打赌他更愿意坐汽车。”

他们的外公前一天就驾车进城了。他们带了桃子、卷心菜和萝卜等一车农产品，让汉密尔顿拿到镇上去卖。除了一袋桃子，其他的全卖掉了。

“好吧，班尼迪克特·马迪，很愿意你能和我一起回家。”老人说。

考普兰德医生爬到马车后面。他很疲倦，浑身的骨头好像灌了铅。他的头在颤抖。他突然感到一阵恶心，于是他不得不平躺在简陋的车板上。

“真高兴你回来，”外公说，“你知道我一直尊敬学者。

深深地尊敬。如果一个人很有学问，我就能忽略和原谅他的很多事。像你这样的学者能再次回到我们家来，我高兴极了。”

马车的车轮发出嘎吱的声响。他们开始赶路了。“我想我很快就会回来，”考普兰德医生说，“一两个月后我就回来。”

“汉密尔顿也是一个有学问的人。我觉得他很像你。他帮我记账，他喜欢看报。威特曼虽然还是个小孩子，但我想他也会是个学者。他现在已经能给我读《圣经》了，还会做算术。我一直深深地敬重学者。”

他的后背随着马车颠簸。他看头上的树枝。没有树荫时，他就用手帕遮住脸，让眼睛躲过阳光。这不可能是结束。他的内心总能感觉到强烈的真正的使命。四十年来，使命是他的生活，生活也是他的使命。一切都等着他去做，一切都没有完成。

“是的，班尼迪克特·马迪，很高兴我们又在一起了。我一直在等着问你，我的右脚感觉怪怪的，像是睡着了。这是怎么回事。我服了‘六六六’，也给它抹了些药膏。我希望你能帮我找到一个好的治疗方法。”

“我一定会尽力。”

“好，有你在身边真高兴。我想所有的亲人都应该住在一起。我们大家应该一起努力，互相帮助。总有一天我们会在来世得到回报。”

“哼！”考普兰德医生嘲讽地说，“我只相信现世的公正。”

“你相信什么？你嗓子哑了，我根本听不清。”

“相信对我们的公正。对我们黑人的公正。”

“是的。”

他能感觉到内心喷薄的火焰，他无法平静。他想坐起来大声说话。他试图抬起身子，却浑身无力。他内心里的话越来越长，不肯沉默。但老人不再听了，没有人在听他说话。

“跑啊，李·杰克逊。跑起来，亲爱的。抬起你的腿，别总站着不动。我们还有很长的路要走。”

2

下午

杰克一路跌跌撞撞地奔跑。他穿过韦弗斯小巷，拐进了一条小路，翻过篱笆，继续疯狂地向前跑。他的胃感到十分恶心，喉咙里有种要呕吐的感觉。一只狂吠的狗一直追着他，终于他和它拉开了一段足够的距离，他捡起地上的一块石头威胁它。他用手捂住张大的嘴，那双眼睛因为恐惧睁得老大。

上帝！这就是结局。骚动。暴乱。独自一人和每个人打架。被碎酒瓶子割伤的血红的眼睛和头颅。上帝！人们的喧嚣声伴着木马吱吱嘎嘎的音乐声。还有掉在地上的汉堡、棉花糖以及孩子们的尖叫声。所有这些里面全都有他的身影。在灰尘与阳光下艰难作战。锋利的牙齿咬破了他的指头。还有可怕的笑声。上帝！他感觉到他的体内释放出不肯停息的疯狂、强烈的节奏。随后他死死地盯住那张死去的黑色面孔，茫然无措。他甚至不知道自己是否杀了人。但是，上帝！没人能阻止骚乱发生。

杰克的脚步慢了下来，紧张地扭头向后看。小路上空无一人。他吐了起来，之后他用衬衫袖口擦擦嘴和额头。他休息了一分钟，感觉稍好了一些。他已经跑过了八条街，尽管他挑了捷径，可还是一口气跑了大约半英里。憋闷眩晕的感觉散去，在所有那些狂野的感觉里，他可以慢慢想起一些事情。他又跑了起来，不再是疯狂地跑，而是平稳地慢跑。

没人能阻止骚乱发生。整个夏天，他一直在不停地扑灭骚乱，就像扑灭熊熊燃起的大火一样。除了他，没人能阻止这场战斗。它像是从虚无中燃烧起来的。他一直在摆弄秋千的机械，中间停下来倒了杯水。经过场地时，他发现一个白人男孩和一个黑人正在绕着对方走。他们都喝醉了。那天下午，人群中大约有一半的人都喝醉了，因为是星期六，工厂已经全天候运转了一星期。连续的高温和炙烤的阳光令人恶心，空气中弥漫着浓重的臭味。

他看见那两个打架的人正在逼近对方。但他知道这不是开始。很长时间以来，他一直预感有一场大的战斗会来。可笑的是，在这样的时刻他居然有时间想到这些。他站在那里观察了五秒左右，然后挤进人群。在这么短的时间内，他想到了很多事。他想到了辛格。他想到了那些闷热的夏日午后，那些黑色炎热的夜晚，以及那些被他化解的斗殴和争吵。

接着，他看见一把刀在阳光下闪着光。他用有力的肩挤开人群，跳上拿刀的黑人的后背上。那个男人和他一起跌倒在地上。黑人的汗味混合着浓重的灰尘，冲进他的肺。有人踩他的腿，踢他的脑袋。等他重新站起来时，这场战斗已经发展成群殴。黑人们在打白人，白人们在打黑人。这一切他都看得非常清楚。挑起战争的白人男孩像是领头的。他是那帮经常来游乐场的小混混们的头儿。他们十六岁左右，穿着白帆布裤子和时髦的人造丝T恤。黑人们拼命反击。有些人拿出了剃刀。

他开始大叫：秩序！救命！警察！但这就像面对决堤的水坝喊叫，毫无用处。他耳朵里听见了一个可怕的声音，可怕是因为那声音是人发出的，却不是语言。那声音涨成了震耳欲聋的咆哮。他的脑袋被击中了。他看不清周围到底发生了什么。他只能看见疯狂的眼睛、湿润松弛的嘴巴、黑色的和白色紧握的拳头。他从一个人手里夺过一把刀，挡住了一只高举的拳头。灰尘和阳光让他睁不开眼睛，他脑子里的唯一的念头就是离开这里，然后找电话求助。

但他被困住了。他不知道自己是怎么加入战斗的。他用拳头出击，感觉到了潮湿的嘴巴上的柔软。他低着头，闭着眼睛打架。疯狂的声音从他的喉咙里咆哮而出。他使出了浑身的劲跟他们打斗，头向前冲锋，像一头疯狂的公牛。他脑子里响着一些没有意义的话语，他放声大笑。他看不见自己到底打了谁，也不知道谁在打他。但他知道，斗殴的性质变了，现在每个人都是单打独斗，是在为自己打架。

突然间战斗结束了。他跌了一跤，向后倒去。他被打昏了，也许过了一分钟或者更长的时间后，他才睁开眼睛。有几个醉鬼还在打，但两个警察迅速地驱散了他们。他看清了那个绊倒他的东西。他半躺在一个黑人男孩的身上。只扫一眼，他就知道那男孩已经死了。他脖子的一侧有一条刀口，但看不清为什么他死得那么快。他知道那张脸，却一时想不起来他是谁。男孩的嘴巴张着，睁着的眼睛里满是惊讶。满地是乱丢的废纸、碎瓶子和踩得稀烂的汉堡。一个旋转木马的头被折断了，一个售票的棚子也被毁了。他坐了起来。他看见了警察，在惊恐中，他开始一路狂奔。现在，他们肯定追不上他了。

前面只剩下四条街，过去他就要安全了。恐惧让呼吸变得急促，他气喘吁吁。他握紧拳头，低着头走路。突然他放慢脚步，停了下来。主街附近的小巷里只有他一个人。一边是房子的墙壁，他颓然地靠在墙上喘气，额头上紧张的血管一鼓一鼓地跳动。混乱中，他穿过小镇一路狂奔，不知不觉中竟然来到了他朋友的房间。然而辛格已经死了。他放声大哭，鼻涕都流了出来，打湿了胡子。

一面墙，一截楼梯，前面的一条路。灼烧的太阳无情地压在他身上。他掉头沿着原路返回，但这次他走得很慢，一边走一边用油腻的袖口擦拭着脸上的汗。他无法抑制嘴唇的颤抖，只好咬紧嘴唇，直到咬出了血腥味。

在下一条街的拐角处，他碰到了西姆斯。那个怪老头正坐在一个破箱子上，膝盖上放着他的《圣经》。他身后是一道高高的木篱笆，上面有一段用紫色粉笔写的话：

他为救你而死

请听关于爱和仁慈的故事

每晚 7：15

街道空无一人。杰克想径直走到对面的人行道上，但西姆斯抓住了他的胳膊。

“回来吧，你等忧郁痛苦之人。摒弃你们的罪孽和困惑，跪在他的圣足之下。他因救你而死。你为何要走，布朗特兄弟？”

“回家大便，”杰克说，“我要大便。救世主对此有意见吗？”

“罪人！主会记住你所有的罪行。就在今晚，主有话要对你说。”

“主有记住我上星期给你的一美元吗？”

“今晚七点一刻，耶稣有话要对你说。你要准时到场，聆听他的圣言。”

杰克舔舔胡子。“你每天晚上都有一大堆信众，我没法挤到你跟前听清楚。”

“嘲笑者自有他的去处。而且，我收到了信号，很快救世主会让我替他造一所房子。就在十八大道和第六街的拐角处。一所礼拜堂，大得足够装下五百人。到时，你们这些嘲笑的人就瞧着吧。当着我敌人的面，主为我准备了一张桌子。他为我行涂油礼。我的杯子——”

“我今晚可以帮你弄些人过来。”杰克说。

“怎么弄？”

“把你漂亮的彩粉笔给我。我保证会给你召来一大群人。”

“你的标语我见过了，”西姆斯说，“‘工人们！美国是世界上最富有的国家，但我们中的三分之一却在挨饿。我们何时团结起来，要求得到我们应该得的那一份？’——几乎都是这样。你的标语太激进了。我不让你用我的粉笔。”

“我根本没打算写标语。”

西姆斯抚摸着《圣经》，警惕地等待着。

“我会帮你招来一大群人。在两头的人行道上，我要在街区两面的人行道上，给你画上一些好看的脱光的婊子。全是彩色的，然后用箭头指路。可爱的、丰满的、光屁股的——”

“巴比伦人！”老人尖叫起来，“索多玛之子！上帝会记住你。”

杰克过了马路，走在对面的人行道上，向着他的住所走去。“再会，兄弟。”

“罪人，”老人喊着，“七点一刻你还是准时回到这儿吧。听听耶稣的圣言，它会给你信仰，让你得救。”

辛格死了。刚听说辛格自杀的消息时，他感到的并不是悲伤，而是愤怒。他站在墙前，想起他曾对辛格说过的所有内心深处的话。辛格死了，他感觉那些想法也都随他而去了。

辛格为什么要自杀？也许是他疯了。但不管怎样，他已经死了，死了，死了。他再也看不见他，触摸不到他，不能对他说话了。他们一起消磨过那么多时光的房间，也被租给了一个女打字员。他再也不能去那个地方了。他独自一人。一面墙，一截楼梯和一条大道。

杰克转身锁上房门。他饿了，可屋里没东西吃。他渴了，桌边的水壶里只剩下几滴冷水。床铺乱七八糟，地板上堆积着毛茸茸的灰尘。屋子里满是纸片，最近他写了很多布告，在小镇四处散发。他烦躁地看了其中的一张："'纺织工人组织'是你最好的朋友。"有些布告只有一句话，有些则是长的。其中有整整一页纸的宣言，标题为："我们的民主党与法西斯主义的相似性"。

一个月以来，他一直忙着这项工作，上班的时候打草稿，然后再在纽约咖啡馆用打字机打出来，再打出副本亲自散发。他没日没夜地忙着。但是究竟有谁会读呢？它们有什么用？对任何一个单枪匹马的人来说，这镇子都太大了。而现在，他就要离开了。

但这一次要去哪里呢？他想到了一些城市，比如孟斯、威明顿、加斯托尼亚、新奥尔良等。他会去它们其中一个地方的。但他不会走出南方。那种熟悉的骚动和饥渴又回到他身上，但这次却有所不同。他不再渴望开放的空间和自由，而是恰恰相反。他记得那个黑人考普兰德对他说过的话，"不要试图单打独斗"。有时，这是最好的选择。

床底下有一只手提箱、一堆书和脏衣服。杰克把床挪到房间的另一头，他不耐烦地收拾着它们。老黑人考普兰德的脸浮现在脑海，他说过的某些话又在他耳边响起。考普兰德是疯子。他是狂热的，和他讲道理简直令人发狂。那天晚上，他们感觉到的可怕的愤怒是很难理解的。考普兰德是知道的人。而那些知道的人就像一小撮赤手空拳的士兵，面对一支全副武装的大部队。他们都做了什么？他们只是互相争吵。考普兰德错了，不，他疯了。但不管怎么说，他们在某些方面可以合作。如果他们不说那么多话就好了。他突然产生了强烈的冲动，赶快去找他。或许这才是最好的事。也许这是一个信号，是他等了如此之久的那只手。

他实在等不及洗掉脸和手上的污垢，绑好手提箱就出了门。屋外的空气闷热难耐，街上有一股难闻的气味。天上乌云密布，空气没有丝毫流动，城区一家工厂烟囱里冒出的烟，笔直连贯地升上天空。杰克笨拙地向前走着，手提箱不停地撞到他的膝盖。他不时地扭头看背后。考普兰德医生住在小镇的另一头，他得快些走。天空的乌云越积越浓，预示着黑夜来临前，一场大暴雨将如期而至。

他来到考普兰德医生的住处，发现百叶窗全是合着的。他绕到房子后面，从废弃的厨房窗子向里看。失落让他感到极度的空虚和绝望，他的手心出汗了，心怦怦狂跳。他跑到左边的一所房子，但没有人。他只能去凯利家问问鲍迪娅。

他实在不想再次靠近那所房子。看到前厅里的衣帽架，还有他爬过无数次的长长的楼梯，这些都让他无法忍受。他慢慢地踱回到小镇的这一头，沿着小路走近凯利家。他直接进了后门。鲍迪娅在厨房忙活着，小男孩和她在一起。

“不，布朗特先生，”鲍迪娅说，“我知道你是辛格先生的好朋友，你知道父亲是怎么看他的。但是，今天早晨我们把父亲送到乡下去了，我知道我无权告诉你他住哪儿。你别介意我说实话，我可不愿意在这件事情上绕弯子。”

“你没必要绕弯子，”杰克说，“可是这是为什么？”

“上次你来看过我们后，父亲病得很重，我们都觉得他不行了。我们花了好长时间照顾他，他才能勉强坐起来。他现在恢复得还可以。待在现在的地方，他的身体会好得多。不管你理解不理解，他最近很厌恶白人，非常容易烦躁。还有，既然你不介意我说实话，我问你，你到底想从我父亲身上得到什么？”

“没什么，”杰克说，“你什么都不懂。”

“我保证，布朗特先生。我们黑人像任何人一样有感情。我父亲只是个生了病的黑老头，他的麻烦事够多了。我们得照顾他。他不想见你，我知道这点。”

重新走回到街上，他看见天上的云彩已经变成了燃烧的深紫色。凝滞的空气中积聚着暴风雨的气息。人行道边树叶的鲜绿渗进了空气中，街面上浮着奇怪的绿光。整个世界寂静无声，杰克停下来嗅了嗅空气，环顾着四周。他把手提箱夹到胳膊下，向主街上的遮阳篷跑去。但他跑得还是不够快。

一声爆炸般的雷鸣传来，天一下子冷了。巨大的银白的雨点落在路面上，啪啪作响。雨水排山倒海地落下来，他根本看不清路。到纽约咖啡馆时，他的衣服已经湿透了，裹在身上；鞋子灌了水，吱吱响。

布莱农放下手中的报纸，胳膊肘支在柜台上。“噢，真是不可思议。我预感到暴雨后你会立刻来这儿。而且你来不及躲过这场雨。”他用大拇指按住鼻子，鼻子变得又白又平，“还有一只手提箱？”

“看上去像，”杰克说，“摸上去也像。如果你相信他实际上是手提箱，那我就打赌这是一只手提箱，没错。”

“别总站在那里。上楼去吧，把你的衣服脱下来。路易斯会帮你用热熨斗烫平。”

杰克坐在后面隔间的桌子旁，双手捧着头。“不，谢谢。我只想在这儿休息一下，喘口气。”

“你的嘴唇都发紫了，看上去筋疲力尽。”

“我很好。我需要吃点东西。”

“晚饭还要半小时才好。”布莱农耐心地说。

“剩饭也可以啊。直接放碟子里吧，用不着热。”

空虚的感觉袭来。他不想向后看，也不想向前看。两只粗胖的手指在桌面上游走。距第一次坐在这张桌子旁，已经一年多了。和过去比，自己有什么进步呢？没有。除了交过一个朋友然后又失去了他之外，他什么也没有得到。他一切都给了辛格，辛格却自杀了。如今他只能靠自己摆脱这个局面，重新开始。一想到这儿，他就惊恐万分。他实在是累了，头靠着墙，脚放在身边的椅子上。

“给你，”布莱农说，“这应该管点用。”

他把一杯热饮和一碟鸡肉派放在他面前。热饮喝起来有浓厚的甜香。杰克吸了口热气，闭上眼睛。“里面放了什么？”

“方糖搓过的柠檬皮，滚热的水兑朗姆酒。这饮料不错。”

“我还应该付你多少？”

“我一下子可算不出来。你走前我会算出来的。”

杰克喝了一大口热甜酒，在嘴里漱了一圈后才吞下。“你可能永远拿不到钱了。”他说，“我没钱给你——即使我有钱，我也很可能不会给你。”

“好吧，我没逼过你吧？我有给过你一张账单，让你付账吗？”

“没有，”杰克说，“你是个讲道理的人。在我眼里，你是个高尚正派的家伙——这只是我的个人看法。”

布莱农坐在桌子对面。他脑子里在想一件事。他一边用手将盐瓶在桌子上滑来滑去，一边不时地抹平头发。他身上有香水的味道，蓝条纹衬衫干净清新。袖子卷着，用老式的蓝色吊袖带固定住。

他迟疑地清清嗓子说：“就在你来之前，我正在看下午的报纸。今天你那儿有不少麻烦吧。”

“是的。报纸上怎么说？”

“等一下。我去拿报纸。”布莱农从柜台上取来报纸，靠在隔间的隔板上，“头版上说，位于某处的阳光南方游乐场爆发了大规模的骚乱。两个黑人被砍成了致命伤。另有三人受了轻伤，被送到镇医院治疗。死者为吉米·麦西和兰斯·戴维斯。伤者为约翰·哈姆林，白人，来自中山城；威瑞斯·威尔森，黑人；等等。原文：‘一些人被逮捕。据说骚乱的原因是工运煽动，骚乱场所发现了反动布告。即将有更多的逮捕行动。’”布莱农咔嗒咔嗒地咬合牙齿。“报纸的排版一天比一天糟。‘反动’的第二个音节印成了‘u’，‘逮捕’只有一个‘r’。”

“不，没错。他们很聪明，”杰克嘲讽地说，“‘工运煽动所引发’这个很引人注目。”

“不管怎么说，整个事件很不幸。”

杰克用手捂住嘴，低头看着空碟子。

“接下来你打算怎么办？”

“我要走了。今天下午就离开。”

布莱农用掌心磨着指甲。“哦，没必要这样，不过这样也许更好。为什么这么仓促呢？下午就走没必要吧。”

“我愿意。”

“你不应该重新开始。在这个问题上，你为什么不听听我的意见呢？我自己是个保守主义者，当然我认为你的想法太激进。不过，我愿意知道事物的各个方面。其实，我希望你能好起来。为什么不去能遇到和你有相同目标的人的地方呢？然后安顿下来？”

杰克不耐烦地把碟子推开。“我不知道去哪里。别管我了。我很累。”

布莱农耸耸肩，走回柜台。

他累极了。热朗姆酒和沉闷的雨声令他昏昏欲睡。安全地坐在在隔间，吃一顿好饭，他感觉好些了。如果他想，他还可以靠着打个很短的盹儿。他头昏脑涨，腿像灌了铅，闭上眼睛会更舒服些。但是，他只能睡一小会儿，他得马上离开这里。

“雨还会下多久？”

布莱农的声音里有催眠的伴音。“无法判断，这是一场热带的大暴雨。有可能一下子就停了，或者变小了，整个晚上都不停。”

杰克趴在胳膊上。雨声像远处涌来的海浪。他听见钟表的嘀嗒声，还有碟子乒乒乓乓的声响。他的手慢慢地松弛了，在桌上摊开，掌心向上。

随后， 布莱农摇晃他的肩膀，盯着他的脸。一个可怕的梦浮现在他脑海里。“嘿，醒醒，”布莱农说，“你做噩梦了。我过来看看，看见你的嘴张着，你在呻吟，脚还在地上来回蹭。我从没见过类似的情景。”

那个梦还压迫着他。他又感觉到了熟悉的恐惧，那种感觉总是在醒来时如期而至。他推开布莱农，站起身。“你不用提醒我做噩梦了。我自己记得很清楚。我做过十五次同样的梦。”

现在，他确实想起来了。每隔一阵子，他就会忘记自己做过的梦。他在一大群人中间穿梭——像在游乐场一样。但周围的人像是来自东方。太阳亮得令人害怕，人们半裸着身体。他们都不说话，动作迟缓，脸上都是饥饿的表情。没有任何声音，只有太阳，还有沉默的一群人。他走在他们中间，抱着一只被盖起来的大篮子。他要把篮子带到某个地方，却找不到适合放它的地方。梦里，一种惊人的恐怖感弥漫在人群中，他走啊走，就是不知道在哪儿放下他抱了许久的重负。

“是什么？”布莱农问，“是魔鬼吗？”

杰克站起身，走向柜台后的镜子前。他的脸汗津津的，很脏。眼睛下方有重重的黑眼圈。他在水龙头下弄湿手帕，擦了擦脸。然后他掏出小梳子，仔细地梳理着胡子。

“没什么。你只有去睡一觉，才会明白它为什么会是这样一场噩梦了。”

时钟指向五点三十分。雨差不多停了。杰克拎起手提箱向大门走去。“再见了。也许我会给你寄明信片。”

“等等，”布莱农说，“你最好等等，现在还有点雨呢。”

“只是从遮阳篷上流下来的。我最好还是在天黑前离开镇子。”

“等一等。你有钱吗？能撑一个星期吗？”

“我不需要钱。我一直身无分文。”

布莱农给他准备好了一个信封，里面有二十美元。杰克看了看钱的正反面，然后放进口袋。“上帝才知道你为什么要这样做。你再也不会闻到它们了。谢谢。我不会忘记的。”

“祝你好运。记得写信给我。”

“再见。”

“再见。”

他身后的门关上了。当他在街道尽头回望时，布莱农正站在人行道上目送他。他一直走到火车铁轨边。两边是一排排破败的棚屋。狭窄的后院有腐臭的厕所，还有几行破破烂烂、被熏黑的衣服在晾晒。周围两英里内，看不到任何一处舒适、宽敞和干净的地方。甚至连这块大地本身都是肮脏的，是被遗弃的。偶尔有几处菜地，但只剩下几片枯萎的甘蓝叶。还有几棵得了黑穗病的无花果树。小孩子们在污秽的房子里挤作一团，更小一点的孩子一丝不挂。到处是贫困的景象，令人残酷和绝望，杰克忍不住大吼一声，握紧了拳头。

他走到小镇的边缘处，站在高速路上。一辆辆汽车从他身边驶过。他的肩膀太宽了，他的胳膊太长了。他看上去太强壮太丑陋了，根本没人愿意搭他。但也许很快会有一辆卡车停下来。黄昏的太阳冲出了云层，和煦的阳光晒向潮湿的路面，湿热的水汽挥发在空中。杰克坚定地向前走着。一走出小镇，一股新的能量就立刻涌向他。这究竟是一次飞翔，还是一次猛攻？但无论如何，他在向前走。所有这一切都将会重新开始。前方的道路向北部偏西。但他不会走得很远，不会离开南方。这是很确定的事情。他心中怀有希望，也许他的这次旅程轨迹很快就会成形。

3

晚上

有什么用呢？这是她最近很想知道的答案。到底有什么用呢？她制定过一切计划，还有她的音乐。而结果无非是这个陷阱——去商店，回家睡觉，再去商店。辛格先生过去工作的店铺前面有一只钟，它指向了七点。她快要下班了。每次有加班，老板总让她留下来。只是因为她比别的女孩更有站劲，工作更卖力。

大雨过后，天空呈现出一片安静的淡蓝色。夜幕降临了。路灯已经亮了起来。汽车的喇叭声在街道上不断响起，报童高声叫卖着报纸的头条新闻。她不想回家。如果她在这个时候回家，准会躺到床上放声大哭。她累得不能承受的时候就是这样。如果她去纽约咖啡馆吃点儿冰激凌，感觉可能就好多了。抽支烟，一个人安静地待一小会儿。

咖啡馆的前厅挤满了人，所以她去了最后面的隔间。她的后腰和腮帮子都累得麻木了。他们店里的口号是“时刻警惕，保持微笑”。一走出商店，她就不得不长久地皱眉蹙额，好让脸部重新变得自然。她的耳朵也很累。她摘下绿色的耳坠，揉捏着耳垂。上个礼拜她买了这对耳坠，还有一只银手镯。刚开始她在厨具部工作，现在被调到了珠宝部。

“晚上好，米克。”布莱农先生说。他用餐巾擦拭水杯的底部，然后放到桌上。

“给我来一份巧克力圣代和五分一杯的生啤。”

“一起吗？”他放下菜单，用戴着女式戒指的小指点着菜单，“看，这儿是一份很好的烤鸡和炖小牛肉。能和我一起吃晚饭吗？”

“不，谢谢。我只想要圣代和啤酒，而且都要很凉的。”

米克把前额上的头发拨开。她的嘴张着，两颊显得有些凹陷。有两件事她始终无法相信。辛格先生自杀了，他死了；她自己长大了，不得不去乌尔沃斯商店上班。

是她发现了他。最初他们以为那声音是汽车发动机的回火，直到第二天才知道发生了什么。她上楼去听收音机。他的脖子上全是血，她爸爸进来后把她推出了房间。她跑到黑暗中，用拳头狠狠地打自己。第二天晚上，他躺在棺材里。殡仪工给他打了腮红，涂了唇膏，想让他看上去自然一些。但是他看上去根本不自然。他死气沉沉。与鲜花的气味混合在一起的是另外一种气味。这种气息令她无法在房间里待下去。不过，那些日子里她一直坚持工作。她包好商品，礼貌地递给柜台对面的顾客，然后把钱放进钱柜。她该走路时走路，该吃饭时就吃饭。最初她晚上还会无法入眠。现在她是该睡时就睡。

米克在座位上斜过身子，这样她就可以跷起二郎腿了。她的丝袜脱丝了。在她走路上班时已经开始破了，她在上面吐了点口水。后来脱丝越来越严重，她便在底部粘了一小块口香糖。但这根本不管用。她要回家把袜子缝一下。她简直不知道拿丝袜怎么办。她总是很快地穿坏它们。除非像普通女孩那样穿棉袜。但她可不想那样。

她不应该来这儿。她的鞋底被完全磨坏了。她本应省下二角钱，给鞋子打上新的前掌。如果她一直穿着有洞的鞋上班会发生什么呢？脚上会起水泡。她会用烧热的针挑水泡脚。她不得不请病假，然后被解雇。那接下来会发生什么呢？

“这是你要的，”布莱农先生说，“我还从来没见过谁同时点这两样东西。”

他把圣代和啤酒摆到桌上。她假装低头清洁指甲，如果她看他一眼的话，他就会和她说话了。他对她没有恨了，他也许早已经忘了那盒口香糖的事。现在他总想和她说话。她却只想一个人安静地待着。圣代不错，巧克力、坚果和草莓满满地盖在上面。喝啤酒让她放松。吃完冰激凌后，喝啤酒有可口的苦味，这让她有了醉意。对她而言，除了音乐，啤酒是最好的。

可是如今，她脑子里没有音乐了，这是件很可笑的事，就像她被关到了“里屋”外面。有时，一段快曲来了又走了，她再也没有想着进过有音乐的“里屋”，那已经是过去的事了。也许是她太紧张了，也许是工作把她的精力和时间全带走了。乌尔沃斯店和学校不一样。过去她放学回家时，总是感觉很好，有经历投入音乐创作中。现在她总是累。回到家后，就是吃晚饭、睡觉、吃早饭、又去上班。两个月前她在日记本上创作的一首歌现在还没有完成。她也想待在“里屋”，但是不知道怎么能够进入。“里屋”像是被锁在了离她很远的地方。这真是件难以理解的事。

米克用拇指推了推断裂的门牙。辛格先生的收音机属于她了。他的所有分期付款都还没还清，现在收音机的分期付款由她负责了。拥有一件属于他的东西，这感觉真好。或许有一天，她能攒下一笔钱，给自己买一架二手钢琴。比如说，一星期攒两美元。除了乔治，她不会允许任何人碰她的私人钢琴，也许她还能教乔治弹几首小曲子。她会把钢琴放在后屋，每天晚上都弹。星期日还可以弹上一整天。但万一有哪个星期她没钱付款，他们就会来拿走它，就像拿走乔治那辆红色的小自行车一样。她绝不允许他们这么干。她会把钢琴藏起来。或者就在大门口等着他们，跟他们打一架。她会把那两个男人打趴下，打得他们鼻青脸肿，昏倒在地上。

米克皱了皱眉，用拳头在额头上使劲地来回搓着。事情就是这样。她好像一直处于疯狂的状态。不是像小孩子那样一时地抽风。她处在另一种疯狂之中。只是在她身上，根本没有什么事值得发疯，除了商店。可商店也没有硬要求她去工作。她像是被骗了。可是没有人欺骗她。她没有地方可以泄愤。然而，她就是有这种被骗的感觉。

说不定钢琴她会有的，并且不会出现波折。也许她很快就能有机会了。如果不是这样，那所有的一切还有什么用呢？——她对音乐的感觉，她在“里屋”制订的计划。如果一件事情有意义，就肯定是有用处。所以事情都是如此，必须是有用的，有用。

没错！

没错！

要有用。

4

夜

一切都回归宁静了。比夫擦干了脸和手。一阵微风吹来，桌上日本小宝塔的玻璃垂饰叮叮当当地响。他刚打了个盹儿，抽了一支他在夜间抽的雪茄。他想到了布朗特，不知道他现在是否走远了。卫生间的架子上放着一瓶他熟悉的花露水，他拿出瓶塞在太阳穴处点了点。他吹着口哨走下狭窄的楼梯。那是一首老歌，旋律在他身后留下断断续续的回声。

路易斯应该守在柜台后面值班了。但他偷懒了，咖啡馆里空无一人。大门敞开着，对着空荡的街道。墙上的钟正好是十一时四十三分。收音机开着，里面播报着希特勒在但泽制造的危机。他走进后面的厨房，看见路易斯在椅子上睡着了。这男孩的鞋脱了，裤子的扣子也解开了。他的脑袋在胸前耷拉着。衬衫上一道长长的口水印说明他已经睡了很长时间。

他的手臂直直地垂在椅子两边，令人惊奇的是他竟然没有栽到地上。他睡得很香，没必要把他叫醒。深夜无人造访。

比夫悄悄地走到厨房一头的架子旁，上面放着一篮茶橄榄和满满两水罐的百日菊。他把花儿拿到餐馆的前厅，拿走了橱窗里蒙着玻璃纸的特价菜大浅盘。他受够了食物。开满鲜花的夏季之窗该有多美啊。他闭着眼睛想象着花该如何摆放。一层清爽爽、绿油油的茶橄榄铺在底下。红色的陶盆装满鲜艳的百日菊。别的就不需要了。他开始精心地设计橱窗。有一株很特别的花，一朵百日菊有六瓣古铜色的花瓣和两瓣红色花瓣。他审视了一会儿那株花，便把它放到一旁，打算收藏起来。橱窗摆好了，他站在马路上，欣赏着自己的手工作品。粗拙的花茎弯成合适的角度，彰显安闲而自然。电灯的光差点效果。但当太阳出来时，这种摆放会达到最佳视觉效果。这是十足的艺术。

寂静的夜空星光点点，好像离大地很近。他沿着人行道闲逛，中间停下来一次，用脚把一块橘子皮踢到了街沟里。他走到下一条街区，看见两个男人在街区的尽头一动不动、手挽手地站着，从远处看，那人影小小的。街上再没有其他人。整条街上，唯有他的店是开着门亮着灯的。

为什么呢？小镇其他的咖啡馆都关门时，他为什么要通宵营业呢？有人这样问他，他却说不清。这不是为了钱。

偶尔会有一群人进来买啤酒和炒蛋，花上五块十块的。但这种情况很少见。大多数时候进来的都是散客，点得很少，却逗留很久。甚至有些夜晚，十二点到五点之间没有一个顾客。显而易见也没有进账。

但只要他的餐馆没有倒闭，夜里他是绝不会歇业的。夜晚正是时候。有一些人白天你永远不可能遇到。有些人一星期要固定来几次。还有一些人只来过一次，喝一杯可乐后就永远地消失了。

比夫走得很慢，双臂交叉抱在胸前。街灯的弧光圈里，他黑色的影子也有了弧度。安静祥和的夜晚笼罩着他。夜晚是休息与沉思的时间。或许正因为如此，他才待在楼下而不肯去睡觉。他最后扫了一眼空寂的街道，走进了房间。

收音机依然播报着那场危机。天花板上的吊扇呼呼地转着，吹出的凉风令人神清气爽。厨房里传来路易斯的呼噜声。他突然想到了可怜的威利，决定尽快找个日子给他送去一夸脱威士忌。他开始玩报纸上的填字游戏。游戏中心有一张用来猜谜的女人像。他知道她，便在第一个横框中写下蒙娜丽莎。第一竖行要求填写乞丐的同义词，以 m 打头，有九个字母。Mendicant。第二横排要求填写“远远地挪开”的同义词，以 e 打头的六个字母单词。Elapse？他大声地念出可能的字母组合。Eloign。他突然没有兴致了。世上的谜题已经够多了，他不愿意再多加一个。他折好报纸，把他放在一边。以后再来猜吧。

他仔细看着那株他想收藏的百日菊。他把它放在掌心，对着灯光举起来，发现这朵花并不是什么珍奇的品种，不值得收藏。他扯下柔软鲜艳的花瓣，最后一片花瓣因爱而绽放。只是，爱的人是谁？现在，他爱着谁？没有特定的人。任何一个体面的人，从街上走来，进屋坐上一小时，喝点饮料的都是他爱的对象。他知道他曾经爱过谁，但那些爱都结束了。艾丽丝、玛德琳和基普。对这些人的爱都结束了。这让他变得更好还是更糟？无论哪一种，他的爱都消失了。

还有米克。那个最近几个月来一直占据他内心的人。这份爱也结束了吗？是的。结束了。米克会傍晚时分进来要一杯冷饮或是圣代。她长大了。昔日那种未经雕琢的稚气几乎不见了。取而代之的是，她身上有了难以形容的纤细气质和女人味。她的耳坠、晃动的手镯，她跷二郎腿的新姿势，用裙边遮着膝盖的新动作。他看着她，内心有的只是一种温柔。他从前对她的感觉不见了。这种奇异的爱整整延续了一年。对于这份爱，他问过自己千百次，却找不到答案。此刻，就如夏花在九月凋落一样，那份爱也走到了尽头。他不再爱了。

比夫用食指轻轻敲着鼻子。收音机里传来了外语。他搞不清这是德语、法语还是西班牙语。但听起来好像灾难就要降临。那声音令他紧张不安。他索性关掉收音机，深沉的寂静向他袭来。他能感觉着外面的夜。孤独感攫住了他，他的呼吸加快了。现在太晚了，他不能给露茜娅打电话、和贝比说话。这个时间点上，他也不指望能进来一个顾客。他走到门口，巡视着街道。外面空空荡荡，一片黑暗。

“路易斯！”他叫道，“醒了吗，路易斯？”

没人回答。他把胳膊肘支在柜台上，双手托腮。他来回地移动长满胡子的下巴，眉头慢慢地紧缩成一团。

谜题。那些问题在他心里扎下了根，让他不得安宁。辛格之谜，以及其他所有的谜。这些谜题从开始到现在已经一年多了。布朗特第一次在这里大醉，第一次见到哑巴辛格，已经过去一年多了。自从米克开始尾随着哑巴进进出出，也已经过去一年多了。现在辛格已经死了并下葬一个月了。可那些谜题还在他心里，令他始终无法平静。关于这一切，犹如一个丑陋的玩笑。一想到这些，他就会感到不安和莫名的恐惧。

辛格的葬礼是他亲自安排的。他们把一切都交给他处理。辛格的事乱七八糟。他所有的东西都是分期付款买的，还都需要还钱，而他的人寿保险的受益人已经死亡。辛格剩下的钱只够将他自己下葬。葬礼在中午举行。他们顶着烈日，站在空阔潮湿的墓地里。花儿都被晒枯萎了，变成了褐色。米克是如此伤心，哭得喘不过气来，她的父亲连忙拍她后背，帮她理顺气息。布朗特用拳头抵住嘴，沉着脸瞪着辛格的墓地。小镇的黑人医生，也就是和那个可怜的威利有亲戚关系的人，站在人群的边缘，伤心地悲鸣。还来了一些没见过或没听说过的陌生人，没人知道他们从哪里来，为什么而来。

屋内的寂静像黑夜一样深沉。比夫呆呆地立在那里，陷入沉思。突然之间，他感受到一股莫名悸动。他有些晕眩，赶紧靠着柜台支撑住身子。他只觉得眼前光明一闪，他瞥见了人类的斗争和勇气。瞥见人性永恒地流过时间之河。瞥见了那些付出辛劳和爱的人们。他的灵魂得到了升华。但这种感觉转瞬即逝，他同时感觉到了危险的警告——恐惧之箭。他吊在两个世界之间。他看见他正望着柜台玻璃里自己的脸。太阳穴上渗出晶莹的汗珠，他的脸扭曲不已。一只眼大，一只眼小。眯着的左眼追忆着过往，睁大的右眼恐惧地凝望着未来——黑暗的、恐怖的、破灭的未来。他悬在光明和黑暗之间。悬在辛辣的讽刺和信仰之间。他猛然转过身。

"路易斯！"他叫道，"路易斯！路易斯！"

没有人回答。哦，老天，他现在还是一个明智的人吗？是否已经陷入疯狂？他被恐惧扼住喉咙，却不知道自己为何恐惧。他是要像个呆若木鸡的傻瓜一样萎靡不振，还是要振作起来恢复理智？他究竟还是不是一个明智的人？比夫在水龙头下弄湿手帕，轻轻拍拭自己紧张而扭曲的脸。他依稀记起遮阳篷还没有升起。他走向门口时，脚步越来越稳了。当他再次回到店里时，已经心神安宁，等待朝阳升起。

图书在版编目（CIP）数据

心是孤独的猎手/(美)卡森·麦卡勒斯(Carson McCullers)著;潘舲译.
—北京:现代出版社, 2018.2
ISBN 978-7-5143-6674-7

Ⅰ.①心… Ⅱ.①卡… ②潘… Ⅲ.①长篇小说—美国—现代
Ⅳ.①I712.45

中国版本图书馆CIP数据核字(2017)第303544号

心是孤独的猎手

作　　者：(美)卡森·麦卡勒斯(Carson McCullers)著　潘舲译
责任编辑：王传丽
出版发行：现代出版社
通信地址：北京市安定门外安华里504号
邮政编码：100011
电　　话：010-64267325　64245264(传真)
网　　址：www.1980xd.com
电子邮箱：xiandai@vip.sina.com
印　　刷：北京美图印务有限公司

开　　本：880mm × 1230mm 1/32　　字　　数：229千字
印　　张：12.5
版　　次：2018年2月第1版　　印　　次：2018年2月第1次印刷
书　　号：ISBN 978-7-5143-6674-7
定　　价：45.00元